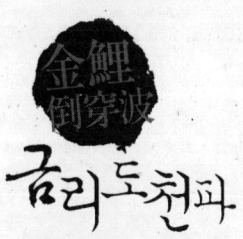

금리도천파

양사(樣師) 新무협 판타지 소설
FANTASTIC ORIENTAL HEROES

금리도천파 1

양사 新무협 판타지 소설

초판 1쇄 찍은 날 § 2009년 1월 8일
초판 1쇄 펴낸 날 § 2009년 1월 16일

지은이 § 양사
펴낸이 § 서경석

편집장 § 문혜영
편집책임 § 이재권
편집 § 문정흠

펴낸곳 § 도서출판 청어람
등록번호 § 제1081-1-89호
등록일자 § 1999. 5. 31
어람번호 § 제2-1654호

주소 § 경기도 부천시 원미구 심곡2동 163-2 서경B/D 3F (우) 420-822
전화 § 032-656-4452 팩스 § 032-656-4453
http://www.chungeoram.com
E-mail § eoram99@chollian.net

양사(樣師) 新무협 판타지 소설

FANTASTIC ORIENTAL HEROES

金鯉
倒穿波

금리도천파

1

잉어가 큰 파도를 넘듯
위기를 이용해 뜻을 이룬다

도서출판
청어람

내 나이 열두 살.

나는 내 인생에 대한 계획을 세웠다.

그것은 열세 살에 초시에 합격해 부학(部學)에 입학하여 생
원이 되고, 열다섯 살에 성시(省試)에 합격해 거인(擧人)이 되
고, 열여섯 살에 전시(殿試)에 합격해 최연소 진사(進士)가 되
는 것이 목표였다.

그리고 이십대 초반에 육부(六府) 중 하나인 시랑(侍郞)이
되고, 이십대 후반에 내각(內閣) 학사(學士) 중 한 명이 되고,
삼십대 초반에 대명 역사상 최연소 전각대학사(殿閣大學士)
가 되어 최종적으로는 30대 중, 후반에 내각수보가 되는 것

이었다.

내각수보는 재상이 없는 세상에서 일인지하 만인지상의 자리라고 할 수 있었다.

내가 보기에는 그저 그런 보통 인간들뿐이었지만, 열두 살 때 내가 다니던 죽산서원(竹山書院)은 휘주부(徽州部)에서 가장 우수한 학생들이 모였다는 평가를 받고 있었다.

열세 살, 계획대로 초시에 합격해 휘주부의 부학에 입학했다.

아버지는 빚을 내 한 달 동안 잔치를 벌였다.

죽산서원에서는 초시에 합격하면 월계수(月桂樹) 나무를 심는다. 성시에 합격하면 자신이 심은 나무에서 가지를 꺾어 머리에 쓸 월계수 관을 만들기 위해서이다.

하지만 나는 나무를 심지 않았다.

월계수 나무를 심는 것은 향시 다음해 열리는 성시에 합격할 자신이 없는 보통 사람들의 전통일 뿐이다.

나는 다음해 열리는 성시에 합격해 거인이 될 자신이 있었다.

일 년 사이에 월계수 나무가 자라봐야 얼마나 자라겠는가?

묘목 중에서 큰 것을 심는 방법도 있겠지만 굳이 그럴 필요를 느끼지 못했다.

월계관을 쓰는 것은 어떤 이에게는 성시에 합격해 거인이 되는 것이 본인과 가문의 영광이고 인생의 최종 목표이기 때문일 것이다.

그렇지만 나에게 성시 합격은 기나긴 인생에서 거쳐야 할 과정 중 하나일 뿐이었다.

그 후 휘주부 부학에서 매년 치르는 시험에서 역대 최고의 성적을 내며 최고의 자리를 유지했다.

부학에서 성적이 가장 우수한 자에게는 국자감에 입학할 자격이 주어진다.

그렇지만 나는 이 자격마저 포기했다.

내가 살고 있는 휘주부에서 황도까지 가는 길이 멀기 때문만은 아니었다.

국자감은 다른 주요 부서가 그러하듯 남경에도 설치되어 있었다. 휘주부에서 남경은 넉넉잡아 열흘이면 충분한 거리였다.

내가 국자감에 가지 않은 이유는 그곳에 가더라도 배울 것이 별로 없었기 때문이다.

열다섯 살, 계획한 대로 성시에 합격해 거인이 되었다.

삼 년에 일 회가 원칙인 성시의 정원은 대명제국 전체에서 오직 오백십 명!

이번에도 남직례성 전체에서 장원이었다.

전시 합격자 중 반 이상을 배출한다는 남직례성에서 장원이라는 것은 대명제국 전체에서 과거를 보는 사람들 중에서는 세 손가락 안에 꼽힌다는 말이다.

과거 합격자의 평균 연령이 내 나이의 두 배가 넘는 삼십
대 중반이었다.

　역시 나는 내가 생각한 것처럼 천재였다. 의심한 적은 없지
만 그래도 역시 스스로 천재성을 확인하는 것은 기쁜 일이었
다.

　이번에도 아버지는 잔치를 벌이셨다.

　나는 당연히 합격할 것에 합격한 것뿐인데 잔치를 벌이는
아버지를 이해할 수 없었다.

　잔치가 벌어지는 동안 평소 연락이 없던 친척이라는 자들
이 나에게 잘 보이기 위해 찾아왔다.

　보통은 거인이 되면 황도에 있는 국자감에 입학해서 전시
를 준비하는 것이 일반적이었다.

　국자감에 입학하는 것만으로도 많은 특혜가 주어지기 때
문이다.

　명 초처럼 국자감의 학생이라는 것만으로 한 성의 행정 책
임자인 포정사가 되지는 못할 것이다.

　하지만 지금도 국자감의 학생인 감생(監生) 자격만으로도
정7품인 지현(知縣) 정도는 임명될 수 있었다.

　국자감 성적만 좋으면 전시를 치르지 않고도 속주의 책임
자인 종5품 지주(知州)가 될 수도 있었다.

　그렇지만 나는 이번에도 가지 않았다.

　감생이라는 자격은 전시에 합격할 나에게는 별다른 의미

가 없었다.

전시는 성시와는 달리 우연적인 조건들이 많이 작용한다.

왜 그렇지 않겠는가?

보통 삼 년마다 한 번 치르는 전시를 보는 인원은 천오백 명 정도인데 그들 하나하나는 한 지방, 혹은 한 개 성에서 알아주는 인재들이다.

그들을 대상으로 하는 시험인만큼 우열을 가리는 것은 아주 힘든 일이었다.

그렇지만 전시의 정원은 사백십 명이나 된다.

장원이야 하지 못하겠지만 나 같은 천재가 합격하는 것은 당연했다.

그리고 열여섯 살이 되던 해.

황제의 붕어와 등극이라는 사정이 맞물려 전시가 북직례성에 있는 황도가 아닌, 흔히 남경이라고 불리는 남직례성의 응천부에서 치러졌다.

그리고 내가 예상한 것처럼, 그리고 주위 사람들이 기대한 것처럼 무난히 전시에 합격했다.

장원은 강서성 출신의 사십대 서생이었다. 나도 익히 이름을 알고 있을 정도로 널리 문명이 알려진 인물이었다. 그렇지만 열여섯 살에 최연소로 전시에 합격한 내가 장원을 한 늙다리보다 사람들의 관심을 더 받는 것은 당연했다.

최연소 진사 합격 소식에 정말 온갖 사람들이 휘주부의 우리 가문의 장원으로 몰려들었다.

내가 아무리 어릴 때부터 신동으로 소문이 나고 열다섯 살에 거인이 됐다고는 하지만 그것과 전시 합격은 전혀 다른 것이었다.

그리고 아버지는 이번에도 어느 때보다 큰 잔치를 벌였다.

길었던 잔치 마지막 날!

관리 임명을 받으려고 황도로 떠날 준비를 하던 나에게 오래전 고향을 떠난 큰아버지가 보냈다는 사람이 찾아왔다.

그리고 나는 장강십팔채 중 하나인 무호채(蕪湖寨)의 채주(寨主)가 되었다.

第一章 직궁증부(直躬證父)

지나치게 정직하여 아버지의 잘못을 관가에 고발하는 것은 정직이
아니다

金鯉
倒穿波

금리
도천파

어릴 때부터 신동(神童)으로 소문난 나였다. 정확히 말하면 소문이 아니라 실제로도 신동이었다.

나에게 주변의 누군가를 놀라게 하는 것은 익숙한 일이었다. 그렇지만 어느 때부터인가 다른 사람에게 놀라거나 다른 사람의 말을 이해할 수 없는 일은 별로 없었다.

하지만 그런 나도 지금 일어나는 일과 상대가 말하는 것을 이해하기가 어려웠다. 아니, 조금 더 정확하게 말하면 받아들이기 어려웠다.

"내가 지금 무호(蕪湖)로 가서 장례식에 참석해야 한다는 것입니까?"

"그렇습니다."

내 질문에 앉아 있는 청년이 바로 대답했다.

그는 큰아버지 밑에서 일하는 사람 중 하나라고 주장하고 있었다.

나는 큰아버지의 얼굴도 본 적이 없다. 큰아버지는 내가 태어나기도 전에 고향을 떠났다.

우리 마을에는 큰아버지처럼 타지로 나간 사람이 많았다.

내가 태어난 고향은 황산에서 얼마 떨어지지 않은 남직례성 남서쪽의 휘주부이다. 휘주부는 천하제일의 명산이라 불리는 황산의 남쪽에 자리하고 있었다.

황산이 명산이라고는 하나 먹고사는 것에는 별 도움이 되지 않았다. 우선 농지가 적어 농사로는 먹고살기 힘들었다.

차를 제외하고는 특별히 팔 것도 없었다. 그리고 차를 재배하는 것은 우리 마을처럼 황산에서 어중간하게 떨어진 마을과는 관계가 없다.

그나마 휘주부는 근방에서 가장 명문거족이 많이 모여 사는 곳이었다. 이런저런 이유로 전란을 피해 피난 온 자들이 안전한 곳에 찾아 정착하다 보니 만들어진 결과였다.

명문거족이라도 몇 대가 지나면 농지가 부족해지게 마련이고, 그렇게 농지를 잃어버린 사람들이 몰락하는 것은 어쩔 수 없었다.

그래서 먹고살기 어려운 마을 청년들 중 많은 수가 돈을 벌려고 고향을 떠난다.

내가 속한 왕 씨도 휘주부에서는 다섯 손가락 안에 드는 씨족이었다. 하지만 우리 집안 자체는 얼마 전까지만 해도 그리 부유한 편이 아니었다.

따지고 보면 내가 어릴 때부터 공부를 한 이유도 마을을 벗어나기 위해서였다.

내가 성시를 보기 얼마 전 큰아버지가 보냈다는 사람이 아버지를 찾아온 적이 있다.

당시 그는 꽤 많은 돈을 아버지에게 주었다. 잔치 비용도 알고 보면 큰아버지에게서 나온 것이었다.

당시 내가 알아본 큰아버지에 대한 마을 사람들의 평가는 극과 극이었다.

어릴 때부터 큰일을 할 줄 알았다는 사람들과 마을에 있을 때부터 못 말리는 망나니였다는 말이 그것이다.

좋은 말로 하면 의리가 있고 다른 사람 일에 나서는 성격이었다. 인근에서는 그런 성격에 반해 따르는 사람도 많았다고 한다.

왕조가 교체가 되는 난세였다면 파락호에서 일약 황제가 된 한고조나 명태조처럼 역사에 이름을 남겼을지도 모른다.

하지만 오이라트부의 에셴이 황제를 생포하는 상황에서도 별다른 동요가 없던 대명제국이다.

이런 상황에서 큰아버지는 머리보다 행동이 앞서고 자기

능력 이상의 일을 저지르는 사람이라는 것이 내 평가였다.

어느 정도 성공할 수는 있겠지만 크게 되기는 처음부터 그른 성격이었다.

내가 천재가 아닌 보통 사람이었다면 어느 정도 재산이 있어 보이는 큰아버지에 관심을 뒀을 것이다.

예나 지금이나 과거를 준비하는 데는 꽤 많은 돈이 들기 때문이다. 하지만 어릴 때부터 신동이라고 소문난 나에게는 도움을 주겠다는 지역 유지나 관리, 그리고 일족들이 주변에 넘쳐 났다.

한마디로 내가 알 필요가 없는 사람이었다.

당연히 나는 큰아버지에 대한 관심을 끊었다.

그런데 갑자기 나타난 눈앞의 청년은 내가 전혀 이해할 수 없는 말을 하고 있었다.

"서둘러 가서 상을 주관하셔야 합니다."

내가 큰아버지 장례식에서 상주를 맡아야 한다는 것이다.

"큰아버지께서 돌아가신 것은 안타까운 일입니다. 하지만 제가 왜 큰아버지 장례식에서 상주 역할을 해야 한다는 말입니까?"

내 대답에 눈앞에 있는 청년은 대답 대신 재미있다는 표정을 지으며 나를 바라보았다.

청년의 눈빛이나 표정은 내가 처음 보는 것이었다.

나를 대하는 사람들은 놀라움이나 부러움, 혹은 존경하는 표정이었다.

나는 불쾌한 생각이 들었다.

"사람이 물으면 대답을 해줘야 하는 것 아닙니까?"

"하하하! 죄송합니다. 문득 돌아가신 분이 생각나서요. 정말 주인님을 많이 닮으셨군요."

청년의 주인이라면 돌아가셨다는 큰아버지이다. 내가 큰아버지를 닮기는 뭐가 닮았다는 것인가?

마을을 떠나기 전까지 사람들과 어울려서 사냥이나 다니고 싸움이나 하던 사람과 내가 닮았다니!

나는 기분 나쁘다는 표정을 그대로 드러내며 청년을 노려보았다.

"이야기를 듣지 못하셨나 보군요."

청년은 이야기하며 옆에 있는 아버지에게 시선을 돌렸다.

나는 그의 시선을 따라 옆에 있는 아버지를 돌아보았다.

"형님께서 이렇게 갑자기 돌아가실 줄 몰랐네. 그래서 아직 말을 못했네."

"그렇군요. 하긴 그분이 이렇게 돌아가실 것을 예상한 사람은 아무도 없었지요."

잠시 얼굴이 굳어졌던 청년이 다시 말을 이어나갔다.

"제 주인님께서는 후손이 없으십니다. 그래서 재작년에 동생분이신 선명 공께 이야기해서 아들 중 하나를 양자로 들이

도록 했습니다."

선명 공(蟬鳴公), 즉 왕선명(汪蟬鳴)은 아버지의 이름이다.

"그 양자가 나라는 말입니까?"

"예. 주인님께서는 왕 자(汪子), 세 자(世子), 정 자(程子)를 쓰시는 분을 양자로 입적하셨습니다."

왕세정(汪世程)은 바로 내 이름이다.

나는 청년의 대답에 놀라 옆에 있는 아버지를 돌아보았다.

이건 천재인 나도 이해할 수 없는 일이었다.

아들이 한 명 이상 있는 경우 아들이 없는 형제에게 자식 중 하나를 보내는 경우는 드문 일이 아니었다.

하지만 그게 왜 하필 나라는 말인가?

냉정하게 생각해 보자.

나는 어릴 때부터 천자도 내 이름을 알고 있을 정도로 신동이자 천재였다.

이미 열여섯 살에 진사가 되었다. 솔직히 작년에도 충분히 합격할 자신이 있었다.

그렇지만 과거는 삼 년에 한 번 치러진다. 내가 보고 싶다거나 실력이 된다고 해서 아무 때나 보는 것이 아니라는 것이다.

나이가 한두 살 어렸다면 일이 년 전에 충분히 진사가 될 수도 있었다.

그러니 저 아래 잔치에서 이름 모를 친척들과 술이나 마시

는 형과 나 둘 중에 누가 집안의 이름을 알릴 것인가 하는 것
은 분명했다.

어릴 때 상인이 되어 고향을 떠난 큰형이야 장남이라서 어
쩔 수 없다고 이해할 수 있다.

그렇지만 당연히 양자로 보내려면 저 두 형 중 한 명을 보
내야 하는 것이 당연하지 않은가?

이런 내 생각을 눈치 챘는지 아버지가 더듬거리며 말했다.

"집안을 일으키려면 네가 가문의 장손이 되는 것이 좋을
것 같아서 그렇게 한 것이다."

"정말입니까? 내가 저 황춘루(黃春樓)의 황매(黃梅)를 아버
지의 첩으로 받아들이는 것을 반대해서가 아니고요?"

아버지는 몇 년 전부터 황춘루의 황매라는 기생에게 깊이
빠져 있었다. 시간의 대부분을 집이 아닌 그곳에서 보내고 있
었다.

나는 그것이 마음에 들지 않았다.

돌아가신 어머니를 생각해서 그런 것은 아니었다. 어머니
를 사랑하기는 하지만 돌아가신 분은 돌아가신 분이다.

문제는 황매라는 기생에게 문제가 많다는 것이다. 여러 가
지 범죄에 연관되어 있다는 소문이 있었다.

그런 사람이 새어머니가 되는 것은 앞으로 관리로서 살아
갈 내 평판에 도움이 되지 않았다.

"내가 그럴 리가 있겠느냐?"

말을 하며 더듬거리는 것을 보면 아버지의 대답은 거짓말
이 분명했다.

설마 황매를 반대한 것이 가장 중요한 이유는 아니겠지만
나를 양자로 보내는 데 영향을 끼친 것은 분명해 보였다.

하지만 지금은 그게 중요한 것이 아니었다.

이미 족보에 내가 큰아버지의 아들로 되어 있다는 것이 중
요했다.

이건 중요한 문제였다.

부모님 중 한 명이 돌아가시면 삼 년 동안 관직에서 물러나
있는 것이 관례였다.

새로운 황제께서 등극하시고 집권 세력이 바뀔 시점을 놓
치게 되는 것이다. 그렇다고 그걸 무시하고 관직에 나가기에
는 걸리는 점이 많았다.

불효를 했다는 약점은 앞으로 생길 정적들에게 치명적인
약점이 될 수 있었다.

나는 긍정적으로 생각하기로 했다.

나중에 관직 생활 도중에 아버지가 돌아가셔서 삼 년 동안
관직에서 물러나지 않아도 되는 것을 다행으로 생각한 것이
다.

관직 중간에 삼 년 동안 물러나 있는 것은 치명적이었다.

그렇게 물러난 후 복귀하지 못하는 사람이 얼마나 많은가?

"어쩔 수 없지요. 그래, 어디로 가야 합니까?"

그렇게 나는 청년의 뒤를 따랐다.

그때만 해도 큰아버지가 한다는 장사가 무엇인지 전혀 알지 못했다.

큰아버지가 종사하는 업종은 역대로 자본이 없고 몸이 튼튼하며 강을 좋아하는 사람이 선호하는 업종!

바로 수적이었다.

나는 큰아버지가 무호(蕪湖)에서 작은 장사를 하고 있다고 알고 있었다.

무호는 남직례성(남직례성:지금의 안휘성과 강소성) 전체에서도 다섯 손가락에 꼽히는 대도시였다.

남직례성은 장강의 주요 항구(港口) 중 하나이다. 물론 바다와 면해 있는 항구가 아닌 강을 끼고 있는 항구, 즉 하항(河港)이다. 남직례성 전체는 물론 장강(長江)을 통해 운반되는 교역의 중심지 중 하나로, 쌀이 주요 거래 품목이지만 다른 물품도 많이 거래되고 있었다.

큰아버지가 대도시 무호에서 부하를 거느리고 장사를 한다면 꽤 성공한 셈이라고 생각했다.

내가 큰아버지의 양자가 되는 것을 받아들인 이유도 이런 점을 고려한 것이었다.

큰아버지의 유언으로 나를 찾아온 보공석(輔公石)이라는 청년도 보통 사람으로 보이지는 않았다.

큰아버지를 본 적은 없지만 그런 부하를 데리고 있다면 꽤 괜찮은 인물이었을 것이라는 게 내 판단이었다. 우유부단(優柔不斷)한 아버지에게 그런 형이 있었다니, 놀라운 일이다.

하긴 아버지에게서 나 같은 천재가 태어난 것이 더 놀라운 일이지만 말이다.

나 같은 천재가 관직에 나가면 주위에서 지켜보는 눈이 많을 수밖에 없다. 결국 한동안 관직에 나가면 자연히 따라오는 부수입을 챙기기 어려웠다.

맑은 물에는 고기가 살기 어렵다지만, 작은 비리라도 저지르다가는 고위직에 올라가지 못했다. 윗사람들에게 믿을 수 없다는 인상을 주기 때문이다.

그럴 때 큰아버지가 모았을 재산은 많은 도움이 될 것이 아닌가.

나 같은 천재를 양자로 두자면 그 정도야 당연한 일이다.

하지만 지금 내가 있는 곳은 큰아버지가 장사하고 있다는 무호가 아니었다.

내가 생각했던 장사를 하고 있지도 않았다.

생각해 보면 수상한 점이 하나둘이 아니었다.

우선 마을을 벗어나자 다섯 명이 마을 밖에서 우리를 기다리고 있었다.

보공석은 그들도 자신과 함께 큰아버지 밑에서 일하는 사람들이라고 소개했다.

그들의 인상으로 봐서는 이해할 수 없는 일이었다.

그들은 얼굴부터가 장사하면서 먹고살 수 있는 사람들이 아니었다.

만약 저런 사람들이 무언가를 판다면 상대는 필요해서 사는 것이 아닐 것이다.

그 정도로 그들은 한눈에 보기에도 내가 자란 동네에서 가장 인상이 더럽다는 왕팔과 형님 아우 할 정도의 인상이었다.

나의 이런 의문에 보공석은 그들은 물건을 파는 일이 아닌, 이번과 같이 무언가를 지키는 것이 전문이라고 대답했다.

두 번째로, 내가 사는 휘주부에서 무호로 가는 일반적인 방법은 신안강을 따라 영국부로 간 다음 그곳에서 장강의 지류를 따라 배를 타고 올라가는 길이었다.

내가 남경으로 갈 때도 그 길을 택했다.

그런데 보공석은 배가 이미 기다리고 있다는 이유로 지주부로 가서 그곳에서 배를 타고 장강의 본류로 올라갔다.

이해할 수는 없었지만 그렇게 가는 것이 오히려 빠르다는 것이 보공석의 주장이었다.

실제 능숙하게 배를 다루는 보공석과 그 외 인상파 사내들 덕분에 빠르기는 했다.

하지만 그가 아는 사람을 통해 구해왔다는 배는 아무리 봐도 장사에 사용되는 배가 아니었다. 물건을 싣기에는 너무나 여유 공간이 적었다.

더구나 왠지 사람들의 시선을 피해 움직이는 것이 수상했다.

그러더니 도착한 곳은 무호가 아니었다. 지주부에서 무호로 가는 뱃길 중간에 있는 동릉현(銅陵顯)이었다.

동릉은 이름에서 알 수 있듯 송나라 때부터 근처에 있는 동광산으로 유명한 곳이었다.

놀랍게도 병사들이 항상 지키는 광산 근처 은밀한 곳에 위치한 수적들의 수채가 목적지였다.

큰아버지는 장강십팔채(長江十八寨) 중 남직례성에서 가장 큰 무호채(蕪湖寨)의 채주로, 장강십팔채의 채주 중에서도 세 손가락 안에 꼽힌다는 장발일교(長髮一鮫)가 바로 나의 큰아버지였다.

"지금 이게 사실인가?"

나는 예상하지 못했던 일에 당황했다. 일곱 살 이후 놀랄 일이 없다고 생각하던 나였지만 요즘은 놀랄 일의 연속이었다.

보공석은 내 질문에 짧게 대답했다.

"그렇습니다."

큰아버지, 아니, 양아버지가 수적이었다고 나까지 벌을 받는 것은 아니다.

그것은 설사 내가 양아버지가 수적이라는 사실을 알았다고 해도 마찬가지였다.

일찍이 공자님께서는 부위자은자위부은(父爲子隱子爲父隱), 즉 아버지는 자식의 허물을 감싸고 아들은 아버지의 허물을 감싸야 한다고 말씀하셨다.

　오히려 내가 양아버지가 수적이라는 것을 관가에 고발했다면 그것이 문제가 됐을 것이다.

　왜냐하면 공자님은 직궁증부(直躬證父), 지나치게 정직하여 아버지의 잘못을 관가에 고발하는 것은 정직이 아니라고도 말씀하셨기 때문이다.

　그렇지만 양아버지가 수적이라는 것은 관직에 나가야 할 나에게는 마른하늘의 날벼락 같은 일이었다.

　처벌이 없다고는 해도 관직에 나간다면 출세는 글러먹은 일이다.

　수채까지 안내했던 보공석은 나를 커다란 방에 놔두고 사라졌다.

　보공석이 사라지고 난 다음 나는 지금 내가 처한 상황에 대해 생각해 보았다.

　현재 확실한 것은 세 가지 정도였다.

　첫 번째로 내가 얼굴도 보지 못한 큰아버지의 양자가 됐다는 것이다. 이건 아버지가 이야기한 것이니 확실할 것이다.

　족보에까지 오른 것은 보지 못했지만 가능한 일이다.

　최근 휘주부의 대족(大族) 사이에는 족보 만들기가 유행이었다.

이유는 간단했는데, 바로 과거에 합격하거나 관학에 입학하기가 어려웠기 때문이다. 그에 비해 관학에 입학할 자격인 생원만 돼도 특권이 막강했다.

그러다 보니 일족의 학위 소지자 여부를 정확히 알려면 우선 일족이 얼마나 되는지와 관계를 정확히 알아야 하기 때문이다.

만드는 목적이 이렇다 보니 자신에 관련된 사항이 족보에서 빠질 가능성은 거의 없었다.

자신은 그야말로 왕(汪) 씨 일족의 희망이나 다름없는 존재가 아닌가?

두 번째로 큰아버지가 돌아가셨다는 것도 확실했다.

지금 자신이 머무는 옆방에 시체가 놓여 있었다. 염을 해 놓은 상태라 얼굴을 확인할 수는 없었다. 하지만 어차피 큰아버지이자 양부라지만 한 번도 보지 못한 사이이다.

봐도 확인할 수는 없을 것이다.

어릴 때였다면 옆방에 시체가 있고 혼자 있었다면 겁을 집어먹었을지도 모른다. 하지만 지금은 별로 무섭다거나 하지는 않았다.

죽은 사람보다는 산 사람이 더 무섭다는 것을 잘 알고 있었다.

세 번째는 외지로 나가 장사를 한다고 알려진 큰아버지이자 양부가 수적이라는 것이다.

그것도 보통 수적이 아니라 태평부에서 안경부까지 장강의 수로를 장악하고 있다는 무호채의 채주였다.

무호채는 자신도 이름을 들어봤을 정도로 널리 알려진 수채였다.

명의 역사에서 두 번이나 결정적인 활약을 한 수채가 바로 무호채였다.

본래 일대에서 가장 큰 수적의 무리가 있던 곳은 강 너머에 있는 소호였다.

그러던 것이 원 말 장강이 범람했을 때 소호의 수적들이 장강으로 건너왔다.

그렇게 장강으로 건너온 수적의 무리를 화주 일대를 장악하고 있던 태조 홍무제가 끌어들여 태평부를 침략하는 데 이용했다.

그 후 소호 수적 무리가 홍무제에게 이용당한 후 버림을 받으면서 무호 일대에 머문 것이 무호채의 시작이었다.

그다음 역사에 등장한 것이 바로 영락제가 군대를 일으켜 건문제의 제위를 찬탈했던 정난의 변 시기였다.

당시 무호채는 영락제의 황도 침략을 도움으로써 자신들이 홍무제에게 당했던 배신을 되갚아주었다고 한다.

내가 알 수 없는 것은 나를 이곳으로 데려온 이유였다.

아무리 생각해도 단순히 장례식 때문에 부른 것 같지는 않았다.

장례식 때문이라면 자신을 데려오는 대신 큰아버지의 시체를 건네주면 되는 것이 아니겠는가?

선산(先山)이나 종사(宗祀)가 모두 휘주부에 있었다. 굳이 자신을 데려올 이유가 없었다.

그나마 추측할 수 있는 것은 큰아버지의 정체를 밝히겠다고 나를 협박하는 정도였다.

하지만 자신을 대하는 태도나 큰아버지의 죽음을 받아들이는 태도로 보아 그런 것 같지는 않았다.

더구나 그런 이유라고 해도 굳이 자신을 이곳으로 부를 필요는 없었다.

정보가 부족했기 때문에 더 이상의 예상은 추측일 뿐이었다.

第二章 능사필의(能事畢矣)

해야 할 일은 모두 끝내야 한다

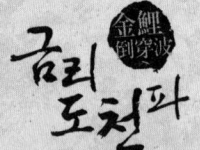
金鯉
到穿波
금리
도천파

일각 정도 시간이 지나고 보공석이 다시 나타났다.

자리에 앉아 있던 나는 그를 보자마자 생각하고 있던 말을 내뱉었다.

"혹시 큰아버지가 수적이었다는 것으로 나를 협박할 생각이라면 포기하게."

나는 그를 보며 단호한 목소리로 말했다.

"나는 관직에 나가지 않으면 않았지 수적 나부랭이들의 협박에 넘어갈 생각이 없으니까!"

보공석은 내 말에 약간 놀란 표정을 짓더니 고개를 숙이며 말했다.

"저희가 어떻게 감히 채주님의 아.드.님.을 협박하겠습니까? 채주님께서는 돌아가시면서도 아.드.님. 걱정뿐이셨습니다."

보공석은 의도적인 듯 내가 큰아버지의 양자가 되어 부자 간이라는 것을 강조했다.

'생각했던 것처럼 만만치 않은 자군.'

큰아버지가 수적이라는 것과 비록 양부라도 아버지가 수적인 것과는 전혀 달랐다.

큰아버지가 수적이라는 것은 단지 흠일 뿐이지만, 아버지가 수적이라는 것은 앞으로 평생 관직이나 명예는 포기해야 한다는 의미였다.

"무호채가 장강의 수채 중에서는 가장 의기가 높다고 하더니, 이제 보니 재기나 심계도 만만치 않군."

"과찬이십니다. 제가 어찌 대명제일의 천재이자 어릴 때부터 강남제일의 신동이라고 소문난 분 앞에서 재기나 심계를 자랑하겠습니까."

나는 상대의 말에 잠시 어이가 없었다.

상대의 말은 그냥 듣기에는 겸손의 말인 듯하지만 실제로는 자신도 만만치 않다는 의미였다.

자신의 말대로 어디 수적 나부랭이가 내 앞에서 자화자찬(自畵自讚)을 한다는 말인가?

"자네가 내 앞에서 심계를 자랑할 정도였다면 최소 태평부의 지부(知府) 정도는 됐겠지 여기서 수적질이나 하고 있겠나?"

막말을 하고 난 후 나는 보공석의 표정을 살폈다.

흉악한 수적을 대놓고 모욕한다고 생각할 수도 있지만 나는 그가 나를 해치지 못할 것이라는 확신이 있었다.

보공석 같은 자는 자신의 목적을 위해서라면 약간의 모욕 정도는 참아낼 수 있을 것이다. 그가 나를 데려온 목적이 무엇이든 지금 나를 해치지는 못할 것이다.

"그러게 말입니다."

예상했던 것처럼 보공석은 약간 얼굴을 찡그리더니 곧바로 입가에 미소를 지으며 말했다.

"저 같은 자야 이곳에서 수적질이나 할 수 있는 것도 감지덕지하지요. 그래도 대명제일의 수재가 채주인 수채라면 수적 노릇도 할 만하지 않겠습니까?"

"대명제일의 수재라면 나를 말하는 것인가?"

"다른 분이 누가 있겠습니까? 저희는 이미 채주님의 유언에 따라 공자님을 저희 수채의 채주로 모시기로 결정했습니다."

"그러니까 지금 나보고 큰아버지의 뒤를 이어 채주가 되라는 말인가?"

보공석은 내 질문에 바로 대답하지 않았다.

"어차피 채주님과의 관계가 밝혀지면 관직에 나가시는 것은 불가능한 것 아닙니까? 해보면 수적도 할 만합니다."

"뭐라고!"

보공석의 말에 나는 자리에서 일어나 그에게 주먹을 날렸다.

내 주먹은 학사치고는 매서운 편이었다.

어릴 때부터 내 천재성을 시기하는 나이 많은 아이와 싸우며 일대일로는 진 적이 없었다.

하지만 이런 나의 주먹을 보공석은 별다른 어려움 없이 잡아냈다. 그의 손에 손목을 잡힌 순간 온몸의 힘이 빠져나갔다.

내 주먹은 동네 아이들에게는 통했는지 모르지만 전문가(?)의 앞에서는 전혀 위력을 발휘하지 못했다.

"소문과는 달리 다혈질이시군요. 항상 침착해 냉심공자라 불리는 분께서 이런 섣부른 행동을 하시면 곤란하지요."

냉심공자라는 별명은 현시에 장원으로 합격하고도 내가 별다른 표정 변화가 없던 것을 보고 붙여진 것이었다.

하지만 그건 내가 장원이라는 것을 이미 알고 있었기 때문이다. 지금과 같은 일에 흥분하지 않는다면 그것은 냉심이 아니라 광심일 것이다.

미친 것과는 거리가 먼 나는 흥분하지 않을 수 없었다.

보공석의 말대로 양아버지가 수적이라는 것이 알려지면 내 관직 생활은 끝난 것이었다.

대명률에는 나와 같은 사람이 관직에 나가는 것을 금지하고 있었다.

　더구나 수적이라니!

　관직 외에 그나마 부귀영화(富貴榮華)를 누릴 수 있는 장사를 하기에도 불가능한 배경이었다.

　내가 어릴 때부터 신동으로 소문난 천재가 아니었다면 그나마 방법이 있었겠지만, 그냥 다른 사람들에게 묻혀가기에는 나를 지켜보는 눈이 너무도 많았다.

　보공석이 충격에 빠져 있는 나를 보며 말했다.

　"무식한 놈이 한마디 더 드리자면, 채주님이 되시기 전에 다른 사람 앞에서 이런 행동은 곤란합니다. 공자님과는 달리 무식하게 살아온 저희 같은 놈들은 상대가 공격해 오면 본능적으로 칼부터 휘두르는 버릇이 있어서요."

　"지금 나랑 장난하자는 말인가?"

　"제가 감히 곧 채주가 되실 분에게 장난이라니요. 그리고 소문대로 대명제일의 수재이시라면 어떻게든 지금의 상황을 벗어날 방법을 찾으셔야 하는 것 아닙니까?"

　"이 상황에서 뭘 할 수 있다는 말인가?"

　"찾으면 방법이 없는 것은 아닙니다. 돌아가신 채주님께서는 강호에 강상(江祥)이라 알려져 있습니다. 본명이 왕가상(汪稼祥)이라는 것을 아는 자는 우리 수채에도 열 명이 채 안 됩니다. 그리고 공자님과 채주님의 관계를 아는 것도 지금은 그 정도입니다. 그나마도 얼마 전 돌아가시면서 유언으로 말씀하시지 않았다면 공자님에 대해서 아는 사람은 저 외에는 없었을 것입니다."

보공석의 말에 나는 다행이라는 생각이 들었다.

하긴 큰아버지라는 작자는 다른 곳도 아닌 같은 일대에서 가장 유명한 수적이었다.

떠날 때의 태도로 보아서 아버지는 큰아버지가 수적이라는 사실을 몰랐다.

아무리 아버지와 여러 가지 의견 충돌이 있었지만, 수적이라는 사실을 알면서도 나를 큰아버지의 양자로 보내지는 않았을 것이다.

무엇보다 아버지 같은 사람은 큰아버지가 일대에서 제일 가는 수적이라는 것을 알고도 그렇게 태연히 지낼 만한 위인이 아니었다.

여기까지 생각하자 한 가지 생각이 머리를 스치고 지나갔다.

눈앞에 있는 보공석이라는 자가 큰아버지의 유언을 이유로 자신을 데려온 진짜 이유였다.

겉으로 어떻게 보이는지에 관계없이 눈앞에 있는 보공석이라는 수적이었다.

내가 비록 장강십팔채라는 수적 단체에 대해 잘 알지는 못하지만, 수채가 재산처럼 물려받는 것이 아니라는 것은 알고 있었다.

무슨 가게나 점포도 아니고 채주였던 큰아버지가 돌아가셨다면 부하 중 하나가 물려받아야 하는 게 아닌가?

내가 알고 있던 것처럼 큰아버지가 무호에서 장사를 하고 있다면 내가 뒤를 잇는 것은 큰아버지의 부하들에게 도움이 될 수 있었다.

이미 말한 것처럼 내 천재성은 천자에게까지 알려질 정도이다.

적어도 일대에서 내 명성을 무시할 수 있는 사람은 없었다.

지금은 전시에 합격해 진사까지 됐으니 나를 배경으로 하는 것은 장사에 많은 도움이 될 수 있었다.

하지만 내가 수적 일에 대해 아는 것이 무엇이며, 내 명성이 수적 일을 하는 데 무슨 도움이 되겠는가?

관으로부터 더 심한 토벌이나 당하지 않으면 다행이다.

장강의 수적은 어제오늘 일이 아니었다. 장강의 수적을 없애는 것은 불가능했다.

장강을 통한 세량 운송에 큰 차질이 없는 한 수적을 눈감아 주는 것이 관행이었다.

그런데 중앙에까지 이름이 알려진 내가 수적이 된다면 중앙에서는 토벌을 하지 않을 수 없을 것이다.

지난 며칠간 내가 본 보공석이라는 자는 그런 사실 정도는 알 만한 사람이었다.

무호채가 얼마나 큰지는 모르지만 하나의 단체를 이끌 만
한 능력을 가진 사람으로 보였다. 그런 그가 굳이 나를 데려
와 큰아버지의 뒤를 잇기를 바라는 것은 이상한 일이었다.

　아니, 그전에 큰아버지가 나를 다음 채주로 삼겠다는 유언
을 내렸다는 사실 자체가 이해가 가지 않았다.

　이들의 말대로라면 큰아버지가 돌아가신 것은 내가 전시
를 보고 고향에 내려와 있을 때다.

　나에 대해 조금이라도 알고 있었다면 다음 채주로 삼겠다
는 말이 나와서는 안 되었다. 지금 돌아가는 상황을 보건대,
내가 모르는 다른 이유가 있는 것이 분명했다.

　"만약 내가 채주가 될 수 없다고 하면 어떻게 되는 것인
가?"

　보공석은 내가 그럴 줄 알았다는 듯 바로 대답했다.

　"저희는 꼭 공자님을 다음 채주님으로 모시겠다는 생각에
는 변함이 없습니다."

　"그래도 내가 채주가 되는 것을 거부한다면?"

　"저희에게 돌아가신 채주님은 말 그대로 저희의 목숨도 기
꺼이 바칠 수 있는 주군이셨습니다. 주군의 유언을 지키지 못
하는 상황이 온다면 저희도 무슨 짓을 할지 모릅니다. 무식한
수적들 아닙니까?"

　"지금 나를 협박하는 것인가?"

　내 추궁에 보공석이 차갑게 말했다.

"협박이라니요. 저희의 생각을 솔직히 말씀드린 것입니다."

나를 바라보는 보공석의 눈이 날카롭게 빛났다.

그의 말대로 내가 끝까지 채주 직을 거부하면 무슨 짓을 할지 알 수 없는 표정이었다.

"다른 자들과는 달리 자네하고는 말이 통할 것 같으니 내 솔직히 묻겠네."

"궁금한 것이 있으면 이야기하십시오. 제가 아는 것이라면 무엇이든 말씀드리겠습니다."

"굳이 나에게 채주 직을 넘기겠다는 이유가 뭔가?"

"그야 전대 채주님의 유언을 따르기 위해……."

"나를 뭐로 보고 그런 말을 하는 것인가! 내가 바로 왕세정이야."

나는 또다시 큰아버지의 유언을 이유로 대려는 보공석의 말을 잘랐다.

"솔직히 이야기해 보게. 내가 아니면 안 되는 이유가 뭔가? 내 보기에는 자네 정도면 충분한 능력이 있을 것 같은데?"

"제가 어찌 감히……."

"그만!"

나는 다시 한 번 보공석의 말을 막고 빠르게 말했다.

"자네 말대로 내가 채주가 되면 자네는 내 부하가 되는 것이 아닌가? 그러자면 내가 먼저 자네를 믿을 수 있어야 하지 않겠나! 그러니 솔직히 이야기하게. 정말 큰아버지께서 나를 채주로 삼으라는 유언을 한 것이 이유의 전부인가? 아니, 그보다 큰아버지가 그런 유언을 남긴 것이 사실이기는 한 것인가?"

보공석은 잠시 머뭇거리더니 입을 열었다.

"그렇게까지 말씀하시니 저도 솔직하게 말씀드리겠습니다. 우선 돌아가신 채주님께서 유언을 남기신 것은 사실입니다. 그리고 그분께서 그런 유언을 남기신 데는 특별한 이유가 있습니다."

"그래, 그 특별한 이유가 뭔가?"

"저희 수채는 몇 년 사이 무호 일대의 농지를 대규모로 사들였습니다. 그리고 그 농지에는 지금은 흩어져 있는 수채 식구들의 가족이 살고 있습니다."

"수적들치고는 가족애가 대단하군."

나는 이들이 바로 농지를 사들여 수적들의 가족을 정착시킨 이유를 짐작할 수 있었다.

수적들은 대부분 고향을 떠나온 유민인 경우가 많았다.

대명제국에서는 사람이 줄었다고 곧바로 세금이 줄어드는 것은 아니었다. 결국 그렇게 유민이 떠나오고 나면 고향에 남겨진 가족들은 더욱 큰 부담을 지게 되는 것이다.

"그것과 내가 채주가 되는 것과 무슨 상관인가?"

"그렇게 사들인 농지는 모두 채주님의 이름으로 사들였습니다. 공자님께서 과거에 합격하신 후 생원 이상의 지위에게 는 본인 외에 두 명까지 부역(負役)이 면제되기 때문이지요."

나는 이제야 얼굴도 보지 못한 큰아버지가 자신을 양자로 삼은 이유를 어느 정도 짐작할 수 있었다.

대명제국에서 조금 재산이 있는 사람들이 과거에 전념하 는 이유는 바로 생원 이상에게 주어지는 면세 혜택 때문이었 다.

물론 아주 특별한 이유가 아닌 이상 농지에 부과되는 전 세(田稅)까지 내지 않아도 되는 것은 아니다.

하지만 농민들에게 가장 큰 부담이 되는 것이 부역이라는 것을 생각하면 엄청난 특혜였다.

특히 이러한 특혜는 아무리 많은 토지를 가지고 있다고 해 도 상관이 없었다. 그 때문에 농지를 가진 사람들이라면 생원 이라도 되기 위해 평생을 바치는 것이었다.

수채의 채주로 있던 큰아버지는 내가 초시에 합격해 관학 에 입학한다는 소식을 듣고 나를 양자로 삼은 것이다.

"단순한 부역을 내는 것을 피하기 위해서라기보다는 부역 을 부담하는 과정에서 관리의 조사가 부담스러워 한 일이겠 군."

"예."

사람 수에 관계없이 농지의 비옥도와 크기에 따라 내는 전 세와는 달리 부역은 원칙적으로는 개개인에게 부과되는 것이었다.

결국 부역 부담을 정하는 과정에서 관청의 조사를 받을 수밖에 없다. 수적인 큰아버지의 부하들에게는 이런 조사를 받는 것이 부담스러울 수밖에 없다.

큰아버지가 돌아가신 지금 이들에게 농지의 주인이 누가 되느냐는 단순한 돈의 문제가 아닌 것이다.

어떻게 생각하면 꼭 내가 아니더라도 단순하게 생각해서 다른 적당한 생원을 찾아 명의를 빌릴 수도 있을 것이다.

하지만 그게 말처럼 쉬운 일이 아니었다.

무호현이 속한 태평부 전체에서 생원의 수는 백 명이 채 안 됐다. 그들 대부분이 일대에서는 이름이 널리 알려진 수재이거나 호족이었다.

위험을 감수하며 수적에게 이름을 빌려줄 사람들이 아니다. 이들에게는 차라리 내가 만만할 수도 있었다.

문득 나에게 한 가지 생각이 떠올랐다.

이들에게 필요한 것이 부역의 혜택이라면 굳이 내가 아니라도 상관이 없었던 것이다.

본인 외에 두 명이라면 지금 큰아버지가 받던 면세 혜택을 큰형이 받도록 하면 되는 것이다.

"어차피 부역을 피하는 것이 목적이라면 내가 굳이 채주가 되지 않더라도 상관이 없지 않겠나? 그런 문제라면 내 큰형의 명의를 빌려주겠네. 형님이 지금은 고향을 떠나 있지만 내가 말하면 기꺼이 명의를 빌려주실 것이네. 그리고 정 문제가 된다면 내가 기꺼이 빌려주겠네."

"단순하게 그 문제만이라면 저희도 다른 방법을 찾아봤을 것입니다. 그 정도 문제는 돈이면 충분히 해결할 수 있는 문제니까요."

생각해 보니 보공석의 말처럼 관리들에게 적당한 뇌물을 주면 해결될 수도 있는 문제였다. 돈이면 귀신도 부린다는데 부패한 관리들이야 말할 것도 없었다.

"다른 이유도 있다는 말인가?"

"예. 말씀드린 것처럼 저희 중에는 채주를 맡을 사람이 없습니다."

"내가 이미 말한 것처럼 자네 정도라면 충분히 수채를 맡을 수 있을 것 같은데…… 큰아버님의 유언이 문제라면 내가 다른 자들 앞에서 자네를 추천해 주겠네."

"저를 채주로 밀어주시겠다는 말입니까?"

"그렇다네. 자네도 수적이 된 이상 이 정도 수채의 채주가 되고 싶을 것이 아닌가?"

자신을 추천해 주겠다는 내 말에 보공석은 잠시 망설이는 듯했다. 그러나 잠시 후 보공석은 고개를 저었다.

"저를 그렇게까지 높이 평가해 주시는 것은 고맙습니다만 채주 직을 맡기에는 제 능력이 부족합니다."

"능력이 부족하다?"

내 눈에는 보공석이라는 이자가 채주가 되는 것에 욕심이 있는 것이 분명해 보였다.

그런데도 능력이 부족하다고 말하는 것으로 보아서는 뭔가 다른 문제가 있는 것이 분명했다.

보공석은 이런 내 궁금증을 알기라도 하듯이 입을 열었다.

"채주님을 따르던 사람이 저만 있는 것이 아니니까요."

한마디로 욕심이 나기는 하지만 다른 사람들 때문에 채주가 될 수는 없다는 말이다. 안 된다고 하면서도 보공석은 욕심을 완전히 버리지는 못한 모습이었다.

내 제안이 채주가 되려는 보공석의 야심에 불을 붙인 것 같은 느낌이었다.

'괜한 문제만 만든 것 같군.'

"돌아가신 채주님께서 공자님께 채주 직을 물려주시겠다고 유언을 남기신 진짜 이유는 따로 있습니다."

"그래, 그 특별하다는 진짜 이유가 뭔가?"

"지난 십 년 동안 강상, 아니, 왕가상 채주님께서는 무호채를 당당한 문파로 만들고자 많은 노력을 기울이셨습니다."

"무림문파?"

"예!"

무림문파가 되기 위해 준비했다는 말에 나는 속으로 혀를 찼다.

내 눈에는 수적이나 무림문파라는 것들이나 무뢰배이기는

매한가지였다. 어차피 무력을 사용해 다른 사람의 돈을 가로채기는 마찬가지가 아닌가?

대명률에 따르면, 민간인들이 모여 도당을 이룬 무림문파도 불법이기는 마찬가지였다.

그에 비해 수채는 불법이기는 하지만 사실상 사람들 사이에 어느 정도는 존재가 묵인되는 것이 사실이었다.

"이제 준비가 끝나가는 시기라서 어느 때보다 내부 단합이 필요한 때입니다. 그래서 돌아가신 왕 채주님께서는 중요한 시기에 채주 직을 두고 수채 내부에 분열과 반목이 생기는 것을 염려하셨습니다."

한마디로 자신이 죽고 비슷비슷한 놈들끼리 싸울 것을 염려한 큰아버지께서 차라리 외부인인 나에게 채주 직을 물려줬다는 것이다.

내가 정작 신경 쓰이는 것은 보공석이 말한 내용이 아니라 그가 큰아버지를 왕 채주로 불렀다는 것이다. 보공석이 이미 큰아버지의 본명을 알고 있다는 것을 밝혔으니 아무 의미가 없다고 생각할 수도 있었다.

그렇지만 반대로 생각하면 언제든지 큰아버지의 신분이나 나와의 관계를 밝힐 수도 있다는 협박으로 생각할 수도 있었다.

"자네들 사정이야 이해가 가네. 하지만 내가 뭐 하러 자네들의 채주가 된다는 말인가? 나 왕세정이네."

별로 내키지 않아하는 내 말에 기분이 상한 듯 보공석은 눈초리를 치켜세웠다.

"이렇게까지 말했는데도 채주님의 유언을 거절하시겠다는 말입니까?"

"채주가 되어 부하로 받아들여 달라면서 나를 한 대 치기라고 할 표정이로군."

"죄송합니다. 다시 한 번 생각해 주십시오. 채주님께서 처음 수채를 합법적인 무림문파로 만들겠다고 결심하신 것이 누구 때문인데……."

"그게 나 때문이라는 말인가?"

"그렇습니다. 십 년 전 공자님께서 신동이라는 소문을 듣고 며칠 동안 고민을 하시고 내린 결정입니다."

보공석의 말대로 십 년 전이라면 내 천재성이 휘주부를 넘어 강남으로 퍼져 나갈 때였다. 서원에 입학하면서 시를 몇 편 지었는데 그것을 본 서원의 학사 중 한 명이 소문낸 결과였다.

큰아버지가 나 때문에 잘나가던 수채를 접을 생각을 했다니 나름대로는 기특한(?) 일이었다. 관직 생활을 할 나를 위해 신분 세탁을 하려고 한 것이다.

하긴 나 같은 천재를 가족으로 둔 사람이라면 그 정도는 당연히 해줘야 했다. 친아버지처럼 내 이름을 팔아 사람들에게 돈이나 뜯어내 기루에 다녀서는 안 되었다.

그런 것을 생각하면 단순한 신동으로 끝날 수 있었던 내가 그런 친아버지를 두고도 지금의 위치에 올라온 것은 대단한 일이었다.

나는 평소의 버릇대로 자기도취에 빠졌다. 이런 내 자기도취를 깬 것은 보공석이었다.

"당시 많은 반대를 뿌리치고 많은 어려움을 뚫으며 겨우 여기까지 왔습니다. 제발 돌아가신 왕 채주님의 유언을 받아들여 주십시오. 계획대로만 된다면 앞으로 공자님의 뜻을 펼치는 것에도 많은 도움이 될 것입니다."

한마디로 뭔가 내게도 대가가 있다는 말이다.

"알겠네. 정 그렇다면 큰아버지의 유언에 따르도록 하겠네."

"감사합니다. 제 절을 받아주십시오."

말을 마친 보공석은 의자에서 일어나 절을 하기 위해 바닥에 엎드렸다.

그렇지만 내가 채주가 되기로 한 것은 단순히 채주가 되고 난 후 얻을 이득이나 큰아버지의 정성(?)에 감동했기 때문만은 아니었다.

그보다는 내가 끝까지 거절하면 수채에서 살아서 나갈 자신이 없었기 때문이다.

들어올 때는 갑작스러운 일에 당황해서 들어왔지만, 이들이 나를 무사히 보내준다는 확신이 들지 않았다.

오면서 수채로 들어오는 비밀통로나 신호를 기억하고 있지만 그뿐이었다. 나 혼자서 지키는 감시를 피해 수채를 빠져나간다는 것은 불가능했다.

나중 일은 어떻게 되더라도 지금 당장은 저들의 제안을 받아들이는 것이 현명한 판단이었다.

큰아버지의 뒤를 이어 무호채의 채주가 되기로 했지만, 마음에 걸리는 것이 있었다.

보공석이 자신에게 채주 직을 맡기려는 진짜 이유가 따로 있을지도 모른다는 생각이었다. 그리고 다른 사람이 아닌 자신이 무호채의 채주가 되어야 하는 진짜 이유를 알고 그 문제를 해결하고 난 후에야 계획했던 부귀영화의 길을 걸어갈 수 있을 것 같았다.

第三章 장수선무(長袖善舞)

긴소매 옷은 춤을 아름답게 보이게 하듯이
조건이 좋으면 유리하다

막상 채주가 되겠다고 결심하자 내 머릿속에 한 가지 문제가 떠올랐다.

지금까지는 전혀 생각하지 않은 부분이었다.

무호채는 그냥 작은 강에 주먹깨나 쓴다는 자들이 모인 자잘한 수채가 아니었다.

수채라고는 해도 무호채 정도의 규모가 되면 이미 강호의 한 세력이었다. 강호의 세력인 무호채의 채주는 곧 강호인이자 무림인이라는 말이고, 결국 무공이 필수적이라는 말이었다.

그것도 대강 익히는 것이 아니라 강한 무공이 필요했다.

"그런데 내가 무호채의 채주가 되자면 무공을 익히지 못하는 것이 문제가 되는 것 아닌가?"

내 질문을 들은 보공석이 말했다.

"우선 한 가지 여쭤봐도 되겠습니까?"

"뭔가?"

보공석이 주위를 살피더니 조심스럽게 물었다.

"집안에 내려오는 운기토납법(運氣吐納法)을 익히셨습니까?"

"그렇네만?"

그의 말대로 우리 집안에는 몇 대 전 선조가 우연히 발견했다는 운기토납법이 전해 내려온다.

모르는 사람은 우리 가문에 내공심법(內功心法)이라고 할 수 있는 운기토납법이 있다는 것을 이상하게 생각할 수도 있다.

큰아버지 전까지만 해도 우리 가문과 이른바 무림과는 아무런 관련이 없었기 때문이다.

지금은 몰락했지만, 우리 집안은 명의 건국 초기에는 관료를 대대로 배출한 잘나가는 집안이었다.

그러던 것이 건국 초에 있었던 몇 번의 옥사를 거치고 결정적으로 건문제를 밀어내고 영락제가 등극한 후 몰락하기 시작했다.

강남의 다른 가문들처럼 몇 대 동안 관료를 배출하지 못하면 아무리 잘나가는 집안이라도 몰락하는 것은 순식간이었다.

하지만 뜻밖에도 대대로 학사를 키워 관직에 나가기를 희망하는 가문에는 이런 운기토납법이 전해지는 경우가 많았다.

그중 호광이나 강서의 가문 중에는 학문을 포기하고 무공에 전념해 이른바 무림세가가 되는 일도 있었다.

하지만 나는 우리 가문에 전해지는 운기토납법이 무림세가에 전해지는 것 같은 대단한 내공심법이라는 생각은 들지 않았다.

우리 가문에 운기토납법이 전해진 것이 수대가 지났지만 무림인이 된 사람은 큰아버지가 처음이었다.

실제 내가 운기토납법을 처음 익힌 것은 글을 읽을 수 있게 된 두 살 때였다.

우연히 운기토납법이 적힌 책을 발견한 것이다. 그 후 무려 십오 년 동안 거의 매일 운기토납법을 익혔다.

운기토납법은 공부를 하기 위해 밤을 새운 다음날 피로를 회복하는 데 도움이 되었다.

내 천재성을 질투한 동네 아이들과의 싸움에도 약간 도움이 된 것 같다.

자식들!

아무리 천재인 나와 비교되는 것이 싫다지만 주먹을 사용하다니…….

나와 같은 시대에 태어난 비운을 다른 사람들보다 일찍 경험한 것뿐이니 너무 실망하지 않기를 빌 뿐이다.

이번 과거를 통해 대명제국 전체에 비슷한 좌절감을 맛본 자들이 수백만 명으로 늘어난 것을 위안으로 삼았을 것이다.

하지만 그뿐이었다.

만약 내가 익힌 운기토납법이 대단한 것이라면 나는 천하제일고수는 아니더라도 절정고수가 되어 있어야 했다.

이렇게 생각하는 이유는 간단했다.

내가 내공심법을 익힌 것이 십오 년뿐이라고는 하지만 나 같은 천재의 십오 년은 보통 사람이 백오십 년 동안 익힌 것과 비슷하지 않겠는가?

당장 눈앞에 있는 보공석이라는 자가 백오십 년 동안 학문을 익혔다고 생각해 보자. 보통 사람보다는 똑똑한 편에 속하는 보공석이라는 자가 백오십 년 동안 책을 본다고 나 정도의 학문을 익힐 수 있을까? 아니었다.

돌은 아무리 갈아도 돌일 뿐이다.

나?

나는 당연히 어디서나 빛나는 금강석이라고나 할까?

이런 내 생각을 눈치 챘는지 보공석이 나를 보며 눈을 부라렸다.

'저놈도 눈을 부라리니 인상 더럽군.'

보공석이 다시 입을 열었다.

"돌아가신 채주님은 장강십팔웅(長江十八雄) 중에서도 내공이 가장 강한 분이셨습니다."

"장강십팔웅?"

"장강십팔채의 채주를 한꺼번에 부르는 말입니다."

도적들 주제에 영웅(英雄)이라니, 웃기는 일이었다.

하지만 지금은 웃을 분위기가 아니었다.

더구나 내가 지금 있는 곳은 그 수적들이 모여 있는 수채였다. 수적들 입장에서야 장강십팔채의 채주는 말 그대로 영웅이 아니겠는가?

"돌아가신 채주님께서는 별다른 무공 초식(武功招式)을 사용하지 않고도 내공만으로 당할 자가 적었습니다. 공자님의 진짜 신분을 알고 있는 몇몇 간부들 외에는 공자님께서 전 채주님과 같은 무공을 익히신 것으로 알고 있습니다. 그것이 다른 간부들이 외부인을 신임 채주로 받아들인 이유 중 하나입니다. 하지만 채주님은……."

나는 굳이 듣지 않아도 보공석이 무슨 말을 하려고 하는지 알 수 있었다.

어쩐지 수적인 저들이 아무리 유언 때문이라고는 하지만 자신이 채주가 되는 것에 순순히 따른다는 게 수상했다.

저들은 내가 무공을 익힌 것으로 알고 있는 것이다.

내가 가문에 내려오는 현천건곤조화심법(玄天乾坤造化心

法)이라는 유치한 이름의 운기토납법을 익힌 것은 사실이니 무공을 익힌 것은 사실이라고 할 수 있다.

하지만 현천건곤조화심법, 줄여서 건곤심법(乾坤心法)으로 내공을 쌓는다는 것은 거의 불가능했다.

현천건곤조화심법은 내공을 쌓기 위한 심법이 아니었다. 그 이름에서 드러나는 것처럼 도가 계열로 선천지기(先天之氣)를 길러 신선이 되는 것을 목적으로 한 심법이었다.

특별한 인연이 없는 한 건곤심법만으로 내공을 쌓는 것은 불가능했다.

큰아버지는 고향을 떠난 후 뭔가 기연을 얻은 것이 분명했다.

"사실이 알려지면 저들이 반대할 수도 있다는 말이군."

이곳은 내가 살던 세상과는 다른 곳이었다.

고향에서는 나를 무시하는 사람이 한 사람도 없었다.

심지어는 보통 사람은 가까이하기 어려운 현의 지현(知縣)까지 나를 대우해 주었다.

가끔 내 안부를 묻기 위해 직접 찾아온 것은 물론이다. 내가 있음으로써 중앙의 관리들이 그가 있는 현의 이름을 기억하기 때문이다.

중앙에서 지방의 이름이 거론되는 지방관의 소원은 중앙으로의 진출이 유리했다.

내 명성이 휘주부 너머까지 소문이 난 후에는 내가 살던 곳의 지현이 되기 위해 뇌물을 썼다는 소문까지 들려왔다.

실제로도 내가 작년 성시에 합격했을 때 현을 다스리던 지현은 학문 증진에 힘쓴 명목으로 승진해 중앙으로 승진해 올라갔다.

내가 전시에 합격하기 위해서는 다음번 전시는 되어야 할 것이라고 생각해 미뤘던 어느 지방 수령이 땅을 치고 후회했다는 소문이 있었다.

어쨌든 지금의 나를 만들어준 것은 성리학(性理學)과 사서삼경(四書三經)에 대한 지식이었다.

여기에 과거를 보는 데 필수적이라고 할 수 있는 팔고문(八股文)에 능한 것은 물론이다.

여기에 일정하게 시를 지어 알린 것으로 학계에서 내 명성은 이미 나이를 넘어선 것이었다.

그에 비해 수채의 채주가 되기 위해서는 일정 수준 이상의 무공이 필요했다.

단순히 수채 내에서 수적인 부하들을 통솔하는 데 필요한 것뿐만이 아니었다. 더 중요한 것은 밖에서 활동하면서 신분을 숨기기 위해 더 필요했다.

어린 나이에 수채의 채주가 되어 뛰어난 능력으로—내가 아무리 숨긴다고 해도 내 천재성은 쉽게 가려질 수 있는 것이 아니다—활약하면서 무공을 모른다면 쉽게 신동으로 소문났던 내 이름을 생각나게 할 수 있었다.

비슷한 능력을 지닌 천재들이 멀리 떨어지지 않은 장소에 있다면 둘을 연관시켜 생각하는 것은 당연했다.

처음에야 과거 급제자와 수채의 채주라는 차이점 때문에 같은 사람이라는 것을 생각하지 못할 것이다. 그렇지만 장강 십팔채 중 하나의 채주면서도 무공이 낮거나 없다면 두 사람이 한 사람이라는 것이 밝혀지는 것은 시간문제였다.

그 밖에는 보통 사람이라면 걱정할지도 모르는 지금까지 책만 읽던 내가 수채를 이끄는 것이 걱정되기도 하지만 큰 문제라고는 생각하지 않았다.

천재인 내가 대명제국 전체도 아니고 수채 하나 정도 운영하는 것이야 별로 문제가 될 것은 없었다.

문제는 무공이었다.

나는 눈을 들어 보공석을 바라보았다.

가문의 운기토납법에 대해 묻는 태도로 보아서는 그에게 뭔가 방법이 있을 것이라는 생각이 들었다.

"돌아가신 채주님이 내공이 강하셨던 것은 젊었을 때 만년금구(萬年金龜)를 드셨기 때문입니다. 공자께서도 영물(靈物)이나 영약(靈藥)을 드시면 아무런 문제가 없을 것입니다."

내 생각대로 큰아버지가 가문의 심법만으로도 막강한 내공을 발휘한 것은 만년금구를 먹었기 때문이다.

금구, 즉 금빛 거북은 도교에서 신성시하는 영물이었다.

건곤심법이 내공을 쌓는 데는 별다른 효능이 없지만 자연의 기운을 내공으로 바꾸는 데는 탁월했다.

만년금구 같은 영약은 거의 자연의 기운에 가까울 테니 효과가 탁월할 것이다.

내가 건곤심법을 익히고 동네 아이들을 제압할 수 있었던 것도 마침 문중 어르신이 보내주신 산삼(山蔘)을 먹고 힘이 세어진 이후였다.

보통 심법이 영약의 기운 중 절반도 흡수하지 못하는 것에 비해 건곤심법은 대부분을 흡수하는 것이 가능했다.

건곤심법에 쓰여 있는 것이 사실이라면 다른 심법으로 천년하오수의 기운을 흡수했을 때 얻을 수 있는 내공이 일 갑자인 데 비해 건곤심법은 이 갑자를 얻는 것이 가능했다.

보공석의 말대로 영약이나 영물을 먹으면 내가 큰아버지의 뒤를 이어 무호채의 채주가 되는 것은 문제가 없었다.

문제가 있다면 영약이나 영물이 없다는 것이었다.

지금 대명제국에서 영약이나 영물은 씨가 마른 상태였다.

지금 영약이 있을 만한 곳은 사람으로 넘쳐 나고 있었다.

얼마 전 등극한 황상은 젊은 나이임에도 기가 허해 영약이나 영물을 가져오는 자에게 큰 상을 주고 있었다. 듣기로는 어린 나이 때부터 지금은 귀비가 된 연상의 유모인 만귀비에 빠져 있었다고 한다.

영약이나 영물을 구하는 것도 어린 황상이 아닌 만귀비였다. 이미 조정의 실권은 만귀비에게 있다는 소문이니 권력을 탐하는 자들은 영약이라는 소문만 났다 하면 아무리 큰돈을 쓰더라도 구하기 위해 혈안이 되었다.

그리고 그렇게 구해진 영물이나 영약은 황상이 싹쓸이하듯 먹어치우고 있기 때문이다.

영약이나 영물을 먹고 얻은 힘으로 만귀비와 함께 지내느라 정무를 환관들에게 맡기고 있다는 소문이었다.

당연히 아무리 큰돈이 무호채에 있다고 하더라도 영약이나 영물을 구하기는 힘들었다.

"지금 장난하나? 영약이나 영물이 있어야 먹고 내공을 키우든지 말든지 할 것이 아닌가?"

순간적으로 보공석의 얼굴이 굳어졌다.

그는 조용히 자리에서 일어나 나에게 다가왔다.

나는 순간적으로 아까 그에게 손목이 잡혔던 것이 생각났다. 그는 나 같은 것은 한주먹에 저세상으로 보낼 수 있는 진짜 무림인이었다.

나는 급히 상황을 바꾸기 위해 입을 열었다.

"저기… 내가 말을 좀……."

하지만 내 목소리는 곁으로 다가와 귀에 대고 속삭이는 보공석의 말에 의해 끊겼다.

"사실 지금 제 손에 만년화리(萬年火鯉)가 있습니다."

"만년화… 윽!"

보공석이 놀라 소리치려는 내 입을 손으로 틀어막았다.

비밀이 새어나갈 것을 조심하는 행동이었다. 하지만 내 머릿속에는 그런 것을 생각할 여유가 없었다.

내 입을 틀어막은 보공석의 손에서 나는 지독한 지린내에 코가 막힐 지경이었다.

입에서도 짠 내가 나는 것을 보아서는 아무래도 볼일을 보고 손을 닦지 않은 것이 분명했다.

"퉤퉤!"

'이런 더러운 놈!'이라는 말이 목구멍까지 솟아올랐다.

겉으로는 멀쩡해 보이는 놈이 볼일을 보고 손도 씻지 않다니… 장강이 바로 앞에 흐르니 물이 모자란다는 변명도 통하지 않았다.

하지만 잠시 후, 어느 정도 찝찝함이 사라지자 내 머릿속에는 만년화리라는 네 글자가 맴돌았다.

만년화리라면 용이 된다는 영물 중의 영물이다.

"정말인가?"

"사실입니다."

내 머리가 순간적으로 빠르게 회전했다.

만년화리의 내단이라면 다른 영약과는 차원이 다르다.

특히 만년화리는 남성의 정력에 가장 좋은 영약 중 하나였다.

예로부터 잉어보다 정력에 좋은 것은 손에 꼽을 정도였다.

원기 보충에는 따라올 것이 없으니 유독 정력에 부족한 지

금의 황상이 아닌 다른 황제에게라도 일단 바치기만 하면 부
귀영화가 보장되는 영약이었다.

더욱이 영약에 환장하는 지금의 천자라면 만년화리를 바
친 보상으로 무엇을 줄지 짐작도 가지 않았다.

"하하하!"

내 입에서 저절로 웃음이 터져 나왔다.

"그 물건이 어디 있나? 당장 가져오게."

"천자께 바칠 생각이십니까?"

그도 내 생각을 짐작한 듯했다. 천자가 영물이라면 환장한
다는 것은 널리 알려진 일이었다.

그 물건만 있다면 굳이 신분 세탁이나 흔적 은폐 같은 귀찮
은 일을 할 필요가 없었다.

만년화리의 내단이라면 큰아버지가 수적이었다는 사실은
아무런 문제가 될 수 없었다.

설사 내가 수적이었다 하더라도 만년화리의 내단을 바치
기만 한다면 용서받을 수 있었다.

나를 바라보는 보공석의 인상이 좋지 못했다.

아무래도 만년화리를 천자에게 바치고 상을 내가 독차지
할까 걱정하는 것 같았다.

아직 만년화리의 내단은 보공석의 손에 있다. 더구나 그에
게 있어 내 목숨을 거두는 것은 일도 아니었다.

겉으로 보기에는 멀쩡해 보이지만 그는 어디까지나 흉악

한 수적이 아닌가?

그것도 졸자(拙者)가 아닌 수채의 채주였던 큰아버지가 믿고 내단을 맡길 만한 심복이었다.

나는 최대한 부드럽게 말했다.

"그렇네만… 걱정하지 말게. 앞으로 자네는 내가 책임지겠네. 내 쩨쩨한 사람이 아니네. 부하들과 공을 나눌 생각은 얼마든지……."

"그 물건은 본래 사천당가(四川唐家)의 물건이었습니다."

"사천의 그 당가 말인가?"

"그렇습니다."

사천성의 당가라면 사천성에서도 손에 꼽히는 명문 중 하나였다. 당 씨 성을 가진 사람들이 사천성에만 있는 것은 아니었다. 가까운 절강성의 처주(處主)에도 당 씨 성을 가진 명문거족에 있었다.

그렇지만 그중에서도 사천당가는 가장 사람들이 꺼리는 가문이었다. 그들은 벼슬길에 나가는 사람이 적었다.

관직에 나갔다가 가문이 몰락하는 것을 막기 위한 가훈 때문이었다. 그래서 그런지 오랜 세월 동안 꿋꿋이 세력을 유지해 왔다. 무림에서도 유명해 오대세가 중 하나라고 한다.

"그런데 어떻게 자네가 사천당가의 물건을 가진 것인가?"

무호채가 장강십팔채 중 하나라지만 사천당가에 비교할 수는 없었다.

"사실 제 물건이 아니라 돌아가신 채주님이 얻으신 물건입니다."

"큰아버지… 아니, 아버지가 얻으신 물건이라고?"

만년화리 내단의 주인이 큰아버지라는 사실을 들은 나는 호칭을 아버지로 바꿔 불렀다.

만년화리가 내 것이라는 것을 확실히 하기 위해서였다.

"그렇습니다. 얼마 전 채주님께서 군산에서 열린 장강십팔채 회합에서 참석하셨다가 돌아오시던 중 사천당가의 배를 우연히 만났습니다. 그때 우연히 갑판에 떨어진 내단을 얻으신 것입니다."

수적인 큰아버지가 어떻게 우연히 얻었는지는 굳이 물어보지 않아도 알 수 있었다.

한마디로 비밀리에 만년화리 내단을 운반하던 사천당가의 배를 습격해 강탈했다는 말이다.

"그럼 혹시 큰아버지께서 갑자기 돌아가신 것도… 그 우연히 만난 사천당가의 배와 관련이 있는 것인가?"

"……."

보공석은 대답하지 않았다.

굳이 말을 하지는 않았지만 큰아버지의 갑작스러운 죽음에 사천당문이 관련됐다는 것을 인정하는 것이었다.

나는 역사가 오백 년이 넘는 사천당가를 적으로 돌릴 만큼 바보가 아니다.

지금의 천자는 언젠가는 죽겠지만 사천당가는 앞으로도 몇백 년을 버틸지 몰랐다.

황제가 바뀌고 설사 왕조가 바뀌어도 지방의 호족(豪族)들은 굳건히 자리를 지키는 것이 보통이다.

그렇다면 만년화리를 천자께 바쳐 출세하겠다는 생각을 포기해야만 했다.

독과 암기로 유명하다는 사천당가에서 알았다가는 쥐도 새도 모르게 죽을 수도 있었다. 아니면 산 채로 잡혀가 실험에 이용될 수도 있다.

차라리 만년화리의 내단을 내가 먹고 본격적으로 무공을 익히기로 했다.

"자네도 무림인이라면 욕심이 있을 텐데 용케 이런 물건을 내놓았군."

"이미 말씀드린 것처럼 채주 직이나 만년화리나 제가 혼자 감당할 수 있는 것들이 아니니까요."

나는 담담하게 말하는 보공석의 눈에 흐르는 아쉬움과 안도의 감정을 놓치지 않았다.

보공석과 다른 자들이 나에게 원하는 게 있다는 짐작이 확신으로 바뀌는 상황이었다.

말하지는 않지만 채주 직과 만년화리 내단을 내게 줄 만큼 저들이 나에게 바라는 것이 있는 것이다.

그것은 앞으로 내가 찾아야 할 것이다.

그리고 우선해야 할 것은 과거를 공부하는 학사나 관리가 아니라 수적의 채주가 될 마음의 준비를 하는 것이었다.

우선 나는 보공석에게서 건네받은 만년화리의 내단을 살펴보았다. 만년화리의 내단은 조그만 상자에 보관되어 있었다.

거무칙칙한 것이 만년화리의 내단이라기보다는 무슨 독약 같았다.

의학을 잠깐 공부한 것으로는 함에 들어 있는 것이 만년화리의 내단인지 아닌지는 알 수 없었다. 단지 냄새로 보아 보통 물건은 아니라는 것 정도는 알 수 있었다.

나는 함에서 만년화리의 내단을 꺼내 들었다.

내단을 살피며 당장 먹고 싶은 유혹을 느꼈다.

장가십팔채 중 한 곳의 채주가 되려면 무공이 필요하고, 이 내단은 큰 도움이 될 것이다.

그렇지만 그냥 먹기에는 꺼림칙한 면이 너무도 많았다.

사천당가와 관련된 물건이라는 것도 문제지만 더 마음에 걸리는 것은 이 약을 자신에게 건네준 보공석이었다.

자신이 감당할 수 없는 물건이라서 건네주었다는 보공석의 말을 완전히 믿을 수가 없었다. 더구나 자신에게 건네줄 때의 표정은 채주 직이나 내단에 완전히 미련을 버리지 못한 모습이었다.

돌아가는 사정을 모르는 상황에서 행동하는 것은 바보짓

이다.

지금까지는 나답지 않게 끌려온 면이 있었다. 꿈에도 생각하지 못한 일이라서 어쩔 수 없었다지만 변명일 뿐이다. 이제 결심이 선 이상 스스로가 일을 주도할 필요가 있었다.

만년화리의 내단을 품에 갈무리한 나는 방 안을 둘러보았다.

지금 내가 있는 곳은 큰아버지가 살아 계실 때 머물렀다는 침실이었다.

큰아버지의 침실은 화려했다.

방에는 금박이 칠해진 가구가 놓여 있고 벽은 화려한 장식으로 치장되어 있었다.

다른 성의 부자들 중에는 자신이 가진 재산에 어울리지 않게 검소하게 생활하는 자들도 있다고 한다.

대부분이 가난하게 태어나서 자신의 힘으로 재산을 이룩한 사람들로, 그들에게 검소함은 곧 그들이 많은 재산을 이룩한 축재의 방법이다.

그에 비해 휘주부 사람들은 자신의 부를 감추지 않았다.

휘주부는 인근 지역에 비해 농사를 지을 농지가 부족해 그리 풍족한 곳은 아니다. 그래서 큰아버지나 큰형처럼 돈을 벌기 위해 외지로 나가는 사람이 많았다.

그렇지만 휘주부의 사람들은 어렵게 재산을 모았더라도 다른 지역의 사람들과 다른 행동을 한다. 모은 자신의 재산을 이용해 삶의 여유를 누리고 다른 사람들이나 일족을 위해 쓰는 데 거침이 없다.

그것은 바로 휘주부가 오래전부터 북쪽에서 내려온 명문거족들이 모여 있는 곳이기 때문이다. 휘주부의 사람들은 지금은 가난하더라도 명문거족이라는 자신의 뿌리를 잊지 않았다.

큰아버지의 침실은 그런 휘주부 사람들의 특징을 잘 보여주고 있었다.

나는 어릴 때부터 휘주부의 부호와 고관들 집에 자주 가보았다.

내 높은 기준에도 큰아버지가 머물렀다는 방 안은 상중하 중 상에 속했다. 이 정도 장식은 고위직에서 은퇴한 관리들의 집에서나 볼 수 있는 수준이었다.

'수적이 생각보다 많이 버나 보군.'

방을 둘러보던 내 눈에 책이 가득 꽂혀 있는 책장이 들어왔다. 수채의 채주 방과는 어울리지 않는 책이 가득 꽂혀 있었다.

처음에는 별로 이상하게 생각되지 않았다.

우리 가문은 본래 학자 집안이었다. 큰아버지나 아버지도 어릴 때는 내가 다녔던 죽산서원에 다녔다.

그렇지만 곧 이상한 생각이 들었다.

내가 알기에는 큰아버지는 글공부를 좋아하지 않았다고 한다. 큰아버지가 고향을 떠난 것도 할아버지가 공부를 하지 않고 동네 무뢰들과 어울려 다니던 것을 꾸중한 것이 원인이었다.

그런데 수적이 된 이후에 방 안에 책장을 놓다니…….

나는 책장으로 다가갔다. 그리고 바로 큰아버지가 읽기 위해 방 안에 책장을 놓은 것이 아니라는 사실을 깨달았다.

책장에 꽂힌 책의 순서가 뒤죽박죽이었다.

예를 들어 춘추(春秋)와 춘추를 해석한 춘추삼전(春秋三傳)인 춘추곡량전(春秋穀梁傳), 춘추좌씨전(春秋左氏傳), 춘추공양전(春秋公羊傳)이 책장 이곳저곳에 떨어져 있었다.

춘추삼전 모두 유교 십삼경에 포함되는 것이라는 것을 생각하면 이상한 일이었다.

춘추삼전은 당연히 나란히 놓여 있어야 했다.

셋 중 가장 유명한 것은 물론 춘추좌씨전이다.

오죽하면 지금은 신으로 숭배되는 관우(關羽)가 읽은 유일한 책이 춘추좌씨전이겠는가?

정확히는 춘추좌씨전 때문에 거의 잊혀진 춘추가 유명해졌다.

하지만 나는 기본적으로 춘추를 별로 좋아하지 않았다.

이른바 춘추의 역사관인 춘추필법(春秋筆法)은 자연재해나 자연현상을 모두 천자가 덕을 잃었기 때문이라고 설명한다.

춘추삼전 중 춘추곡량전은 아예 천자를 신성불가침(神聖不可侵)한 존재로 표현한다.

만약 천자가 그런 존재라면 왕조가 바뀌는 일이 왜 발생하겠는가?

내 생각에는 천자도 한 명의 인간일 뿐이었다. 단지 황제라는 지위 때문에 국가에 많은 영향을 미칠 뿐이다.

천자가 자연재해와 연관이 있다면 바로 자연재해를 막는 일에 소홀해 백성들이 큰 피해를 당하는 것뿐이다.

뭐…….

이건 절대 우리 가문이 명 건국 초에 태조의 숙청으로 큰 피해를 입고 몰락한 가문 중 하나여서가 아니다.

정말이다.

내가 그나마 가장 좋아하는 것은 춘추공양전이다.

춘추공양전은 왕조를 부정하고 현상 타파를 주장하는 혁명적(革命的)인 내용을 담고 있기 때문이다. 물론 공개적으로 이런 생각을 표현하는 사람은 거의 없다.

그런 말을 꺼내는 순간 다음날 금의위(錦衣衛)의 감옥에 갇힌 자신을 발견할 것이다.

춘추공양전을 꺼내 읽어본 나는 책들이 장식이라는 것을 확신했다.

손으로 쓴 필사본인 춘추공양전의 겉표지는 그럴듯했다. 하지만 책 중간에 잘못 베낀 부분이 종종 발견되었다.

누군지 모르지만 이 책을 베낀 필사자는 춘추공양전을 제대로 읽어보지도 않은 자가 분명했다.

소문으로만 듣던 장식용으로 만들어진 책이었다.

책장에서 수상한 점을 발견한 나는 자세히 살피기 시작했다.

혹시 큰아버지가 숨겨놓은 비밀 금고라도 있을까 하는 생각에서였다.

나는 다른 학자들은 무시하는 건축과 기관에 밝았다.

이십 세 전에 급제하는 경우는 자주는 아니지만 수십 년에 한 번 정도 나오는 일이었다.

예를 들어 문성으로 추앙받는 주자가 과거에 급제한 것이 열여덟 살이었다.

단지 어릴 때부터 신동이었다는 것만으로 버티기에는 관리 생활이 만만치 않았다.

전시에 합격하고 난 후 중앙에서 관직을 얻어 생활하는 사람이라면 적어도 한 지역에서 소문난 천재라는 의미이다.

그중에서 두각을 나타내려면 다른 사람보다 뛰어난 점이 있어야 했다.

그래서 내가 선택한 것이 바로 건축과 기관지학이었다.

다른 이유가 있다면 바로 국가 재정을 담당하는 공부에 들어가기 위해서였다.

건축 일은 위험부담은 적으면서도 한몫 챙기기에 가장 좋은 직책 중 하나가 아니겠는가?

더구나 지금의 천자가 등극하고 더욱더 힘을 얻고 있는 환관들과 친분을 쌓기도 좋은 자리라는 생각이었다.

이런 생각을 한 것이 삼 년 전이었다.

지금 생각하면 난 참 조숙하고 현실에 밝은 아이였던 것 같다.

하긴 내가 괜히 천재겠는가?

보통 그 나이 때에는 관직에 나가 국가와 백성을 위해서 일할 패기에 차 있어야 하는 것 아니냐고?

그런 허황한 이상을 말하는 자들은 대부분 과거에 합격할 자신이 없는 자들이거나 가문이 대지주인 자 중 하나였다.

특히 후자 중에는 관직에 나가서 백성을 위해 일해야 한다고 이야기하면서 정작 가문이 소작농을 착취하는 것은 모른 척한다.

나는 고개를 저어 머릿속에 펼쳐졌던 관직 생활을 털어버렸다.

어쨌든 지금은 그런 생각을 할 필요가 없었다.

난 삼 년 동안은 꼼짝없이 신분 세탁에 전념해야 한다. 다른 것에 신경 쓸 여유가 없었다.

내 생각대로 책장에는 기관장치가 설치되어 있었다.

단순하게 힘으로 책장을 옆으로 미는 장치였다. 워낙 조잡해서 오히려 찾는 데 시간이 걸린 셈이었다.

책장 뒤에 숨겨진 공간을 발견할 수 있었다.

그리고 그곳에서 발견한 것은…….

텅텅 빈 상자였다.

第四章 지피지기(知彼知己)

적의 형편과 나의 형편을 자세히 알아야 한다

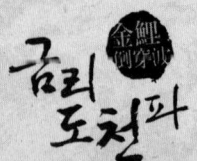

金鯉例穿氏

금리
도전파

누군가 먼저 다녀간 것이다.

"이런 도둑놈들!"

화는 나지만 어느 정도는 예상한 일이다.

수적 두목의 방에 책장이 있다면 내가 부하라도 의심했을 것이다.

누군들 의심하지 않겠는가?

책의 상태로 봐서는 큰아버지가 책을 읽은 흔적은 없었다. 평소 읽지도 않는 책을 쌓아놓은 것을 의심하던 사람 중 하나가 뒤진 것이 분명했다.

범인이 누군지는 짐작할 수 없었다.

아니, 의심되는 사람이 너무나 많은 것이 문제라고나 할까? 나를 빼고 수채에 있는 사람들 모두가 용의자였다.

나를 빼면 모두 도둑놈이라고 할 수 있는 수적이 아닌가?

그나마 이곳이 채주 전용 침실이라는 것을 생각하면 용의자는 그리 많지 않을 것이다.

하긴 그래서 더 문제였다.

이제 막 채주가 되려고 결심한 내가 큰아버지와 가까웠을 범인을 추격하는 것은 어려운 일이다.

시작도 하기 전에 적을 만드는 일이다.

상자를 닫으려는 내 눈에 보석 하나가 들어왔다. 나는 곧바로 보석을 집어 들었다.

보석 중에서도 높은 가치를 지닌 묘안석이었다. 아무리 가치를 낮게 잡아도 은 몇천 냥은 넘는 물건이었다.

하지만 묘안석을 살피던 나는 곧 이상한 점을 발견했다.

묘안석은 전에 응천부에 갔을 때 고관 집에서 보았던 묘안석과 약간 달랐다.

촛불에 비춰보니 전에 봤던 묘안석의 녹색 광과는 미묘한 차이가 있었다. 이상한 생각에서 자세히 살펴보니 무게나 강도도 약간 다른 것 같았다.

문득 당시 들었던 말이 생각났다.

묘안석과 비슷한 물건 중에 서역에서 들여온 값싼 묘안석에 대한 말이 생각났다. 전문가만이 구별할 수 있다고 했던 바로 그 물건이었다.

묘안석에 비해 좀 더 무르고 묘안석이 녹적색인 것에 비해 더 녹색에 가깝다고 했다.

보통 사람은 거의 차이를 느낄 수 없다고 했지만 내 감각을 속일 수는 없었다. 내 감각은 미세한 차이도 속일 수 없을 정도로 정확했다.

겉으로 보기에는 그럴듯해 보였던 묘안석은 결국 비슷한 다른 보석이었다.

"그나마 남아 있는 것도 이런 가짜라니……."

실망스러운 일이었다.

물론 진짜 묘안석보다는 못하지만 값비싼 보석이기는 했다. 하지만 처음 볼 때 묘안석이라고 생각해서 그런지 실망이 컸다.

나는 들고 있던 보석을 굴려 손에서 떨어뜨렸다. 보석은 손에서 그대로 원래 있던 상자로 떨어졌다.

툭!

"음?"

기관장치를 닫으려던 나는 둔탁한 소리에 상자로 다시 눈을 돌렸다.

혹시나 하는 마음에 상자의 이곳저곳을 두드렸다.

톡! 톡!

아니나 다를까, 상자 바닥에 공간이 있었다.

'대박이다!'

역시 부하들이 도둑놈들이라는 것을 누구보다 잘 알고 있던 큰아버지가 상자를 하나만 봤을 리가 없었다.

진짜 보물은 따로 있었던 것이다.

나는 상자 이곳저곳을 살폈다.

얼마 동안은 아무리 찾아도 상자 아래의 공간을 열 방법을 찾을 수가 없었다.

무식하게 힘으로 부수는 것도 생각해 보았다. 하지만 곧 그 생각을 거뒀다.

큰아버지가 한 번 쓴 방법을 두 번 쓸 것 같지는 않았다.

큰아버지가 그렇게 힘만 앞세우는 무식하기만 한 사람이었다면 보공석과 같은 자를 부하로 거느리지 못했을 것이다.

상자의 이곳저곳을 살피던 내 눈에 상자 양쪽에 나란히 숫자가 무늬로 조각되어 있는 것이 들어왔다.

좁은 쪽에는 각각 육과 구가 쓰여 있고, 긴 쪽에는 똑같이 일, 이, 삼, 사, 오가 차례로 쓰여 있었다.

그 모습을 본 순간 내 머리에 떠오른 것은 주역이었다.

주역에서 일부터 오는 생수라 부르며 육부터 십은 성수라 부른다. 그리고 생수 가운데 양수인 일, 삼, 오를 합하면 구가 되고, 음수은 이, 사를 합하면 육이 된다.

육은 음효이고 구는 양효라는 것에까지 생각이 미치자 나는 빠르게 상자 양편에 있는 숫자를 한쪽은 일, 삼, 오를 누르고 다른 한쪽은 이, 사를 눌렀다.

툭!

작은 소리와 함께 상자가 위로 약간 튀어 올라왔다.

내 생각이 맞았던 것이다.

생각해 보면 암호치고는 유치한 암호였다. 주역의 기초만 알면 누구나 풀 수 있을 것이다.

하긴 이곳이 수적들이 모인 수채라 생각하면 이 정도 암호로도 충분했을 것이다.

주역이 유학의 기본서인 사서삼경 중 하나라고는 하나 그중에서도 가장 어렵다고 평가받는 책이다.

사서삼경의 다른 책에 비해 과거와도 별 관련이 없어 이름에 비해 읽는 사람이 적은 책 중 하나였다.

어쨌든 나는 큰 기대를 가지고 급히 상자를 들어 올렸다.

비록 진짜 묘안석이 아니라서 실망하기는 했지만, 상자에 들어 있던 서역에서 들어온 유사(類似) 묘안석도 은 몇백 냥은 가는 보석이다.

그런 보석들보다 더 깊숙이 감춰져 있는 물건은 얼마나 귀중한 것이겠는가?

그렇지만 정작 상자를 들어 올린 내 입에서는 저절로 실망스러운 말이 튀어나왔다.

"이게 뭐야?"

보물이 있을 것이라고 생각한 내 예상과는 달리 상자 속에 있는 것은 차곡차곡 쌓인 책이었다.

책을 본 순간 얼굴도 보지 못한 큰아버지에 대한 배신감에 온몸을 떨어야만 했다.

겨우 책을 이렇게 깊숙이 감춰놓다니…….

모르는 사람은 학사인 내가 책의 가치를 무시한다고 생각할 것이다.

그렇지만 한 번 본 책을 두 번 볼 필요가 없을 정도의 기억력을 가진 나에게 책은 그야말로 그리 큰 가치가 없는 것이었다.

수적이 이래도 되는 거야?

묘안석보다 깊숙이 감춰놓은 보물이라면 적어도 주먹만한 금강석 정도는 되어야 하는 것 아닌가?

책은 여러 권이었지만 그중 가장 먼저 눈에 들어온 것은 현천건곤조화심법(玄天乾坤造化心法)이라는 커다란 제목 밑에 구자결(九子訣)이라 쓰여 있는 것이었다.

당연히 나는 그 책을 먼저 집어 들었다.

현천건곤조화심법은 바로 내가 익힌 바로 그 심법이 아닌가?

책을 집어 든 나는 곧바로 내가 읽고 있는 책이 현천건곤조화심법의 실용 법문이라는 사실을 알 수 있었다.

구자결이라는 것은 현천건곤조화심법으로 쌓은 몸 안의 선천지기로 외부의 기를 움직이는 실용적인 진기운용법이었다.

현천건곤조화심법을 십 년이 훨씬 넘게 익힌 나였지만 구자결은 쉽게 이해가 가지 않았다.

그나마 쉽게 이해되는 부분은 구자결 중 첫 번째인 합자결 정도였다.

그건 바로 합자결이 내가 십 년이 넘게 익혔던 현천건곤조화심법이 추구하는 목표인 자신의 선천지기와 주위의 기를 하나로 만드는 것을 의미하기 때문이었다.

하지만 본질은 같지만 그 사용 방법은 전혀 반대라고 할 수 있었다. 합자결은 주변의 기를 자신의 선천지기와 일치시켜 자신의 주변을 살피는 것을 목표로 하고 있었다.

나는 곧바로 바닥에 좌정해 합자결에 따라 몸 안의 선천지기를 주변과 일치시켰다. 정신을 점차 집중시키자 서서히 주변 풍경이 머릿속에 그려지기 시작했다.

침실 바로 앞에 두 사람이 있는 것을 생생히 느낄 수 있었다. 그 외에도 전각을 에워싸고 있는 십여 개의 기도 희미하게나마 느껴졌다.

나는 즉시 합자결을 중지하고 다시 책으로 시선을 돌렸다. 책에는 합자결을 십이성 대성하면 수십 장 밖에서 기어다니는 벌레까지 느낄 수 있다고 적혀 있었다.

굳이 벌레의 움직임까지 알 필요가 있나 하는 생각이 들었지만 그래도 합자결의 위력은 뛰어난 것이었다.

다른 구자결도 쓰여 있는 대로 위력을 가진다면 구자결만으로도 뛰어난 무공이라고 할 수 있었다.

내가 무공에 대해서 잘 모르고 내공을 직접 익힌 것은 아니지만 어릴 때부터 키운 선천지기를 이용해 주변의 기를 사용할 수 있다는 점에서는 다른 내공심법보다 나은 것 같았다.

현천건곤조화심법은 선천지기를 기르는 것에는 탁월한 효과를 가지지만 선천지기의 보고인 영약을 먹지 않는 한 내공심법으로는 별 가치가 없는 심법이었다.

심법을 이용해 쌓을 수 있는 선천지기는 순수하지만, 한 번에 몸에 쌓을 수 있는 양이 너무나 적었다.

물론 구자결 후반부에 쓰여 있는 것에 따르면, 어느 수준이상 익히면 다른 내공심법보다 오히려 내공의 발전 속도가 빠르다고 한다.

그렇지만 그 다른 심법보다 나아진다는 수준이라는 것이 보통 사람은 평생을 익혀도 쌓기 힘든 일 갑자 이상이었다.

선천지기가 쌓이는 속도를 생각했을 때 족히 이 갑자는 익혀야 하는 수준이었다. 그것도 후반부로 갈수록 속도가 빨라져서 그런 것이다.

보통 일 갑자 내공이라고 할 때는 강호의 일반적인 심법을 육십 년 동안 익혀 쌓을 수 있는 내공을 말하는 것이다.

일류 문파가 보유한 심법의 경우 사십 년에서 오십 년이면 일 갑자 내공을 쌓을 수 있고, 명문인 구대문파나 오대세가는 삼십 년 정도면 일 갑자 내공을 쌓을 수 있다고 알려져 있다.

이른바 절정 심법은 그보다 짧은 이십 년이면 일 갑자 내공을 쌓을 수 있다고 한다.

그에 비해 현천건곤조화심법은 육십 년을 꾸준히 익혀야 삼십 년 정도의 내공에 해당하는 선천지기를 쌓을 수 있다.

결국 열 살 때부터 익혀도 칠순은 되어야 그때부터 다른 내공심법을 능가한다는 것인데, 가능성이 없는 이야기였다.

현천건곤조화심법이 영약을 먹었을 경우에 탁월한 효과를 발휘하는 것은 바로 이런 단계를 단숨에 뛰어넘을 수 있기 때문이다.

그런데 구자결은 이런 한계를 극복하는 방법이 적혀 있었다. 구자결을 만든 사람이 누구인지는 모르지만 천재임에 틀림없었다.

내가 아무리 별다른 생각 없이 익히기는 했지만, 무려 십오 년이다. 철이 든 후 익혔지만 구자결과 같은 생각을 하지는 못했다.

물론 천재인 내가 연구를 했다면 구자결 같은 것을 만들어낼 수도 있었을 것이다.

그렇지만 내가 잠시나마 연구를 해야 만들어낼 수 있는 것을 알아낸 것만 해도 다른 곳에서는 희대의 천재라고 불릴 수 있을 것이다.

이런 것이 가능하게 만드는 것은 바로 구자결의 기본이 되는 합자결이었다.

본래 현천건곤조화심법은 해가 뜨기 직전인 새벽과 해가 지기 직후인 초저녁에 선천지기를 기르는 것이었다. 이때가 하루 중 양기와 음기를 가장 쉽게 흡수할 수 있는 시기이기 때문이다.

그런데 합자결을 이용하면 이런 것을 무시하고 이미 상단전에 모여 있는 선천지기를 이용해 무의식중에 주변의 기를 모아 하단전에 저장할 수 있었다.

이렇게 하단전에 저장된 기는 상단전의 선천지기와는 달리 하루만 지나면 사라진다. 혼탁하고 불안정한 기운이라서 몸 안에 쌓인 선천지기가 거부하기 때문이다.

그렇지만 그전에 심법을 이용해 선천지기로 만들면 다른 내공심법과 같은 효율의 내공을 쌓을 수 있었다. 무작정 새벽과 초저녁에 운공하는 것에 비해 훨씬 효과적인 것이다.

그리고 합자결의 진짜 효능은 다른 곳에 있었다.

이렇게 하단전에 쌓인 기도 상단전의 선천지기와 마찬가지로 구자결의 나머지 팔자결을 이용해 사용할 수 있다는 것이다.

불안정하고 혼탁하기 때문에 선천지기보다 오히려 파괴적이었다.

내가 조심만 한다면 굳이 어딘지 수상한 만년화리의 내단을 먹지 않아도 될 것 같았다.

구자결을 읽고 외운 나는 빠르게 다른 책으로 시선을 돌렸다.

처음 생각과는 달리 현천건곤조화심법으로 쌓은 선천지기를 이용하는 방법을 적은 구자결은 무림에 대해 잘 모르는 내가 봐도 대단한 내용이었다.

다른 책들도 구자결과 비슷한 가치를 가진 내용이 적혀 있다면 보물이라고 할 수 있었다.

내 예상대로 다른 책들도 이른바 무공 비급이라는 것이었다.

한 번 읽고 내용을 외운 나는 다시 구자결을 집어 들었다.

그리고 구자결 중 하나인 진자결(震字訣)을 사용해 손에 들고 있던 책에 선천지기를 운용했다.

순간 손에 들고 있던 책이 서서히 부서지며 바닥으로 떨어져 내렸다.

책에 쓰여 있던 것처럼 모든 것을 부수는 듯한 위력은 아니지만 처음 해본 것치고는 나쁘지 않은 결과였다.

나는 바로 다른 책들도 손으로 들어 시험해 보았다. 결과는 대만족이었다.

나는 침실에 있는 다른 물건도 시험해 보았다.

아직 돌이나 쇠 같은 단단한 물건은 아무런 변화가 없었다. 하지만 나무나 종이 같은 물건은 이내 먼지가 되어 사라졌다.

학사였던 내가 무공이라는 것을 처음 사용한 것이 쓰레기를 먼지로 만드는 것이라는 것이 한심하다는 생각도 들었다.

하지만 어느 정도 숙달되면 꽤 위력이 나올 것 같았다.

그렇지 않아도 만년화리의 내단을 먹는 것이 어딘지 꺼림칙한 상황이었다. 그렇다고 자신이 내단을 먹지 않은 것을 보공석이나 다른 자들이 눈치 채는 것도 원하는 일은 아니었다.

외우기는 했지만 다른 무공 비급은 이해조차 되지 않는 것에 비해 구자결은 쉽게 사용할 수 있을 것 같았다. 구자결이라면 지금으로서는 다른 사람들을 속이는 데 꽤 쓸모 있을 것 같았다.

좀 마음에 걸리는 것이라면 책 뒤표지에 쓰여 있는 귀토심공(鬼兎心功)이라는 글이었다.

하고 많은 동물 중에 왜 하필 토끼라는 말인가?

억지로 쌓은 선천지기로는 하루에 사용할 수 있는 것이 한계가 있다는 내용인 것 같았다.

구자결 중 하나인 진자결을 이용해 비급과 침실에 있는 잡동사니를 다 태웠을 때 밖은 어느 사이에 새벽이 지나 날이 밝아 있었다.

겨우 하루 사이였지만 구자결을 알기 전인 어제와는 많이 달라져 있었다.

'이런 것이 무뢰배들이 강호라는 곳에서 빠져나오지 못하는 이유일까?'

평소 나는 힘만 내세우는 자들을 경멸했다. 그렇지만 지금은 그들의 심정을 어느 정도 이해할 수 있을 것 같았다.

다른 사람은 느끼지 못하겠지만 합자결이 주변의 기를 끌어들이는 것이 느껴졌다. 그 느낌은 나에게 무엇이든 할 수 있을 것 같은 기분이 들게 했다.

창문을 열어젖히자 기다렸다는 듯이 하녀가 세숫물을 가지고 들어왔다.

난 수건에 물을 적셔 얼굴을 닦아주려던 하녀를 저지했다. 누군가에게 시중을 받는 것은 아직 익숙하지 않은 일이었다.

"됐네. 내가 할 테니 자네는 지금 나가서 무호채에서 가장 오래 지낸 사람을 불러오게."

하녀는 어리둥절한 표정을 지으며 대답했다.

"오래 지낸 사람이라니요?"

"말 그대로 무호채에 가장 오래 있어 무호채에 대해 잘 아는 사람을 불러오라는 말이네."

"아, 알겠습니다."

하녀는 한참 후에야 한 노인과 함께 나타났다.

노인은 백발(白髮)에 얼굴에는 주름살이 가득했다. 얼굴만 봐서는 오늘내일하는 노인이었다. 하지만 얼굴과는 전혀 어울리지 않는 체격은 건장한 편이었다.

앞에 있는 노인의 체격은 보공석과 함께 나를 무호채로 안내했던 인상파들보다 오히려 좋아 보였다.

내가 이제 막 자랄 나이이기는 했지만, 상대의 체격에 주눅이 들었다. 내가 아니라 누구라도 자신의 두 배가 넘는 덩치를 가진 사람에게 가지는 공포심이었다.

"무슨 일이요?"

노인은 퉁명스럽게 물었다. 그는 갑자기 내가 부른 것이 기분이 나쁘다는 것을 얼굴 가득 그대로 드러내 보였다.

"자네가 이 수채에서 가장 오래 지냈다고 하던데… 사실인가?"

내가 다짜고짜 반말을 하자 노인은 기분이 더 나빠진 듯 잠시 내 얼굴을 바라보았다.

나는 그의 눈을 노려보며 현천건곤조화심법 구자결 중 흡자결을 운용했다. 순간 방 안의 진기가 나를 중심으로 소용돌이 치며 모여들었다.

흡자결의 본래 목적은 자신의 선천지기를 이용해 주위의 기를 빨아들이는 합자결의 속도를 순간적으로 높이는 것이었다.

완벽하게 익히면 몸 내부의 선천지기를 팽이처럼 돌려 주위의 기를 순식간에 모아들일 수 있었다. 그리고 그렇게 모은 기는 합자결로 천천히 모인 기와는 달리 바로 몸 밖으로 빠져나갔다.

지금처럼 소용돌이가 생기는 것은 내가 아직 흡자결(吸子訣)을 완벽하게 운용하지 못해 생기는 현상이었다. 하지만 밖으로 보이는 모습은 그럴듯했다.

이런 내 생각이 들어맞았는지 노인은 놀란 눈으로 나를 바라보더니 고개를 먼저 돌렸다.

잠시 후 노인은 고개를 숙이며 말했다.

"그렇습니다요. 수채에서 나고 자랐으니 올해로 오십이 년째입니다."

처음 얼굴을 보고 생각했던 것보다는 나이가 적었다. 그렇지만 체격이나 몸으로 봤을 때는 쉰두 살은커녕 이, 삼십대라고 해도 믿을 정도였다.

그는 얼굴로 보나 체격으로 보나 나이와는 어울리지 않는 이상한 사람이었다.

"이름이 뭔가?"

"찬곤(贊坤)이라고 합니다."

찬 씨(贊氏)라면 흔한 성은 아니었다. 더구나 이름도 수적과 어울리는 이름이 아니었다.

그런데도 수채에서 나고 자랐다는 것을 봐서는 뭔가 사연이 있는 것이 아닌가 하는 생각이 들었다. 하지만 지금은 찬곤이라는 눈앞에 있는 노인의 사연보다 더 중요한 것이 있었다.

내가 굳이 아침 일찍부터 사람을 부른 것은 수채에 대한 정보를 알기 위해서였다.

내가 무호채에 대해 아는 것은 이름과는 다르게 무호가 아닌 동릉에 있다는 것과 큰아버지가 수채의 채주였다는 것이 전부였다.

굳이 더 찾는다면 보공석과 그 외의 다른 자들이 나를 무호채의 채주로 만들려고 한다는 것 정도이다.

이런 상황에서 내가 정상적인 채주가 된다는 것은 불가능했다.

당장 보공석이라는 자에 대해서 아는 것만 해도 큰아버지가 그에게 실제 신분을 밝힐 정도의 심복이고 무호채의 중요 간부 중 하나라는 것뿐이다.

무호채로 오는 동안이나 어제라도 그의 정확한 신분을 물을 기회가 있었다. 그렇지만 굳이 묻지 않았다.

전이라면 내가 수적 나부랭이를 알 필요가 없었지만 지금은 아니었다.

무호채의 채주가 되기로 결심한 이상 꼭 알아야 할 것이 몇 가지 있었다.

우선 가장 먼저 알아야 하는 것은 바로 큰아버지에 대한 일이었다. 내가 큰아버지에 대해 아는 것은 너무도 적었다.

나와 무호채를 연결하는 고리이자 내가 무호채의 채주가 될 수밖에 없는 가장 큰 이유가 바로 큰아버지가 내 양아버지라는 것이다.

그 중요성을 생각해 봤을 때 큰아버지에 대한 일보다 중요한 일은 없다고 해도 지나친 말이 아니었다.

두 번째로 알아야 할 것은 무호채에 대한 것이었다. 무호채의 채주가 될 내가 무호채에 대해 모르면 어떻게 되겠는가?

이런 것들은 보공석을 통해 아는 방법도 있었지만, 나는 그를 완전히 믿을 수가 없었다.

더욱이 자신들이 채주가 될 수 있음에도 나를 채주로 받아들인 다른 간부들도 수상하기는 마찬가지였다.

좋게 생각한다고 해도 보공석의 말대로라면 채주 자리나 만년화리의 내단을 포기하게 만든 다른 자들이 나에게 바라는 것은 힘을 가진 채주가 아니라 명목상의 채주일 가능성이 높았다.

이름뿐인 채주 자리에 만족한다면 지금은 아니더라도 그리 멀지 않은 장래에 보공석이나 다른 사람들에게 이용만 당하고 버려질 가능성이 컸다.

순순히 당하지는 않겠지만 조심해서 나쁠 것은 없었다.

"내가 자네를 부른 것은 자네가 수채에 오래 있어 모르는 것이 없다고 해서이네."

"무호채에 대해서라면 웬만한 일은 거의 알고 있습니다."

"우선 나에 대해 어떻게 알고 있나?"

"제가 무호채에 오래 있었습니다만 핵심 간부는 아니라서 자세한 것은 모릅니다. 단지 강 채주님의 조카로, 양자라는 것과 같은 사문이라는 것 정도입니다. 그리고 강 채주님의 유언에 따라 신임 채주가 되실 분이라는 것을 어제 들은 정도입니다."

"그게 다인가?"

"그렇습니다."

표정으로 보아서는 거짓말을 하는 것 같지 않았다.

큰아버지를 강 채주님이라고 부르는 것으로 추측하건대, 큰아버지는 물론 나의 진짜 신분을 모르는 것이 확실해 보였다.

보공석의 말대로 내 진짜 신분을 아는 사람이 무호채에서 열 명 정도라면 생각해 놓았던 계획을 실행해도 될 것 같았다.

"대충 비슷하군. 무호채에 대해 자네가 알고 있는 것을 이야기해 보게."

"알겠습니다."

찬곤은 고개를 숙인 후 자신이 알고 있는 무호채의 역사에 대해 이야기하기 시작했다.

그렇지만 찬곤의 이야기는 대부분이 별 필요가 없었다.

무호채가 당(唐)나라 시대부터 시작되어 소림사와 비슷한 역사를 가졌다는 전설에나 나올 법한 이야기나 무호채와 수호전(水滸傳)에 나오는 조개와의 인연에 관한 이야기였다.

심지어는 원말명초(元末明初) 건국에 큰 공을 세웠다는 이야기까지 나왔다.

그나마 그의 이야기를 통해 장강 수적들의 행동이나 생각을 어느 정도 짐작할 수 있었던 것이 수확이라면 수확이었다.

하지만 큰아버지가 등장하는 부분부터는 흥미로웠다.

큰아버지가 무호채에 들어온 것은 지금으로부터 이십 년 전이라고 한다.

큰아버지가 고향을 떠난 것은 삼십 년 전이었다.

찬곤도 큰아버지가 무호채에 들어오기 전의 일에 대해서는 모르는 듯했다. 큰아버지가 돌아가신 지금은 그 십 년간 어디서 무엇을 했는지 아는 사람이 없는 셈이다.

그다음 이야기는 마치 이야기 속에 나오는 협객의 이야기와 비슷했다.

처음에는 졸개였는데 빠르게 승진해 들어온 지 오 년 만에 부두목이 되었다.

당시만 해도 장강십팔채는 총표파자(總瓢把子)의 무리한 상납 요구에 시달리고 있었다고 한다.

총표파자의 무리한 요구를 들어주려고 배를 무작위로 습격했고, 이런 습격은 관군의 토벌(討伐)을 불러왔다.

그나마 당시 토목변에서 황제가 잡혀가는 등 어수선한 상황이라서 대규모 토벌은 피할 수 있었지만, 토벌을 완전히 피할 수는 없었다고 한다.

관군의 토벌과 지나친 약탈은 결국 장강 수로를 통한 교역의 감소를 가져왔고, 이것은 무호채의 수입 감소를 불러왔다.

수입의 감소에도 불구하고 계속되는 총표파자의 상납 요구를 맞추기 위해 또다시 무리한 약탈을 하는 악순환이 계속되었다고 한다.

당시 부채주였던 큰아버지는 뜻이 맞는 사람들과 힘을 합해 총표파자의 요구를 무작정 따르는 채주를 몰아냈다고 한다.

찬곤 자신이 채주를 몰아낼 때 얼마나 활약을 했는지 이야기하느라 다른 이야기는 잠시 중단되었다.

그 후 큰아버지는 다시 총표파자에게 불만을 느낀 다른 수채의 채주들과 힘을 합쳐 동정호 군산으로 쳐들어가 결국 총표파자를 몰아냈다고 한다.

총표파자를 몰아낸 후 가장 큰 공을 세운 큰아버지가 총표파자로 추대되었지만, 큰아버지는 무호채를 떠날 수 없다는 이유로 그 제안을 거절했다고 한다.

그리고 큰아버지는 동정십팔채를 전과 같은 상명하복의 조직이 아니라 채주들인 동정십팔옹의 합의체로 바꿨다.

비록 수적이라지만 큰아버지는 한 인간의 인생으로서는 뭐라고 할 말이 없을 정도로 훌륭하게 살다 간 것이다.

찬곤에게 큰아버지의 위인전기에 가까운 이야기를 들은 후에야 수채의 중간 간부에 대해 들을 수 있었다.

찬곤의 말에 따르면, 보공석은 현재 수채를 이끄는 세 명의 간부 중 가장 세력이 약한 편이라고 한다.

"그래? 꽤 능력이 있어 보이던데…… 나이 때문인가?"

"보공석 당주님의 세력이 약한 것은 나이도 나이지만 뭐랄까, 능력은 뛰어나시지만 오만하고 건방지다는 말들이 많습니다요."

결국 보공석의 능력은 인정하지만 말투나 행동이 이유없이 기분 나쁘다는 것이다.

이 점에 대해서는 나도 어느 정도 고개가 끄덕여졌다.

내가 본 보공석은 주는 것 없이 미운 인상이었다.

나도 비슷한 말을 많이 듣는 편이기는 하지만 나 정도 되는 천재라면 그 정도는 다른 사람도 감수하고 넘어가는 경우가 많았다.

그에 비해 보공석은 고작 수채에서 조금 뛰어난 정도로 건방지니 미움을 받고 세력이 약한 것도 당연했다.

"더구나 보공석 당주님의 직책이 직책이다 보니……. 아무래도 채주 직속으로 죄를 처벌하는 형당주라는 지위가 권력은 있지만 인망을 얻기는 힘든 자리지요."

찬곤이 보공석이 세력이 약한 이유에 대한 추가 설명을 할 때 보공석이 안으로 들어섰다.

그는 나타나자마자 찬곤을 향해 눈살을 찌푸리며 말했다.

"자네는 아침부터 여기서 뭐 하는 것인가?"

보공석의 말에 찬곤이 고개를 숙였다.

자신의 말을 보공석이 들었을지도 모른다는 생각에서인지 더욱 위축된 표정이었다.

"그게… 저 공자분이 부르셔서……."

찬곤의 대답에 보공석은 위협적으로 그에게 다가갔다.

"저 공자분이라니? 자네가 지금 선대 채주님의 유언을 무시하는 것인가? 어제 분명히 전 채주님 뒤를 이어 신임 채주가 되셨다고 수채 전체에 알린 것을 듣지 못했나!"

"들었습니다."

"그럼 당연히 채주님이라고 불러야지!"

보공석의 호통에 찬곤은 고개를 숙이며 말했다.

"죄송합니다. 살날이 얼마 남지 않은 늙은이입니다. 제발 한 번만······."

찬곤의 이런 행동은 어딘지 모르게 웃음을 자아내게 했다.

얼굴을 바닥으로 향해서 그런지 그의 나이 들어 보이는 얼굴은 보이지 않았다. 대신 그의 근육질 몸이 더욱 크게 드러났다.

뒷모습으로 봐서는 이십대 청년이라고 해도 믿을 찬곤이 늙은이라고 말하며 비는 모습은 어디로 보나 어색했다.

우스꽝스러운 모습이지만 웃을 수는 없었다.

찬곤의 지금 행동으로 보건대, 보공석이 평소 부하들에게 얼마나 엄하게 대하는지 알 수 있었다.

보공석의 이런 행동이 그가 부하들 사이에서 인심을 잃은 이유 중 하나일 것이다.

보공석은 찬곤의 말을 무시했다.

그리고 저 멀리 내 숙소 밖을 지키던 자들을 향해 소리쳤다.

"당장 찬곤 이자를 형당(刑堂)으로 데려가 가둬라! 그리고 내 명령이 있을 때까지 절대 풀어주지 마라!"

"예!"

"잠깐 멈춰라!"

나는 무사들이 안으로 들어와 엎드려 있는 찬곤의 팔을 잡으려고 순간에 맞춰 소리쳤다.

나는 고개를 돌려 보공석을 노려보았다.

"자네, 지금 뭐 하는 짓인가?"

"채주님께 무례를 저지른 자는 용서할 수 없습니다."

잠시의 주저함도 없이 곧바로 나온 보공석의 대답에 그가 나를 얼마나 우습게 생각하는지 알 수 있었다.

그는 내가 나이가 어리고 지금까지 과거 공부만 해 세상 물정에 어둡다고 생각하는 것이 분명했다. 그렇지 않다면 지금과 같은 상황에서 저런 말을 할 수는 없었다.

순간적으로 내 머릿속에 복잡한 생각이 떠올랐다.

그가 부하들을 엄하게 다루는 것 자체는 문제 삼을 수 없었다. 부하들을 가혹할 정도로 엄격하게 대하는 것은 욕먹을 행동이지만 어떤 조직에서나 누군가는 해야 한다.

그렇지만 내가 불렀다는 것을 분명히 말했음에도 그를 가두려고 한다는 것은 나를 완전히 무시하는 행동이다.

그가 나를 진심으로 채주로 생각했다면 나올 수 없는 행동이었다.

생각 같아서는 당장에라도 보공석을 그 형당이라는 곳에 가두고 싶은 심정이었다.

조금 전 찬곤의 말대로라면 보공석이 바로 그 형당의 당주였다.

정확하지는 않지만 내 방 앞을 지키던 눈앞에 있는 자들은 보공석의 심복(心服)일 가능성이 컸다.

그렇지 않다면 보공석의 말 한마디에 나를 완전히 무시하고 보공석을 가두려고 하지는 않았을 것이다.

이런 상황에서 보공석을 무작정 꾸짖다가는 오히려 내가 당할 가능성이 컸다.

보공석은 나를 무호채로 데려온 사람이자 채주 직속의 형당 당주였다.

내가 원하든 원하지 않든 보공석은 채주로서 내가 수채에 영향력을 발휘하는 권력의 기반이었다. 그런 그와 등을 진다는 것은 너무도 위험한 행동이었다.

그럼에도 찬곤이 이대로 형당으로 잡혀가게 할 수는 없다는 생각이 들었다.

찬곤은 수채에서 가장 오래 지낸 사람이다.

그의 말대로 수채에서 평생을 보낸 것이다. 이야기를 나눠본 결과 약간 가벼운 면은 있지만 성격도 원만했다.

이야기를 들으며 놀란 것 중 하나는 수적인 그가 글을 알고 있다는 것이었다.

이야기를 하던 중간에 죄를 짓고 도망 온 자들이 고향으로 보내는 편지를 대필해 준다는 말을 듣고 그가 글을 알고 있다는 것을 알게 되었다.

자신의 말대로라면 무공이 약해 수채의 간부가 되지는 못했지만 저런 자라면 주변에 따르는 사람이 많을 것이다.

만약 내가 불러놓고도 찬곤이 형당에 갇히게 된다면 누가 진심으로 나를 따르겠는가?

그렇게 된다면 보공석에게 더 의지할 수밖에 없고, 나중에는 그가 원하는 대로 하는 꼭두각시가 될 것이다.

이미 다른 사람들 눈에는 꼭두각시로 보일지도 몰랐다.

내가 겨우 수적 소두목의 꼭두각시가 되다니… 그럴 수는 없었다.

지금 찬곤이 감옥에 갇히는 것은 나를 입술이 없으면 이가 시리듯이 어느 한쪽이 망하는 순망치한의 어려움에 처하게 할 수 있었다.

한마디로 나도 그 영향으로 온전하기 어렵다.

겨우 늙은 수적 하나와 이렇게 상황이 엮인 것이 화도 나고 보공석과 등을 지는 것은 위험한 일이지만 지금은 어느 정도 위험을 감수할 수밖에 없었다.

第五章 반객위주(反客爲主)

손님을 주인으로 바꾼다

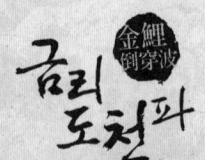
금리
도전파

결심을 굳힌 나는 보공석의 얼굴을 정면에서 바라보며 입을 열었다.

"그는 내가 직접 불러온 것이네."

"부하들의 잘못에 대한 벌을 내리는 것은 형당의 권한입니다. 이건 전대 채주님도 인정하신 것입니다."

보공석은 큰아버지를 들먹였다.

외부인인 내가 채주가 될 수 있었던 것은 큰아버지의 명성과 유언 때문이다.

현재의 나로서는 큰아버지가 인정한 것을 바꿀 수 없었다. 찬곤에게 들은 바에 의하면, 보공석의 말대로 무호채에서 법을 집행하는 권한이 형당에게 주어진 것은 맞았다.

그렇지만 그것은 큰아버지가 불만을 자신이 아닌 보공석에게 가도록 하기 위한 안배로 생각되었다.

처벌권을 부하에게 완전히 맡기는 사람이 누가 있다는 말인가?

하지만 막 채주가 된 내가 그런 것을 지적해 지금 보공석의 명령을 취소할 수는 없었다.

아니, 정확히 말하자면 나는 정식으로 채주가 된 상태도 아니었다. 적어도 간부들이라도 모아놓고 채주가 되겠다는 내 결심을 밝히는 절차조차 거치지 않았다.

"법은 엄해야 하지만 말실수 하나로 가두는 것은 좀 심하지 않나."

"아직 부하들 중에는 채주님이 무호채의 채주가 된 것을 인정하지 않는 자들이 있습니다. 찬곤을 일벌백계로 다스려 그런 자들에게 경고를 할 필요가 있습니다."

말로는 나를 위해 찬곤을 벌하겠다는 것이지만 실제로는 찬곤을 통해 수채 전체에 자신의 힘을 보여주겠다는 말이었다.

그렇게 된다면 신임 채주로서 내 위치는 시작부터 흔들리게 되는 것이다.

'제길! 너야말로 내 말에 꼬박꼬박 말대답하는 것이 나를 채주로 인정한 사람의 행동이냐!'

나는 지금의 상황이 반객위주의 병법을 써야 할 때라는 것을 깨달았다.

반객위주는 무경칠서 중 하나인 당태종이위공문대에 나오는 병법 중 하나였다.

여기서 주인이란 자기 나라에서 싸우는 것을 의미하며, 객이란 다른 나라에서 싸우는 것을 의미한다.

내가 비록 무호채의 채주이기는 하지만 아직 나는 무호채의 손님일 뿐이며, 보공석은 주인인 입장이다.

반대로 생각하면 본래 주인이어야 할 나에게 보공석이 반객위주의 계략을 써서 손님으로 만든 셈이었다.

이정은 객의 입장을 바꾸어 주인의 입장으로 만드는 방법으로 적지에서 군량을 조달하는 방법을 이야기했다.

내가 다시 주인이 되기 위해서는 무호채에서 가장 오래 지냈을 뿐 아니라 신망이 높은 찬곤을 내 편으로 만드는 것이 필요했다.

지금 나에게는 찬곤을 구함으로써 얻는 무호채 수적들의 인심이 바로 이정이 말한 군량이라고 할 수 있었다.

나는 약간의 무리수를 써서라도 찬곤을 구하기로 결심했다.

"나를 채주로 인정하지 못하는 자들이 있다는 말인가?"

"예, 그렇습니다."

"자네가 바로 그런 자들을 벌하는 형당의 당주가 아닌가?"

"그렇습니다만⋯⋯?"

"그런데도 그런 자들이 있다는 것을 알면서도 놔두었다는 말인가? 그것은 나를 무시하는 것이 아니라 아버님의 유언을 무시하는 것! 그런 사실을 알고도 그냥 두었다는 말인가? 모두 잡아들이게!"

"모두⋯ 말입니까?"

모두 잡아들이라는 말에 보공석이 놀란 눈으로 나를 바라보았다.

"한 사람도 빠짐없이 잡아들이게."

말을 하며 나는 이미 찬곤에게 효과를 확인한 흡자결을 사용했다. 순간 주위의 기가 내 몸을 중심으로 빠르게 움직이는 것이 느껴졌다.

아마 겉으로 보기에는 고수가 내공을 끌어올리는 것으로 보일 것이다.

보공석은 이런 모습에 그가 다른 사람보다 쉽게 속아 넘어갈 가능성이 컸다. 그는 어제 나에게 만년화리의 내단을 건네주었기 때문이다.

내가 만년화리의 내단을 먹고 흡수했다고 생각할 것이다.

"하지만⋯ 어제저녁에 도착하시고 다음날 바로 부하들을 잡아들인다는 것은⋯⋯."

보공석은 나를 이곳으로 데려오려고 수채를 떠났다가 돌아온 상태였다.

그가 갑자기 부하들을 잡아들인다는 것은 누가 봐도 무리한 행동이었다. 찬곤 한 사람은 모르지만 마구잡이로 잡아들일 수는 없었다.

나를 앞세워 수채를 장악하려는 보공석으로서는 절대로 피해야 할 행동이었다.

나는 보공석이 당황하는 틈을 타 입을 얻었다.

"옛말에 구천용귀(屨賤踊貴)라는 말이 있네. 보통 신발은 싸고 발을 잘리는 월형을 당한 사람의 신발은 비싸다는 뜻이지. 바로 죄를 지은 사람이 많거나 법이 너무 가혹함을 뜻하는 것이네. 법은 엄해야 하지만 지금은 아버님의 상중이네. 아직 장례도 모시지 못했는데 사람을 가둬서야 되겠는가!"

본래 상을 당했을 때는 주위 사람들에게 베푸는 것이 전통이었다.

국가에서도 상을 당했을 때 옥에 갇힌 사람들 중 경미한 죄수는 풀어주는 것이 관례였다.

"알겠습니다. 제가 성급했던 것 같습니다."

보공석은 고개를 돌려 찬곤을 붙들고 있는 부하들에게 말했다.

"풀어주어라."

내 말을 따르기는 하지만 보공석은 자신의 뜻이 꺾인 것이 기분 나쁜 듯했다.

"찬곤!"

그는 찬곤을 향해 말했다.

"다음부터 이번과 같은 실수를 하면 용서하지 않겠네."

나는 몸을 돌려 나가려는 찬곤을 불렀다.

"자네, 거기에 서게."

돌아보는 찬곤의 표정은 갑자기 불려왔다가 형당에 갇힐 뻔해서 그런지 어두웠다.

"오늘부터 자네가 내 부관으로 일하도록 하게."

부관은 채주를 보좌하는 직책이었다.

하지만 지금까지는 보공석이 부관 역할을 해왔기 때문에 공석이었다.

"안 됩니다."

갑작스러운 부관 임명에 보공석이 내 말을 가로막고 나왔다.

"그는 일개 조장입니다. 더구나 부관과 같은 일을 맡기에는 나이도 많을 뿐 아니라 무공도 보잘것없습니다."

아무리 부하라지만 나이가 많은 사람을 앞에 두고 무공이 보잘것없다는 말을 대놓고 하다니······.

역시 보공석은 싸가지가 없고 예의도 없는 놈이었다. 나도 가끔 비슷한 말을 하는 경우는 있지만 적어도 윗사람이 있을 때는 아주 조심하는 편이었다.

문제라면 나에게 윗사람 대접을 받는 사람이 손가락으로 셀 수 있을 정도로 적어 겉으로 보기에는 보공석과 비슷해 보인다는 점이었다.

"내가 그를 내 부관으로 임명하려는 것은 그가 나이가 많고 수채에 대해 아는 것이 많기 때문이네. 그런 점에서 찬곤이 무공이 낮은 것은 별문제가 되지 않네."

"부관이라면 소채주 다음 지위인 당주와 같은 직위입니다. 조장인 그를 당주에 임명하는 것은 위계질서를 무너뜨릴 수 있습니다. 이제 막 채주가 되셨으니 무호채의 위계를 무너뜨린다는 말을 들을 수 있습니다."

'그건 네 생각이겠지.'

나는 양보할 생각이 없었다.

"내가 채주가 된 것으로 이미 위계질서는 무너진 셈이네. 더구나 필요한 사람은 내가 모르는 수채에 대해 세세한 사항을 알려줄 사람이네. 위계가 무너지는 것이 불만이라면 그냥 조장 직위로 부관을 맡으면 되는 것이 아닌가?"

물론 내 말은 이치에 맞지 않는 것이었다.

부관이 특별히 거느리는 부하가 없는데도 당주 급인 것은 채주의 곁에서 보좌하는 직책이기 때문이다.

부관은 직책에 따라 역할이 주어진 것이 아니라 부관이라는 역할에 따라 직위가 주어진 경우였다.

조장이라고 해서 그런 사실이 변하는 것은 아니었다.

"부관은 채주님의 곁에서 채주님을 보호하는 역할도 함께하는 직책입니다. 그런 직책을 맡기에 찬곤 조장의 무공은……."

보공석의 말투는 어느 사이에 달라져 있었다. 찬곤을 부관으로 임명하겠다는 내 생각이 확고한 것을 눈치 챈 듯했다.

아니면 나와 계속 충돌하는 것이 불리하다는 것을 깨달았든지……. 어쨌든 보공석의 기세가 꺾인 틈을 이용해 나는 거세게 몰아붙였다.

"내가 이곳에서 이야기를 나눠본 사람이라고 해봐야 자네와 찬곤이 전부이네. 그럼 어떤가, 자네가 형당을 그만두고 내 부관이 되는 것은? 사실 찬곤보다야 자네가 나이도 나와 비슷하고 더 말이 잘 통할 것 같은데……."

형당을 그만두고 부관이 되라는 내 말에 보공석은 깜짝 놀란 눈으로 나를 바라보았다.

부관이 채주의 최측근이기는 하지만 그것은 어디까지나 채주가 힘이 강할 때의 이야기였다.

지금 수채의 상황은 힘을 가진 소채주들이 서로 겨루는 상황이었다.

찬곤의 말에 따르면, 보공석이 이끄는 형당은 수는 적지만 하나같이 무공이 강한 자들이었다.

이럴 때 부하가 한 명도 없는 부관이 된다는 것은 보공석의 입장에서는 자살행위였다.

전과는 달리 형당과 부관을 함께한다고 것도 불가능했다. 부관은 내 곁에 붙어 있어야 하는데 지금 수채의 상황으로는 그럴 수가 없기 때문이다.

"이제 형당주도 갔으니 다시 시작해 보세."

부관이 되라는 말에 놀란 보공석이 서둘러 돌아간 후 나는 찬곤과 다시 마주 앉았다. 보공석에게 이미 오늘은 아무도 만나지 않겠다는 뜻을 전해놓았다.

찬곤을 통해 무호채에 대해 자세히 알아보겠다는 내 말을 보공석은 선뜻 받아들였다.

내 태도에 놀란 보공석도 아마 대책을 마련하기 전에 내가 사람들과 만나기를 원하지 않는 듯 보였다.

"제가 어디까지 이야기했지요?"

찬곤은 또다시 장황하게 이야기를 풀어놓으려고 했다. 그의 이야기는 마치 주루에서 이야기를 팔아 먹고사는 사람처럼 길고 쓸데없는 것이 많았다.

"그 이야기는 됐네."

나는 찬곤의 이야기를 막았다.

아무래도 조금 전 감옥에 갇힐 뻔한 그가 마음 편하게 이야기하기는 어려울 것 같았다. 좀 더 솔직한 이야기를 듣기 위해 나는 그 이야기는 뒤에 듣기로 결정했다.

그렇지만 그가 지금 하는 이야기를 그냥 듣고 있을 수는 없었다.

그의 이야기는 주루에서 듣는 것보다 오히려 재미있었다.

아마 수적이 아니라 이야기를 팔아먹고 살았으면 성공했을지도 모른다.

그렇지만 나에게는 그리 많은 시간이 없었다.

대과 합격자가 발표된 이상 내가 무호채에 있을 수 있는 시간은 그리 많지 않았다.

전시가 치러졌던 남경까지 직접 가지는 못하더라도 양부인 큰아버지의 상을 치르기 위해 갈 수 없다는 것을 알리기는 해야 했다.

이번 전시 합격자 중 가장 사람들의 주목을 받는 내가 아무런 이유도 알리지 않고 남경에 가지 않거나 관직에 나가지 않을 수는 없었다.

더구나 큰아버지의 상을 어디에서든 치를 준비를 하자면 정말 시간이 없었다.

무호채에서 상을 치를 수는 없으니 적당한 곳에서 큰아버지의 상을 치르기 위해서는 꽤 많은 준비가 필요했다.

이런 것을 결정하기 전에 무호채에 대한 결론을 내리려면 지금 한가하게 이야기나 듣고 있을 시간이 없었다.

"자네는 내가 묻는 말에나 대답해 주게."

"알겠습니다."

"우선 자네가 무호채에 오래 있었다니 옛날이야기부터 물어보겠네. 자네 이야기만으로는 무호채가 이전에 얼마나 벌었는지 도통 알 수가 없더군. 무호채의 일 년 수입이 얼마나 됐나?"

"무호채 전체 수입을 이야기하는 것입니까?"

"그렇네."

"그건… 정확하지는 않습니다만 듣기로는 일 년에 한 오만 냥 정도 벌었다고 들었습니다요."

"은 오만 냥?"

"예! 그 외에 무호채가 남경부 일대 수채들의 중심이다 보니 다른 수채에서 들어오는 상납금도 한 오만 냥 정도라고 들었습니다."

무호채에서 벌어들인다는 오만 냥만 생각해도 엄청난 금액이었다. 웬만한 상단보다 훨씬 벌이가 좋았던 것이다.

그렇지만 무호채는 보통 상단보다 훨씬 규모가 컸다.

자신이 어제 얼핏 보기에도 지금 무호채에 사는 사람만도 칠팔백 명은 족히 넘어 보였다. 떼강도가 칠팔백 명이라면 웬만한 한 개 군영보다 많다는 의미이다.

찬곤의 말에 의하면, 전에는 지금보다 훨씬 많았다지 않은가?

"그때 수채의 식구가 몇 명이나 됐나?"

"그때야 지금보다는 두 배도 넘었습지요. 약간의 차이는 있습니다만 제가 어릴 때부터 십 년 전까지는 한 이천 명 정도 됐을 것입니다."

오만 냥을 이천 명이 나누면 한 명당 일 년에 스물다섯 냥을 버는 셈이다.

보통 먹고살 만하다는 농사꾼이 일 년에 열두세 냥에서 스무 냥 사이를 번다는 것을 생각하면 두 배가 넘는 금액이었다.

그렇지만 졸개들이 받는 돈은 한 냥이 채 안 될 테니 농사를 짓는 것이나 별 차이는 없을 것이다.

"그럼 자네는 한 달에 한 냥 정도를 벌었겠구먼."

"어떻게 아셨습니까? 계절에 따라 다르지만 보통 한 달에 두 냥 정도를 통행료로 받아서 위에 한 냥을 바치고 나머지 한 냥은 제가 먹는 식이었습니다. 다른 자들도 비슷했고요."

"한 냥을 벌지 못하는 달은 어떻게 되나? 그런 때도 있을 것 같은데……."

"그런 달은 어쩔 수 없지요. 상납금을 못 바치면 큰일 나니 좀 멀리 배를 타고 가서 지나가는 화물선이나 여객선을 습격하는 수밖에요. 사실 이렇게 습격하던 중에 횡재하는 경우가 많습니다요."

"그럼 습격하는 자들이 많겠군."

"그런 것은 아닙니다요. 그렇게 마구잡이로 습격하다가는 결국 수입이 줄어들게 되니 위에 들키면 큰일 나지요."

수적들에게도 나름대로 규칙 정해져 있고 지켜야 할 선이 있다는 말이다.

하긴 장강에서 수적질이 행해진 지가 천 년도 넘었다. 장강십팔채의 본격적인 시작이 송 때라니 그때부터 잡아도 삼사백 년은 훌쩍 넘은 것이다.

경험을 통해 나름대로 규칙이 생기기에 충분한 시간이었다.

"그래도 전체적으로 수입이 좋았던 해나 나빴던 해가 있을 것이 아닌가?"

"이런 말은 좀 그렇습니다만, 저희가 수입이 좋았던 해는 대체로 강북이나 복건성, 광동성에 흉년이 든 해가 많았습니다."

"흉년이 든 해에 수입이 오히려 좋아진다는 말인가?"

"아무래도 사천성이나 호광성, 그리고 강소성에서 수확한 쌀을 강북으로 실어 나르려면 우리 수채 앞을 지나가야 하니까요."

"곡물 운송하는 배에게서 통행료를 받는다는 말이군."

"뭐… 꼭 그런 것은 아닙니다. 지나가는 배가 많으니 통행료야 늘어나겠지만 본래 미곡상들이 내는 통행료는 그리 많지 않습니다. 부피와 비교하면 가격은 그리 높지 않으니까요."

"그렇다면 수입이 늘어난다는 것은 무슨 의미인가?"

"강북이나 복건성에 곡식을 실어 나른 배들이 빈 배로 돌아가나요. 오는 길에는 값싼 곡식이지만 돌아가는 길에는 값나가는 물건을 싣고 가는 경우가 많습니다."

"그럼 수입이 적은 해는 강남에 흉년이 든 해겠군."

"뭐, 그렇지요. 수채 앞을 지나가는 배가 적어지니 수입이 적어질 수밖에요. 사실 십 년 전에도 강남이 물난리로 장강 전체 수채의 수입이 줄었는데도 총표파자 어른께서 상납금을 강요하는 바람에 무리가 있었던 것이지요. 지금 생각하면 사치가 심하신 것을 제외하면 나름대로 괜찮으신 분이셨는데……."

나를 바라보며 장강십팔채의 전대 총표파자에 대한 말을 하던 찬곤은 깜짝 놀라며 몸을 뒤로 젖혔다.

이야기를 하다가 총표파자를 쫓아낸 사람이 바로 내 양아버지라는 사실을 깨달은 듯 보였다.

"아, 죄송합니다."

"괜찮네. 아까 자네 말을 들으니 지금 장강십팔채에는 총표파자가 없다던데… 그러면 장강십팔채에 많은 것이 변했겠군."

"뭐, 다른 수채가 상납금을 동정에 있는 총수채에 보내지 않는 것을 제외하면 별로 변한 것이 없습니다. 그렇지만 우리 무호채는 정말 많이 변했지요."

"변하다니?"

"뭐… 일단 돌아가신 전대 채주님께서는 무호채가 과거의 협의를 간직하기를 바라셨습니다. 무호채는 수적이 아니라 장강의 질서를 지키고 그에 대한 대가를 받아야 한다고 이야기하셨지요. 그분은 장강십팔채는 구대문파나 오대세가가 그렇듯이 장강 질서의 중심이 되어야 한다고 생각하셨습니다."

"그래?"

"예. 그래서 우리 무호채는 지난 십 년간 단 한 번의 강도질을 하지 않았습니다. 대신 상인들에게서 보호비를 정기적으로 받고 있는 것으로 알고 있습니다."

실천만 된다면 그보다 좋을 수가 없는 생각이었다. 그렇지만 나는 그런 일이 가능할 것이라고 생각하지 않았다.

그게 가능했다면 장강십팔채가 생기기 전에 장강의 수군만으로 충분했을 것이다.

"자네 말대로라면 남직례 일대에서는 수적의 습격이 없겠군."

"웬걸요. 제가 알기에는 꽤 자주 일어난다고 알고 있습니다."

"무호채는 습격한 적이 없다고 하지 않았나?"

"이 일대에 무호채만 있는 것이 아니니까요."

"무호채가 내린 명령을 지키지 않는다는 말인가?"

"뭐… 장강의 수적이야 몇 놈이 모이면 어느 구석에서 수채를 만들었다가 내일 망하는 것이 비일비재한데요. 그걸 어떻게 무호채에서 다 막겠습니까? 오늘은 고기를 잡는 어부나 강을 건너는 뱃사공이다가도 그 다음날 수적으로 변할지 모르는 것이 장강입니다요."

역시 내 생각대로였다.

수백 년간 장강에서 행해진 일을 어떻게 한 사람이 바꾸겠
는가?

"그렇기도 하겠군. 그 이야기는 그럼 됐고, 아까 하던 이야
기로 돌아가서… 보공석 말고 내가 주의해야 할 사람이 누가
있나?"

"그건……."

보공석의 일 때문인지 찬곤은 쉽게 입을 열려 하지 않았다.

"자네는 이제 내 부관이네. 다른 사람 신경 쓰지 말고 이야
기해 보게."

"예……."

찬곤은 조심스럽게 입을 열기 시작했다.

"우선 아까 하던 이야기를 계속하면 무호채의 모든 법 집
행은 형당이 맡고 있습니다. 법 집행은 물론 감찰도 형당이
맡고 있기 때문에 사실상 몇몇 사람을 제외하고는 형당을 무
호채의 모든 사람이 두려워하는 형편입니다."

"보공석은 어떤 사람인가? 내 보기에 이제 삼십대 중반 정
도로 보이던데? 어릴 때부터 알던 사람에게 감찰하기란 쉬운
일은 아닐 텐데……. 문제는 없었나?"

"보공석 당주는 무호채 출신이 아닙니다."

"무호채 출신이 아니라고?"

"예. 십 년 전 장강대반란… 아, 십 년 전 총표파자를 쫓아낸 일을 일부 시기하는 정파인들이 그렇게 부릅니다. 어쨌든 보공석 당주는 그때 군산 동정채의 일원이었다가 공을 세운 후 전대 채주님을 따라 무호채에 들어온 것입니다."

"그럼 그도 외부에서 들어온 사람이라는 말이군."

"그렇지요."

나는 이제야 다른 사람이 아닌 보공석이 자신을 찾아왔던 이유를 어느 정도 짐작할 수 있었다. 외부인인 보공석으로서는 자신이 채주가 되지 않는 바에야 외부인인 내가 채주가 되는 것이 나았을 것이다.

"간부들 중 외부인이 또 있나?"

"내당을 맡고 있는 조파진 당주도 외부인이라면 외부인이라고 할 수 있습니다."

"내당이라면 무호채 전체의 살림을 책임지는 곳 아닌가? 그런 곳을 책임지는 자가 외부인이라는 말인가?"

선뜻 이해가 가지 않는 일이었다.

형당은 그 성격상 외부인을 쓸 수 있었다. 아무래도 아는 사람에게 죄를 묻는 것은 인정이 들어가게 마련이기 때문이다.

"조파진 당주는 그럴 만한 사정이 있습니다. 전대 채주님께서 생명을 구해준 은혜를 갚기 위해 당시 상단을 운영하던 조파진 당주께서 큰 재산을 수채에 헌납했습니다."

찬곤의 말투는 보공석을 이야기할 때와는 전혀 다른 분위기였다.

"자네가 그렇게 말하는 것을 보니 재산이 꽤 많았나 보군."

"조파진 당주가 바친 재산이 이십만 냥도 넘는다고 들었습니다."

"허!"

믿기지 않는 금액이었다.

미치지 않고서야 단순히 생명의 은혜를 입은 것으로 이십만 냥을 바친다는 것은 이해가 가지 않았다.

이십만 냥이면 쌀이 사십만 석이었다.

그 정도 재산이라면 백관의 으뜸이라는 상서 벼슬을 사고도 남는 금액이었다.

"지금도 그는 태평부 일대에서 큰 상단을 이끌고 있습니다. 그 사업체를 통해 많은 돈을 수채에 들여온다더군요."

"많은 돈을 들여온다……."

"그렇다고 들었습니다."

별로 좋은 소식이 아니었다.

조파진이 개인적으로 많은 돈을 들여온다는 것은 바로 무호채가 보호비로 받는 돈으로는 유지가 힘들다는 말이다. 바로 조파진이 무호채를 먹여 살리고 있다는 말이다.

조파진이라는 자가 지금까지 무호채를 먹여 살린 이유가 단지 큰아버지가 생명을 구해줬기 때문이라면 큰 문제였다.

바로 생명의 은인인 큰아버지가 죽고 없는 지금도 먹여 살린다는 보장이 없지 않은가?

"어째 무호채에는 간부들이 모두 외부에서 들어온 사람밖에는 없군. 자네는 무호채에서 나고 자랐다면서 불만이 없나?"

"수채가 본래 그런 것이지요. 그래도 저희 무호채처럼 전통이 있는 곳이나 되니까 식구 중 반 이상이 무호채 토박이들입니다. 아무나 받지 않으니까요. 다른 수채들은 어중이떠중이가 대부분입니다."

무호채는 수적인 주제에 사람을 가려서 받는다는 말이었다.

"그래도 불만이 있을 것 같은데?"

"아닙니다. 형당이나 내당이야… 무호채가 변하면서 새로 생긴 것들이고, 그전부터 있던 식구들은 외당에 전부 모여 있습니다. 그리고 외당의 당주이신 묘해조 당주님은 저랑 마찬가지로 무호채 토박이입니다."

찬곤의 말에 의하면, 외당은 무호채 사람들 중 삼분의 이가 소속된 곳이다.

자체적으로 배를 만드는 조선각부터 십 년 전까지 상선에게서 보호비를 받던 수적들이 모두 모인 곳이라고 한다.

"묘해조 당주님은 전대 채주님과 비교할 수는 없지만 직례성 서부 수로에서는 당할 자가 없습니다. 아마 장강십팔웅에서도 중간 서열 정도의 무공은 가지고 있을 것입니다. 하긴 지난 십 년간 외부에 출입도 하지 않고 외당 전체가 무공만 익혔으니 다른 수채들과 비교하는 것이 오히려 외당에 대한 모욕이지요. 형당주, 내당주, 외당주 이 세 분이 전대 채주님 밑에서 무호채를 이끌어가던 분들이십니다."

찬곤의 말을 들으며 나는 얼굴도 보지 못했지만 큰아버지가 괜찮은 능력을 가진 사람이라는 생각이 들었다.

모르는 사람이 곁에서 보기에는 현재 무호채에서 가장 큰 세력을 가진 사람이 대부분의 무력을 지닌 외당주 묘해조라고 할 수 있었다.

그렇지만 내 생각에는 큰아버지가 살아 있을 때 가장 큰 힘을 가졌던 자는 보공석이고, 그다음은 조파진, 묘해조는 마지막이었을 것이다.

흔히 사람은 당근과 채찍으로 다스리는 것이 효과적이라고 한다. 보공석이 그중에서 채찍이라면 조파진은 당근이라고 할 수 있다.

묘해조가 외당의 당주라고는 하지만 십 년간 외부 활동이 없었다면 힘이 있어도 그 힘을 발휘할 기회가 없었던 것이다.

힘은 남들이 알아줄 때 힘이다.

第六章 당국자미(當局者迷)

실제 그 일을 맡아보는 사람이 오히려 물정에 어둡다

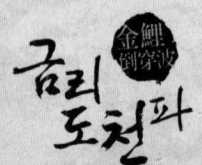

찬곤의 이야기를 듣고 나자 무호채가 어떻게 돌아가는지를 어느 정도 이해할 수 있을 것 같았다. 그렇지만 찬곤의 이야기만을 듣고 결정을 내리는 것은 섣부른 행동이었다.

찬곤이 하급 간부인 조장이었기 때문만은 아니었다. 그가 무호채에 대해 잘 알고 있기는 하지만 어느 한 사람의 생각만으로 결론을 내리는 것은 실수할 가능성이 높았다.

내가 아무리 천재라고는 하지만 무호채나 장강십팔채라는 세계는 내가 알던 세계와는 너무나 달랐다.

찬곤 외에도 무호채의 주요 간부들의 이야기를 듣는 것이 필요했다. 하지만 그들의 의견을 듣는 방법은 조심스럽게 접근할 필요가 있었다.

그들의 의견을 듣기 위해 간부 회의를 소집하는 것이 손쉬운 방법이기는 하지만 다양한 의견이나 솔직한 의견을 듣기에는 좋은 방법이 아니었다.

한 번에 여러 명을 모아 의견을 듣는 것은 흔히 그중 한두 사람의 의견이 전체 의견이 되는 경우가 많았다.

소심해서 사람들이 많은 곳에서는 말을 잘 못하는 사람이 있을 수도 있고 자신보다 상관이 한 말과 다른 의견을 말하기는 힘들기 때문이다.

나는 솔직한 의견을 어떻게 하면 들을 수 있을까를 찬곤을 돌려보낸 후에도 밤을 새워가며 생각했다.

결론은 일대일로 만나서 이야기를 나누는 것이었다. 그렇지만 아무런 준비 없이 만나는 것은 너무도 비효율적이었다.

오랜 고민 끝에 나는 한 가지 방법을 생각해 냈다.

아침 일찍 침실로 찬곤이 찾아왔다. 그의 손에는 어제 내가 시킨 대로 내당에 들러 가져온 장부가 가득 들려 있었다.

나는 그에게 명령을 내렸다.

"자네가 판단하기에 무호채에서 가장 중요하다고 생각되는 열 사람에게 가서 오늘 오후에 나를 찾아오라고 전하게."

"중요하다고 생각되는 열 명이오?"

"그렇네. 지위나 하는 일에 관계없이 가장 중요한 일을 하는 사람 열 명이네. 어떤 사람에게 말을 전할 것인지는 모두 자네 판단에 맡기겠네."

찬곤은 그의 결정에 맡긴다는 말에 당황하는 듯 보였다. 나는 당황하는 그에게 다시 한 번 말했다.

"한 사람씩 만날 것이니 약속 시간은 자네가 알아서 정하게. 그리고 갈 때 내가 불러주는 다섯 가지 질문을 그들에게 하고 답을 적어오게."

"다섯 가지 질문이라면……."

"이야기할 테니 받아 적게."

나는 찬곤이 급히 받아 적을 준비를 마치자 그들에게 할 질문을 말했다.

"첫 번째, 앞으로 무호채에 닥칠 위험 중 가장 큰 것은 무엇이라고 생각하는가? 두 번째, 위험이 온다면 그 이유가 무엇이라고 생각하는가? 세 번째, 무호채가 성장하려면 해야 할 일이 무엇이라고 생각하는가? 네 번째, 성장하는 데 필요한 일을 해내려면 어떤 것들이 필요한가? 다섯 번째, 만약 채주가 된다면 가장 중점을 두고 하고 싶은 일은 무엇인가?"

내 말이 끝나자 찬곤은 황당하다는 표정을 지었다.

나는 그가 왜 저런 표정을 짓는지 짐작할 수 있었다. 아니나 다를까, 그의 입에서 내가 짐작했던 말이 나왔다.

"무호채는 남직례성 제일의 수채이자 장강 전체에서도 세 손가락 안에 꼽히는 수채입니다. 그런 만큼 무호채의 간부들은 장강십팔채 전체에서도 알아주는 인재들이지요. 그렇지만 수적이라는 사실에는 변함이 없습니다. 관리들이 모인 관부나 상인들이 모인 상단은 아니라는 것이지요. 채주님께서 불러주신 질문들은 무호채의 간부들에게 묻기에는 어울리지 않는다고 생각합니다."

"내 생각은 다르네. 어떤 생활을 오래하다 보면 이것저것 보이는 것이 있게 마련이네. 당구삼년폐풍월(堂狗三年吠風月), 즉 서당 개 삼 년이면 풍월을 읊는다는 말이 있지 않은가? 자네만 봐도 기회가 없어서 그렇지 무호채에서 지내면서 하고 싶은 말이 있었을 것이 아닌가?"

"그렇기는 합니다만……."

"그리고 이런 질문은 대답을 통해 정보를 얻을 수 있을 뿐 아니라 대답을 통해 그들이 중요하게 생각하는 것도 알 수 있는 두 가지 이점이 있네."

내 대답에 찬곤은 걱정스러운 표정을 지으며 말했다.

"그렇기는 합니다만 제대로 된 대답이 나오지 않을 수도 있습니다. 제가 질문을 드릴 사람들은 채주님에 대해 잘 모르는 상황입니다. 만나기 전에 이런 질문을 하는 것을 어떻게 생각할지……."

"이 방법의 뛰어난 점 하나는 설사 제대로 된 답이 아니더라도 상관이 없다는 것이네. 오후에 만나기로 하고 질문을 했는데도 대답을 하지 않는다면 그 사실만으로도 그 나름대로 의미가 있지 않겠나? 대답을 하지 않은 사람이 나를 어떻게 생각하는지? 정말로 그 정도 질문에도 대답을 할 능력이 없는 자가 높은 자리에 앉아 있었던 것인지? 이런 것들을 알 수 있다는 말이지."

이 방법을 통해 얻을 수 있는 정보 세 가지를 말하자 찬곤도 이해한 듯 고개를 끄덕였다.

"그런 뜻이 있었군요. 알겠습니다."

찬곤이 질문을 하기 위해 침실을 나갔다.

그에게는 말하지 않았지만, 일대일로 만나기 전 먼저 찬곤을 보내 질문을 한 이유에는 다른 한 가지 목적이 더 있었다.

바로 내 진짜 신분을 알고 있는 사람을 가려내기 위해서였다. 보공석의 말에 따르면, 내가 누구인지 알고 있는 사람은 무호채에 열 명 정도였다.

찬곤의 명단을 통해 그들이 누구인지 대강 짐작할 수 있을 것이다.

찬곤이 사람들을 만나는 동안 나는 방 안에서 장부(帳簿)를 펴 들었다.

말이 장부이지 이것저것 돈이 들어오고 나간 것을 기록한 종이 뭉치였다. 정리를 하는 데만 한참이 걸렸다.

다행히 여러 학문 중에서 내가 가장 자신있는 것이 재정(財政)과 기관지학(機關之學), 그리고 병법(兵法)에 관한 것이었다.

다른 것보다 내가 재정에 신경을 쓴 것은 최근 조정의 권력을 장악하고 있는 환관들이 재정과 관련된 부서에 많이 진출해 있기 때문이다.

환관들을 통해 출세하려면 재정에 관한 지식이 있으면 좋으리라 판단했기 때문이다. 기관지학도 마찬가지인데 뭐니 뭐니 해도 큰돈을 한 번에 빼돌리려면 호부, 그중에서도 대형 공사의 책임자가 되어 건설비를 빼돌리는 것이 가장 좋았다. 그러려면 기관에 대한 지식이 필수적이었다.

다른 환관들이 대부분 강북 출신인 것에 비해 건축에 직접 관여하는 환관들은 안남(安南:지금의 베트남) 출신인 경우가 많았다.

환관들과의 사이가 나빠지는 최악의 경우에 군에 들어가면 환관들의 횡포에서 어느 정도는 벗어날 수 있기 때문이다.

문관들이라면 잡아먹을 듯이 대하는 환관들도 군(軍)을 대할 때 조심하는 편이었다.

물론 처음부터 환관의 힘이 군에 대해 조심스러운 태도를 보인 것은 아니다.

멀리 당나라 때는 환관들의 횡포로 고선지, 이광필, 곽자의 등의 명장들이 목숨을 잃거나 곤욕을 치를 정도로 환관들과 무관들의 사이가 나빴다.

주로 궁에서 지내는 환관들과 전장이나 야전에서 시간을 보내는 무장들의 생각이 너무 달랐기 때문이다.

그렇지만 환관 왕진(王振)이 군사 작전에 관여했다가 크게 패해 정통제가 사로잡힌 후에는 환관들도 군사 문제에 개입하는 것에는 조심스러운 태도를 취했다.

어쨌든 세 분야에 관한한 비슷한 나이에서는 나보다 나은 자가 없다고 생각하고 있었다.

이런 나에게 종이 뭉치가 모인 장부일 망정 장부를 정리하는 것은 크게 어려운 일이 아니었다.

아무리 수채에서 만든 장부라지만 자신이 읽고 있는 장부는 해도 해도 너무하다는 생각이 들었다. 사소한 실수는 제외한다고 해도 아무리 맞춰봐도 계산이 맞지 않았다.

조파진이라는 자가 상단을 운영하고 있다고 하던데 이런 식으로 운영했다는 것이 이해가 가지 않았다.

장부대로라면 지난 몇 년 동안 해마다 몇천 냥 정도가 적자였다.

큰아버지는 무작위 약탈 대신 무호채의 영향력 아래에 있는 장강 수로를 지나는 상인들에게 보호비(保護費)를 받았다.

사실상 수적이라기보다는 다른 성의 수적들로부터 상인들을 지키는 자경단이나 다름없었다.

이런 이야기를 처음 찬곤에게 들었을 때만 해도 다행이라는 생각이었다. 큰아버지가 악명을 떨치던 수적이라면 관계가 밝혀졌을 때 내가 받을 영향도 크기 때문이다. 원한을 가진 사람이 많으면 많을수록 일이 어려워진다.

그렇지만 장부를 읽고 난 현실은 만만하지 않았다.

지난 십 년 동안 안정된 수로를 통해 배의 통행은 많아졌지만 무호채의 수입은 거의 늘어나지 않고 있었다.

찬곤이 큰아버지에 관해 한 말의 반만 믿어도 큰아버지는 수적이라기보다는 강호의 협객이었다.

그렇지만 한 단체를 이끄는 사람으로서는 어울리지 않는 면이 있기도 했다.

어떤 미친 사람이 자기 돈을 들여가면서 수채의 채주 직을 유지한다는 말인가? 큰아버지는 오지랖이 넓어도 보통 넓은 것이 아니었다.

내당주인 조파진이 그동안 얼마나 돈을 무호채에 냈는지는 모르겠지만, 장부로 보아서는 거의 신경을 쓰지 않은 것이 분명했다.

조파진은 큰아버지에 대해서는 은인으로 생각하는지는 모르지만 무호채에 대해서는 애정을 가지고 있지 않은 것이다.

그가 무호채를 진정으로 아끼는 사람이었다면 이런 식으로 장부를 관리하지는 않았을 것이다.

문제는 이제 내가 수채의 채주라는 것이었다. 이대로라면 모자라는 돈을 자신이 채워야 했다.

나에게는 큰아버지처럼 전대 채주에게 물려받은 비상금도, 밖에서 돈을 구해올 능력도, 그리고 나에게 생명의 은혜를 입은 상인도 없었다.

여러 가지 방법을 생각해 보았지만 마땅한 해결책이 없었다. 내가 생각했던 것보다 무호채의 재정 상태가 심각했다.

창을 열고 밖을 내다보았다.

내가 머무는 숙소는 큰아버지가 사용하던 곳이다. 무호채에서 가장 높은 곳에 위치해 있어 창밖으로 장강이 내려다보였다.

지금도 끝이 보이지 않는 장강에는 여러 척의 배가 오가고 있었다.

건국 초기만 해도 천하의 부는 강절 지방, 지금의 웅천부와 절강성에 모여 있었다.

하지만 지금은 강서성과 호광성의 개발로 호광이 풍년이 들면 천하에 굶어 죽는 사람이 없다는 말이 나오고 있었다.

지금은 장강을 통해 사람과 천하의 재물이 흐르고 있었다.

수많은 재물을 실은 배가 무호채 앞을 지나 웅천부를 거쳐 강북으로 가고 있었다.

그런데 무호채는 장강에서 가장 번화한 곳의 수로를 장악하고 있으면서도 수채에 돈이 모자라다니…….

이해할 수 없는 일이었다.

뭔가 방법을 생각해 내야 하지만 아직 어떤 결정을 내리기에는 일렀다.

점심 식사를 마치고 얼마 후 기다렸던 찬곤이 나타났다.

그는 손에 쥐고 있던 종이 뭉치를 내게 바치며 말했다.

"오후에 약속을 잡은 사람들의 명단과 그들의 대답입니다."

나는 찬곤이 내민 종이를 하나하나 천천히 읽어보았다. 한 장당 한 명씩 내가 명령한 질문의 대답은 물론 이름과 별호, 그리고 하는 일이 간단히 적혀 있었다.

종이를 읽던 나는 한 장을 집어 들었다.

"마인각주 서평하? 이자는 뭔가?"

"내당 조파진 당주님의 심복입니다."

"그건 자네가 써놓았으니 알고 있네. 내가 묻는 것은 왜 이 자가 무호채에서 가장 중요한 열 명 중 하나로 선택되었냐는 것이네."

"서평하 각주님은 일류고수로, 무호채에서 손에 꼽히는 고수입니다. 그뿐 아니라 마인각은 대원들 하나하나의 무공이 정예……."

"그만……!"

나는 소리쳐 찬곤의 말을 잘랐다.

"자네가 내 말을 오해했나 보군."

"오해라니요?"

"내가 자네에게 가장 중요한 열 명에게 오후 약속과 질문을 받아오라고 한 것은 간부들에게 연락하라는 말이 아니었네. 그랬다면 중요한 열 명이 아니라 간부 열 명에게 말하라고 했겠지. 예를 들어… 열 명 중 자네가 소속되었던 조선각의 각주가 빠진 이유는 뭔가?"

조선각은 무호채의 모든 배를 만들고 관리하는 곳이었다. 찬곤은 내 부관이 되기 전까지 조선각 소속이었다.

"조선각은 외당 소속의 네 개 각 중 가장 무력이 떨어지는 곳입니다."

무공 수준으로 중요한지 중요하지 않은지를 판단하는 찬곤의 대답은 지금 무호채의 분위기를 그대로 보여주는 것이었다.

수채는 장강을 지나는 배를 약탈하는 것이 그 본질이었다. 그러자면 당연히 빠른 배와 그 배를 다루는 실력이 중요했다.

장강에 있는 조선소는 대부분 관군의 관리를 받는다.

장강 수적이 사용하는 작은 쾌속선을 일반 조선소에서 만들 리가 없었다. 더구나 배라는 것은 지속적인 관리를 하지 않으면 얼마 지나지 않아 폐선으로 변한다.

작은 수채는 고기를 잡는 배나 상선을 고쳐 사용할 수 있지만 장강십팔채 정도의 수채라면 그런 식으로 처리하기 어렵다.

수채에서 필요한 배도 많을 뿐 아니라 필요한 배를 제때 구하기 힘들기 때문이다.

이런 이유 때문에 장강십팔채와 같은 거대 수채는 수채 내에 조선소가 있었다. 조선각은 바로 무호채의 배를 만들고 관리하는 곳이었다.

그런데 내가 장부를 살펴본 바로는 조선각은 수채에서 자금 지원을 받지 못하고 있었다.

수적 본연의 모습보다는 무공을 우선시하는 분위기였다.

십 년 동안 직접 배를 습격한 적이 없어 배를 새로 만들거나 관리할 필요가 없으니 예산이 많이 필요할 이유가 없었다.

나는 새삼 큰아버지가 대단한 인물이었을 것이라는 생각이 들었다.

얼굴을 보지는 못했지만 수백 년의 역사를 가진 수채의 분위기를 이렇게 바꾼다는 것은 쉬운 일이 아니었다.

나는 현재의 무호채가 가진 상황을 좋게만 생각할 수 없었다.

큰아버지의 과거를 완전히 지울 수 없는 이상 지금과 같은 어중간한 상태는 오히려 수적으로 악명을 떨치는 상황보다 나쁜 것이다.

무엇보다 사람이 흙만 파서 먹고살지 않는 이상 무공만 익히며 살 수는 없었다.

소림사나 무당파 같은 구대문파처럼 종교를 바탕으로 하지 않는 한 대부분의 문파가 자신의 영향력 아래에 있는 세력권의 이권에 개입하는 것이 일반적이었다.

장강십팔채라는 것도 그런 식으로 생각하면 장강의 수로를 장악하고 그것을 통해 이권을 행사하는 것이었다.

그런데 정작 무호채에서는 수로를 장악하는 데 필요한 배를 만들고 관리하는 조선각이 푸대접을 받고 있는 것이다.

"자네까지 그런 말을 하면 어떻게 하나?"

"무슨 말씀이신지요?"

찬곤은 내가 왜 화를 내는지 아직 이해하지 못하는 표정이었다.

"자네는 무호채가 뭐라고 생각하나? 소림사? 아니면 무당파? 장강에서 살아가야 하는 사람들에게 배보다 더 중요한 것이 무엇인가?"

"맞는 말씀이기는 합니다만……."

찬곤이 고개를 끄덕였다.

"한동안 조선각을 채주 직속 조직으로 바꾸겠네. 어차피 서평화 같은 자는 그의 상관인 조파진 내당주와 다른 의견이 나올 수 없는 자이네. 당장 가서 약속을 취소하고 조선각주와의 약속을 잡고 대답도 받아오게."

내가 생각하는 무호채의 가장 큰 강점은 장강에서 가장 교역이 활발한 수로를 장악하고 있다는 것이었다.

그런 장점을 살리려면 조선각은 꼭 필요한 조직이었다. 조선각을 채주 직속으로 두는 것은 이런 내 의지를 가장 잘 보여주는 행동일 것이다.

잠시 멍하니 내 대답을 듣고 있던 찬곤이 무릎을 꿇으며 엎드렸다.

나는 이자가 왜 갑자기 이러나 하는 생각이 들었다.

"그렇게 말씀해 주시니 감사합니다. 장강에서 태어난 사람들은 장강에서 살아가야지요. 지금 당장 각주께 채주님의 뜻을 이야기하겠습니다."

찬곤의 목소리는 떨리고 있었다.

찬곤은 내 말에 감동한 것처럼 보였다.

아마 무호채에서 나고 자라 수적으로 살아온 그로서는 지금의 수채의 모습이 마음에 들지 않았나 보다.

처음 이야기를 나눌 때 무호채의 과거 역사를 자랑스럽게 이야기하는 것에서 눈치를 채기는 했지만 이런 식으로 직접적으로 말할 줄은 몰랐다.

조선각을 중요시하겠다는 말은 곧 다시 수적 활동을 하겠다는 말이다. 어쨌든 내 행동은 전대 채주였던 큰아버지와 반대되는 것이었다.

그런데도 내 말에 감동한 듯 일어나 밖으로 뛰어가는 찬곤의 모습을 보며 나는 수적에 대해 다시 생각해 보았다.

지금까지 내가 생각하는 수적이란 강에서 도적질하는 놈들일 뿐이었다. 도적 중에서도 질이 아주 나쁜 강도들이었다.

수적이 단순한 도적놈이라면 지금 찬곤의 입장에서 지금 상황은 그리 나쁠 것이 없었다.

무공을 중요시하는 분위기 때문에 무공이 약해 대접은 받지 못하고 있지만 대신 목숨을 잃을 걱정이 없었다.

장부에 의하면, 수채에 소속된 자들은 꽤 많은 보수를 정기적으로 받았다.

직책에 따라 다르지만 한 달에 은 한 냥에서 두 냥 정도는 받았다.

지난 십 년간 많은 수적이 결혼하거나 고향에 있는 가족들을 데려와 식구가 늘었다.

모두 수적질을 하지 않아 위험이 줄어든 덕분이었다. 아무리 무호채가 인근 수채에서 가장 강하다고 해도 수적질에 위험이 전혀 없을 수는 없었다.

만약 직업이라면 무호채는 내가 본 어떤 상단이나 직업보다 좋은 직장이었다.

그런데 이제 자신들이 위험에 빠질 수도 있는데도 찬곤이 저렇게 기뻐하는 것은 무슨 이유라는 말인가?

적어도 찬곤에게 수적은 먹고살기 위한 수단이 아니라 그가 사는 방법인 것이다.

나는 영원히 찬곤을 이해할 수 없을 것이라는 생각이 들었다. 지금까지 내가 이해할 수 없는 일은 거의 없었다.

하지만 최근 자주 생기는 일이었다.

무호채의 생활이 점점 흥미가 생기는 것은 무슨 일인가?

찬곤이 다시 온 것은 저녁때였다. 그가 이번에 다시 가져온 열 명의 구성은 처음보다 다양했다.

처음에도 포함되었던 내당주 조파진, 외당주 묘해조, 형당주 보공석 세 명은 이번에도 포함되어 있었다. 이들이 현재 무호채를 이끌어가는 삼 인이었다.

그밖의 명단에는 많은 변화가 있었다.

꽤 많은 이름이 겹치지만, 이전에는 없던 자들도 여러 명이 포함되어 있었다.

외당에서 검술 훈련을 담당한다는 교관이나 외당주 묘해조의 아들 등이 포함되어 있었다. 직책에는 상관없이 그만큼 그들이 중요한 인물이라는 뜻이리라.

특이한 것은 특별히 이야기했음에도 조선각의 각주는 여전히 없었다는 것이다.

각주 대신 조선각에서 선박 건조와 보수를 책임진다는 대목(大木)이 포함되어 있었다.

그 외에 순찰각주가 포함되어 있었는데…….

지금은 유명무실한 직책이지만 십 년 전만 해도 장강 수로를 자신의 손바닥처럼 꿰뚫고 있었다는 찬곤의 설명이 덧붙여져 있었다.

찬곤이 가져온 답변을 읽고 다음날 오후부터 열 명을 차례차례 만나겠다는 것이 내 생각이었다.

이런 내 생각은 다음날 아침 이른 방문객 때문에 어긋났다.

다음날 아침 나는 새벽 일찍 일어나 운기조식을 한 후 어제 저녁 찬곤이 가져왔던 답변지를 다시 꺼내 들었다.

어제 이미 한 번 보고 외웠지만 머릿속으로 생각하고 정리하는 것보다 직접 보고 정리하는 것이 편했기 때문이다.

답변을 읽고 있던 나는 침실 밖에서 들리는 소리에 밖으로 향했다.

"형당이 감히 내 앞을 가로막는 것인가?"

"채주님의 거처에 누구도 접근시키지 말라는 당주님의 명령이 있었습니다."

그곳에서는 숙소로 들어오려는 사람을 경비하던 자들이 막고 있었다.

양쪽을 합해 십여 명의 사람이 문 앞에서 무기를 들고 서로 맞서고 있었다.

아직 춥지 않아서 그런지 그들은 모두 가벼운 옷을 입고 있었다. 드러난 상체 곳곳에 새겨진 흉터와 문신이 드러나 있었다.

모두 무기를 든 상황으로 보아서는 당장에라도 충돌이 일어날 것 같은 분위기였다.

그들을 살피던 내 눈에 찬곤이 쓰러져 있는 것이 들어왔다.

잠시 상황을 지켜보려던 생각을 바꾸고 나는 즉시 침실을 나섰다.

"무슨 일인가?"

문 앞을 지키고 있던 자들이 나를 향해 고개를 숙였다.

내 숙소를 지키는 자들은 휘주로 나를 찾아왔던 인상파들이었기 때문에 그나마 상대방보다는 얼굴이 친근하게 느껴졌다.

그들 중 가장 지위가 높은 자가 앞으로 나서며 말했다. 이름이 장육이라고 하는 자였다.

"마인각주(魔刃閣主)께서 막무가내로 채주님을 뵙겠다고……."

"마인각주?"

그의 말에 나는 가장 앞에 있는 자를 바라보았다.

"자네가 마인각주 서평하인가?"

처음 찬곤이 가져왔던 설명에 의하면 마인각주 서평하는 마인(魔刃)이라는 별호를 가진 일류고수였다.

조파진이 오 년 전 영입한 후 심복으로 삼은 자였다.

그는 나를 향해 고개를 숙이며 말했다.

"채주님을 뵙습니다. 마인각을 맡고 있는 서평하라고 합니다."

"인사는 나중에 정식으로 하지. 그보다 내가 보낸 부관을 저렇게 만들어 여기로 끌고 온 것은 무슨 의미인가?"

"저자가 저를 우롱했기 때문입니다."

마인각주 서평하의 말에서 그가 찬곤을 끌고 자신을 찾아온 이유를 짐작할 수 있었다.

나는 어제 먼저 약속을 잡았던 자들과 했던 일대일 면담 약속을 취소하라고 찬곤에게 지시했다.

서평하는 나와의 약속이 취소된 것에 분노해 찬곤을 끌고 온 것이 틀림없었다.

나는 굳이 찬곤에게 직접 가서 취소하라고 이야기할 때 이런 일이 있을지도 모른다고 어느 정도 예상은 했다. 그렇지만 정작 눈앞에서 보는 것은 불쾌한 일이었다.

내 예상이 맞았다는 것은 곧 내가 무호채에서 채주로 인정받지 못하고 있다는 뜻이었다.

나는 서평하를 바라보며 이런 일을 생길 경우 생각해 놓았던 말을 하기 위해 입을 열었다.

"우롱이라… 도대체 부관이 무슨 일로 자네를 우롱했는지 궁금하군. 무슨 일이기에 자네가 하극상을 벌이면서까지 이런 일을 벌이는지 말이야."

마인각주는 하극상이라는 내 말에 당황하는 모습을 보였다. 그가 조심스럽게 되물었다.

"하극상이라니요?"

"나는 부관이 내 명령을 전달하는 자리로 당주와 동급인 지위라고 알고 있네. 그렇지 않은가?"

당주와 동급이라는 말에 더욱 당황한 서평하는 고개를 들어 뒤에 서 있는 자신의 부하들을 바라보았다.

부하들 중 한 명이 고개를 끄덕여 내 말을 확인시켜 주었다. 오 년 전 외부에서 영입된 서평하는 부관이라는 지위에 대해 알지 못했던 것이다.

그가 무호채에 들어오기 몇 년 전부터 부관 직은 형당주였던 보공석이 겸임하고 있었다.

"그건······!"

"당연히 자네가 맡고 있는 내당의 각주보다 부관이 지위가 높은 것으로 알고 있는데, 아닌가?"

마인각주는 더욱 당황하기 시작했다.

그의 뒤에서 찬곤의 목덜미를 쥐고 있는 자가 조용히 손을 놓고 있었다.

"하극상(下剋上)은······."

내가 하극상을 이유로 마인각주를 닦달하려는 순간, 급히 달려오는 발자국 소리와 함께 십여 명의 사람이 더 나타났다.

가장 앞에 선 세 사람 중 한 명은 바로 보공석이었다.

나란히 서 있는 것으로 보아서는 보공석 곁에 서 있는 자들은 바로 그와 함께 무호채를 이끌어가고 있는 내당주 조파진과 외당주 묘해조로 여겨졌다.

그들은 나타나자마자 나에게 무릎을 꿇었다.

"처음 뵙겠습니다. 내당주 조파진이라고 하옵니다."

"외당주 묘해조라고 하옵니다."

나는 조파진과 묘해조를 오늘 처음 보는 것이었다.

둘은 서로 비교되는 외모를 가지고 있었다.

내당주 조파진은 오십대의 선이 여린 외모였다. 그는 언뜻 보기에는 수적이라기보다는 퇴직 관리라 해도 믿을 외모였다.

약간 뚱뚱한 체격에 부드러워 보이는 상인의 전형적인 모습도 아니었다.

그와 비교해 사십대로 보이는 묘해조는 얼굴에 상처가 가득한 전형적인 수적의 모습이었다.

들고 있는 무기도 산적들이 주로 사용한다는 감산도를 들고 있었다.

이런 그들의 외모는 자신들이 맡은 내당과 외당의 성격을 그대로 보여주고 있다 할 수 있었다.

자신을 내당주와 외당주라고 밝힌 두 사람을 보며 나는 약간 역설적이라는 생각이 들었다.

외당은 본래는 무호채의 공식적인 외부 활동, 즉 수적 일을 전담하는 곳이었다. 그에 비해 내당은 무호채 내부 운영을 맡아하는 곳이었다.

무호채의 재정과 무력을 분리시켜 힘이 하나로 집중되지 않게 서로 견제하기 위한 것이다.

이에 비해 형당은 감찰과 법의 집행을 통해 이들을 감시하는 역할이었다.

당연히 내당과 외당은 그 성격상 서로 앙숙일 수밖에 없다.

그렇지만 현재 무호채는 외당은 전혀 외부 활동을 하지 않고 내당은 무호채 역사상 어느 때보다 활발하게 외부 활동을 하고 있었다.

모두 무호채의 비상식적인 운영, 바로 보호비를 걷어 재정을 충당하고 외당은 무공 수련을 하는 큰아버지의 방식 때문이었다.

찬곤에 말에 의하면, 지난 십 년간 외부 활동이 가장 활발한 무력 단체가 마인각이었다. 내당을 보호하는 마인각의 이런 활발한 활동은 무호채의 현실을 그대로 보여주는 한 예였다.

무호채는 큰아버지가 채주가 되기 전까지만 해도 외당이 내당에 비해 우위에 있었다고 한다.

묘해조는 무호채 역사상 최고의 무공을 지닌 외당을 이끌고 있으면서도 가장 힘이 약한 외당주인 것이다.

묘해조에게는 큰아버지가 죽고 없는 지금이 바로 이런 현실을 바꿀 기회일 것이다.

第七章 이일경백(以一罰百)

한 사람을 벌하여 뭇사람의 경계가 되게 한다

金鯉
倒穿波

금리
도천파

이런 생각을 증명이라도 하듯 외당주 묘해조가 마인각주를 노려보았다.

"자네, 감히 채주님 처소에 무기를 들고 오다니······. 마인각주 서평하! 자네가 뭐를 잘못 먹어 미쳤나 보구나! 오면서 채주님의 말을 들으니 자네가 감히 채주님께서 새로 임명한 부관을 해치는 하극상까지 벌였다고 하는데······!"

마인각주를 노려보던 묘해조는 고개를 보공석에게 돌렸다.

"자네가 며칠 없다고 무호채의 기강이 바닥으로 떨어졌나 보네."

보공석은 묘해조의 말을 기다렸다는 듯이 앞으로 나왔다.

그는 찬곤에게 보여주지 못한 형벌의 무서움을 이번에는 찬곤을 해친 것을 이유로 서평하에게 보여주려고 하는 듯했다.

두 사람 모두에게 내당주 조파진은 꺾어야 할 상대였다.

지금까지 무호채의 권력 관계를 생각했을 때 가장 큰 힘을 가지고 있었던 것이 바로 내당주 조파진이었다.

당장에라도 보공석의 입에서 서평하를 가두자는 말이 나올 것 같은 분위기였다.

상황이 심상치 않게 돌아가자 조파진이 보공석의 앞을 가로막았다.

그는 나에게 고개를 숙이며 말했다.

"하극상이라고 하기는 어렵다고 생각합니다."

찬곤의 말에 따르면, 조파진은 지금까지 무호채의 모자란 재정을 관리하고 돈을 배분하는 것으로 외당에도 많은 동조자를 가지고 있었다.

그렇지만 마인각은 조파진이 공식적으로 가진 가장 큰 무력 단체였다.

여기에 조파진의 명령을 받고 있는 조직은 대부분 무호채 외부에 있었다. 그중 대부분은 자신이 무호채에 속했다는 사실도 몰랐다.

무호채 내부에 머물고 있는 조파진의 조직 중 가장 강한 것이 마인각이었다. 그렇지 않아도 외당주 묘해조에 비해 무력에서 밀리는 그로서는 마인각주를 포기할 수 없을 것이다.

보공석이 자신의 앞을 가로막은 조파진을 노려보며 말했다.

"하극상이 아니라니요? 내당주께서도 지금 눈으로 보고 계시지 않습니까? 설마 부관 찬곤이 스스로 넘어져 쓰러져 있었다고 말씀하시는 것은 아니겠지요?"

"찬곤이 부관으로 임명됐다고는 하지만 정식으로 절차를 밟은 것은 아닙니다. 간부 회의에서 찬곤을 부관으로 임명한다는 절차가 아직 남아 있습니다. 정식 임명이 없는 이상 찬곤의 지위는 아직도 공식적으로는 조선각의 일개 조장입니다. 마인각주가 수하에게 손을 과하게 썼다고 해서 하극상이라는 것은 말도 안 된다고 생각합니다. 그렇지 않습니까?"

조파진은 보공석을 무시한 채 나를 바라보며 말했다. 나는 그의 이런 태도가 마음에 들었다.

조파진이 다른 사람을 무시한 채 나를 바라보며 말하는 것은 상인으로서 거래를 제의하는 것이나 다름없었다.

물론 나는 그의 거래를 받아들일 생각이었다.

"그럴 수도 있겠군. 형당주는 어떻게 생각하는가?"

나는 보공석에게 고개를 돌려 물었다.

"예… 하극상이라고 하기는 어렵겠지요."

보공석은 조파진의 변명을 받아들였다. 그는 조파진을 공격하기보다는 그에게 빚을 지우는 것을 선택한 것이다.

조파진이 보공석의 말에서 힘을 얻은 듯 말을 이었다.

"비록 마인각주가 무기를 들고 채주님을 찾아온 것은 잘못입니다. 하지만 전대 채주님께서는 무인은 죽기 전에는 무기를 몸에서 떼어놓아서는 안 된다고 말씀하셨습니다."

조파진은 전대 채주인 큰아버지의 말을 언급했다.

그는 주위를 바라보며 자신의 말에 동의를 구했다.

큰아버지가 저런 말을 했는지는 나로서 알 수가 없었다. 다만 묘해조가 뭐라고 반박을 못하는 것을 봐서는 그런 말을 한 것이 사실이라고 생각하는 게 내가 할 수 있는 전부였다.

나는 다시 나오는 큰아버지가 했던 말을 들으며 앞으로 일이 힘들지도 모른다는 생각이 들었다. 이대로라면 앞으로 저들은 사사건건 큰아버지를 들먹일 것이다.

나의 경쟁 상대는 이미 죽고 없는 큰아버지이다.

내가 수채를 완전히 장악하려면 큰아버지를 뛰어넘어야 했다. 하지만 큰아버지를 뛰어넘으려면 무호채 전체의 신뢰를 얻어야 하고, 그러자면 큰아버지가 만들어놓은 현재의 무호채를 바꿔야 했다.

진퇴양난(進退兩難)의 상황이었다.

나는 다시 보공석에게 고개를 돌렸다.

"무기를 소지하고 있는 것 자체를 벌하기는 어려울 것 같습니다."

고개를 돌려 나는 처음 무기를 들고 온 것을 언급했던 묘해조를 바라보았다.

강경하던 그는 이미 다른 사람과 이야기를 나눈 듯 별다른 지적이 없었다.

찬곤에 대한 일은 내가 묵인한다는 의사를 표시했지만, 무기를 들고 나를 위협한 것에 대해서는 아무런 말도 하지 않았다.

이 자리에 있는 사람들 중 얼마나 내가 얼마 전까지 과거를 공부하던 학사였고, 강남제일의 수재라고 소문난 왕세정이라는 사실을 알고 있는지는 몰랐다.

그렇지만 조파진, 묘해조, 보공석 저 셋은 확실히 알고 있었다.

그런데도 무기를 가져와 나를 위협한 것을 큰아버지가 했는지도 확실하지 않은 말을 이유로 그냥 넘어가려고 하는 것이다.

화가 나는 일이지만 내가 더욱 화가 나는 것은 이 자리에서 서평하를 처벌하는 것이 힘들다는 것이었다.

내가 마인각주를 처벌할 것을 우기면 저들은 받아들일 수밖에 없을 것이다.

그것은 그의 직속상관인 조파진도 마찬가지였다. 어쨌든 나는 명목상으로는 무호채의 채주인 것이다.

다른 사람들은 모르지만 눈앞에 서 있는 보공석, 묘해조,

조파진 이 세 사람이 나를 채주로 삼은 까닭은 절대 큰아버지에 대한 충성심 때문만은 아니었다.

아니, 어느 정도는 충성심 때문이라고 해도 그것이 가장 큰 이유는 아니었다.

그들의 마음속에 가득 찬 것은 각자의 욕심과 야망이었다.

그들이 그런 생각을 포기하지 않는 이상 나를 해칠 가능성은 적었다.

아니, 꼭 그 이유만이 아니더라도 나를 해친 이후 무호채에 닥칠 것은 파멸뿐이었다.

전시에 최연소 합격한 내가 이대로 사라지면 대대적인 수색이 벌어질 것이 뻔했기 때문이다.

그리고 내가 한낱 수적에게 목숨을 잃은 것을 알게 된다면 그 후 벌어질 일은 무호채에 대한 대대적인 토벌뿐이었다.

그건 관리들이 국가의 인재인 나를 아낀다기보다는 내게 벌어진 일을 그냥 넘어갔을 때 같은 일이 자신들에게도 닥칠 수 있다는 사실 때문이다.

하지만 억지로 서평하에 대한 처벌을 주장하는 것은 현명한 행동이 아니었다.

내가 원하는 것을 이루려면 나는 저들을 진심으로 굴복시켜야 했다.

지금은 내가 가진 작은 권력에 의지하기보다는 무호채 사람들의 신뢰를 얻는 것이 우선이었다.

나에게는 익숙하지 않은 일이지만 흔히 남방지강(南方之强), 즉 강남 사람들의 강점(强點)은 인내의 힘으로 사람을 이겨내는 것이라고 한다.

지금까지 나는 살아오면서 이런 인내를 발휘할 일이 별로 없었다.

처지가 바뀌면 태도도 바뀌야 하는 법.

이제는 참는 법도 배워야 할 때였다.

현재 내가 가진 것은 채주라는 이름이 전부였다.

지금 무호채를 장악하고 있는 것은 눈앞에 있는 보공석, 조파진, 묘해조 세 사람이었다.

아직 그들을 넘어서기에는 무호채에 머문 시간이 너무 짧았다.

내가 스스로 이룬 것이 없는 상황에서 채주라는 지위에서 나오는 권력에 의지하면 의지할수록 사람들의 신뢰를 받는 것은 어려워진다.

이 모든 사실을 알고 있었다.

하지만 분위기가 자신들이 어떤 벌도 받지 않게 돌아가자 미소까지 짓고 있는 서평하와 그의 부하들을 본 순간 속에서 분노가 치밀어 올랐다.

이번 일을 그냥 넘어갈 수도 없었다.

이 자리에 있는 것은 세 당주와 그의 부하들뿐이었다. 하지만 오늘 저녁때쯤에는 수채의 모든 사람이 여기서 있었던 일을 알게 될 것이다.

부관도 지키지 못하는 나를 누가 따르겠는가?

"무기를 몸에서 떼어놓아서는 안 된다라… 그럼 나도 지켜야지."

나는 방으로 들어가 벽에 걸려 있던 검을 집어 밖으로 나왔다.

검을 뽑아 들었다.

길게 휘어진 도신에서 새파란 검광이 흘러나왔다.

검에 대해 잘 모르는 자신이 보기에도 보통 검으로 보이지는 않았다.

나는 검을 손에 뽑아 든 채 천천히 쓰러져 있는 찬곤에게 걸음을 옮겼다.

마인각주와 그의 부하들은 내가 다가가자 옆으로 물러났다.

나는 그들 사이를 지나 찬곤이 쓰러진 곳 앞에서 걸음을 멈췄다.

그리고는 그의 몸에 선천지기를 불어넣었다.

내가 가진 것은 얼마 안 되는 선천지기였지만 순수한 선천지기의 성격상 단순한 내공보다 치료에 효과적이었다.

찬곤이 곧 정신을 차렸다.

"어, 채주님!"

"고생했네."

나는 찬곤에게서 눈을 떼었다.

조금 전까지 찬곤의 목을 잡고 끌고 온 자에게 시선을 돌렸다.

"자네, 이름이 뭔가?"

내 질문에 그는 약간 떨리는 목소리로 대답했다.

"장표방이라고 합니다."

"소속과 지위는?"

"마인각의 천자조에 소속되어 있습니다."

나는 잠시간 얼마 전에 읽었던 무호채의 조직도를 떠올렸다.

마인각에는 열 개의 조가 있는데 상위 세 개 조의 이름이 천지인(天地人)이었다.

천자조(天字組)라면 마인각에서도 가장 정예 중 하나인 것이다.

"천자조라… 지위는?"

"천자조 부조장(副組長)입니다."

"그럼 조선각 조장(組長)이었던 찬곤보다 지위가 낮군."

장표방은 쉽게 대답하지 못했다.

그도 그럴 것이, 명목상 직책으로야 찬곤이 장표방보다 높았다.

하지만 실제로는 내당의 핵심인 마인각의 간부 중 하나인 장표방의 지위는 조선각의 당주에게도 밀리지 않는 지위였다.

물론 그 사실을 나는 알고 있었다.

나는 고개를 보공석에게 고개를 돌렸다.

보공석이 고개를 숙이며 대답했다.

"찬곤 조장이 장 부조장보다 상급자입니다."

"그렇다면 장 부조장의 행동은 하극상에 해당하겠군."

내 질문에 보공석이 선뜻 대답을 하지 못했다.

"장표방의 행동은 마인각주 서평하의 명령을 따른 것입니다. 상관의 명령을 따른 행동을 하극상이라고 하기는 어렵지요. 서평하는 아직 정식으로 임명받지 않은 찬곤보다 현재로는 상관입니다."

나는 이번에는 시선을 마인각주에게 돌렸다.

"어떤가? 내 명령을 자네에게 알리러 간 찬곤 조장이 모종의 일로 정신을 잃고 치욕을 당했네. 이런 행동을 용서해서는 안 된다고 생각하는데… 지금 형당주의 말대로라면 내 명령을 전달하러 간 찬곤을 상하게 한 것은 나를 무시하는 행동이 아니겠나."

"그건……."

서평하는 바로 대답하지 못했다.

그가 부하인 장표방을 변호하려면 자신이 명령했다는 것을 밝혀야 한다.

만약 그 혼자만 있다면 떳떳하게 자신에게 책임이 있다는 것을 밝혔을지도 몰랐다.

처음 하극상이라는 말에 당황하기는 했지만 찬곤의 말에 따르면, 서평하는 자신의 행동에 대한 책임을 지는 사람이었다.

그렇지만 이 자리에는 그의 직속상관인 조파진은 물론 조파진과 대적하고 있는 묘해조와 보공석이 있었다.

이 자리에서 서평하가 내 명령을 전하려고 간 찬곤을 해쳤다는 것이 밝혀지면 조파진도 책임을 져야 했다.

지금과 같은 시기에 서평하의 말 한마디는 향후 권력 구도에 큰 영향을 끼칠 수 있었다.

나는 그 모습을 보며 여유있게 기다렸다.

나는 결과를 이미 알고 있었다.

서평하의 별호 마인(魔刃).

마인이라는 별호가 그의 검법에서 온 것이든 아니면 그의 행동에서 온 것이든 결론은 정해진 것이었다.

비록 무공을 본격적으로 접한 지는 얼마 안 되지만 나는 무공과 성격은 다른 것이 아니라고 생각했다.

건강을 위해서 익힌 현천건곤조화심법은 내 성격 형성에 많은 영향을 끼쳤다.

약간의 차이가 있을 뿐, 다른 사람도 마찬가지일 것이다.

서평하는 결심한 듯 나에게 한 걸음 다가왔다.

"모두 부하를 제대로 다스리지 못한 제 잘못입니다. 제가 책임을 지겠습니다."

"어떻게 책임을 지겠다는 말인가?"

서평하는 대답 대신 고개를 한 번 숙이고는 장표방에게 몸을 돌렸다.

내 눈에 서평하의 몸 주위의 공기가 흔들리는 것이 들어왔다.

서평하가 내공을 끌어올리는 듯했다.

당연히 구자결을 익히기 전에는 보지 못했던 모습이다. 순간 서평하의 도가 뽑혀 장표방의 오른쪽 어깨로 향하고 있었다.

나는 급히 몸을 움직여 오른손에 들고 있던 검으로 서평하의 직도를 가로막았다.

"악!"

장표방이 고통에 찬 신음을 내뱉었다.

이미 어느 정도는 예상한 일이지만 나의 행동은 완벽하지 않았다.

손에 들고 있던 검으로 서평하의 도를 겨우 가로막기는 했지만, 그의 도에 밀린 자오검이 오히려 장표방의 오른쪽 어깨에 반쯤 박혀 있었다.

내가 일류고수라는 서평하의 도를 완전히 막는다는 것은 처음부터 불가능한 일이었다.

그나마 검을 미리 손에 들고 있고 서평하에게 온 신경을 집중시키지 않았다면 이 정도나마 막는 것도 불가능한 일이었다.

"마인각의 일입니다."

"나도 간부 회의에서 정식으로 채주로 임명된 것이 아니라서 채주로 인정할 수 없다는 것인가?"

서평하가 고개를 저으며 말했다.

"그건… 아닙니다."

나는 고개를 보공석에게 돌렸다.

"어떤가? 나도 정식으로 회의에서 채주가 된 것을 밝히기 전에는 그냥 외부인이라서 이 일에 간섭할 수 없는 것인가?"

"아닙니다. 저희가 어찌 감히… 채주님이 채주 직을 받아들인 순간부터 이미 채주가 되신 것입니다."

말을 하면서도 보공석의 시선은 서평하의 도를 가로막은 내 검에 모여 있었다.

나의 본래 신분을 알고 있는 그로서는 놀라운 일일 것이다.

자신이 준 만년화리의 내단이 아직도 내 품에 있다는 것을 알면 어떤 표정을 지을까 궁금했다.

채주 직을 보공석에게 확인받은 나는 서평하에게 고개를 돌렸다.

"자네 말은 채주인 내 앞에서 마인각의 일이니 간섭하지 말라는 것인가?"

"아닙니다."

서평하는 급히 고개를 숙이고 도를 다시 도집에 집어넣으며 뒤로 물러났다.

이런 세 가지 동작을 한순간에 하는 것으로 보아 서평하의 무공 수준을 짐작할 수 있었다.

나는 고개를 다시 장표방에게 돌렸다.

검이 어깨에 박힌 고통에 소리를 지르던 장표방이다. 지금은 억지로 고통을 참기 위해 이를 깨물고 있었다.

그런 장표방의 등에는 왼쪽 어깨에서부터 오른쪽 허리까지 길게 도집이 붙어 있었다.

찬곤을 잡을 때도 왼손으로 잡고 있었던 것을 생각하면 장표방이라는 자는 왼손잡이임에 틀림없었다.

서평하가 장표방의 오른쪽 어깨를 자르려고 한 것은 그가 왼손잡이라는 것을 감안한 일이었다.

'부하의 어깨 하나로 이번 일을 넘어가겠다?'

당연히 나는 그 정도로 넘어갈 생각이 없었다.

"자네가 채주인 내 명령을 수행하러 간 찬곤을 해친 것은 마인각주의 명령인가, 아니면 자네 생각인가?"

장표방은 고통을 참으면서도 잠시 침묵을 지켰다.

아무래도 자신의 오른쪽 어깨를 자르려고 한 서평하에 대한 의리를 지킬지를 고민하는 듯했다.

잠시 후 결심한 듯 장표방이 입을 열었다.

"제… 실수입니다."

"그럼 벌은 자네 혼자 받아야겠군."

"그… 그건……. 알겠습니다."

잠시 고민하던 장표방이 고개를 숙이며 말했다.

"그럼 그만 가게!"

"예?"

나는 장표방의 어깨에서 검을 뽑아내 그대로 그의 목을 향해 휘두르고는 뒤로 물러섰다.

툭!

"헛!"

놀라 소리를 지르는 사람들의 발아래로 상황을 이해하지 못한 표정을 짓고 있는 장표방의 수급이 떨어져 굴렀다.

장표방의 목을 잃은 시체가 그대로 바닥에 쓰러지며 목에서 피가 분수처럼 치솟기 시작했다.

나는 손에 들고 있는 검을 바라보았다.

사람의 목을 잘랐는데도 별다르게 베는 느낌이 없었다.

검신에는 추풍취부진(秋風吹不盡)라는 다섯 글자가 음각 되어 있었다. 이백의 자야오가(子夜吳歌)의 한 구절이었다.

글자 하나하나에서 힘이 느껴졌다.

"명검에 명필이군!"

갑작스러운 일에 당황하고 있는 사람들 중 가장 먼저 정신을 차린 보공석이 말했다.

"추풍검이라 합니다. 전대 채주님께서 아끼셨던 검입니다."

검신에 새겨진 글자 중 앞 두 글자를 딴 이름이었다.

"이제 내 것이니… 자오검이라고 부르겠네."

검의 이름을 바꾸겠다는 말에 사람들의 표정이 굳어졌다.

표정이 변한 사람은 내 생각보다 많았다.

'역시 재미있군.'

그들 중에는 단순히 내가 큰아버지가 사용했던 검의 이름을 바꾼 것을 기분 나빠하는 자들도 있을 것이다.

하지만 내가 큰아버지가 사용한 검명을 바꾼 것은 앞으로는 큰아버지의 이름을 내세우는 것을 무조건 받아들이지는 않겠다는 내 생각을 말한 것이었다.

꽤 많은 수가 이런 내 뜻을 이해하고 있는 듯했다.

내가 검의 이름을 바꾼 의미를 바로 눈치 챈 사람이 이렇게 많다는 것은 의외였다.

이곳은 수적들이 모인 수채였다. 머리가 좋은 자들은 쉽게 도적이 되지 않는다.

머리를 조금만 쓰면 약간의 편법으로 자신들이 원하는 것을 얻을 수 있는 세상이다.

그런데도 이들이 수적이 된 것은 편법으로 얻을 수 없는, 보다 큰 것을 바라기 때문일 것이다.

이들이 무엇을 원하고 있는지 지금으로서는 알 수 없었다.

내가 채주로 있는 이상 언젠가는 알게 될 것이다.

지금은 당장 눈앞의 일을 처리해야 했다.

"찬곤을 데려가서 치료해 주게."

사람들이 물러간 후 방 안으로 들어온 나는 그대로 의자에 주저앉았다.

온몸의 힘이 빠져나가는 것 같았다.

누군가 찾아올지도 모른다 생각하고 마음의 준비도 해두기는 했지만 현실은 생각했던 것과는 달랐다.

책만 보던 내가 언제 수적들을 상대해 봤겠는가?

수적들이 떼거리로 무기를 들고 찾아왔을 때는 겁을 집어먹었다.

해치지는 못할 것으로 생각해 최대한 태연하게 행동했다. 다행히 다른 간부들이 중간에 도착해 큰일은 없었다.

두 번 다시는 당하고 싶지 않은 일이었다.

조금 전 일을 다시 떠올렸다.

지금까지 너무도 쉽게 생각했다.

수적이라고 깔본 것이다.

지금까지처럼 별다른 어려움 없이 저들도 조종할 수 있다고 생각하고 있었다.

그렇지만 수적들은 지금까지 상대하던 자들과는 달랐다. 보다 충동적이고 보다 위협적이었다.

이해타산(利害打算)을 따지던 자들과는 달랐다.

생각해 보면 구자결을 익혀 현천건곤조화심법의 새로운 이용 방법을 깨달은 후 마음이 들떠 있었던 것 같다.

지금까지 가지지 못했던 내 온몸에서 느껴지는 힘에 무엇이든 할 수 있을 것같이 착각하고 있었던 것이다.

새로운 힘에 대한 자신감은 이미 사라진 이후였다.

아무리 높게 평가해도 서평하는 고사하고 장표방이라는 자도 일대일로 상대한다면 이길 자신이 없었다.

조금 전만 해도 목숨을 잃을 수도 있는 상황이었다.

순간적으로 마인각주를 궁지에 몰아넣어 겨우 위기를 벗어났다.

미리 예상하고 준비를 했음에도 근소한 차이로 가까스로 서평하의 도를 막아낼 수 있었다.

손쉽게 목을 벤 장표방이라는 자도 그가 혼란에 빠진 상태가 아니었다면 어떻게 됐을지 몰랐다.

보공석을 비롯한 세 명은 내가 만년화리의 내단을 먹은 것으로 알고 있다.

잠깐의 실수로 모든 것을 망칠 수도 있었다.

더 큰 문제는 구자결이 쓰여 있던 책에 있는 귀토심공의 뜻을 깨달았다는 것이다.

잠깐 힘을 썼을 뿐인데도 온몸의 힘이 모두 빠져나간 것 같았다.

말 그대로 정력이 부족한 남자를 가리키는 말인 토끼가 아닌가?

정력이 부족한 것도 문제지만 수채의 채주로서 무공을 한두 번밖에 사용할 수 없다는 것은 더 큰 문제였다.

그냥 보여주는 것은 어느 정도 장시간 사용 가능하지만 정작 사용하는 것은 오래 사용할 수가 없었다.

앞으로 늘어나기는 하겠지만 이대로라면 곧 정체를 들킬 가능성이 컸다.

계획을 수정할 필요가 있었다.

어제 세운 계획은 내가 큰아버지의 부하들을 쉽게 다룰 수 있다는 조건하에서 세워진 계획이었다.

무호채의 수적들은 내가 생각했던 머리가 텅텅 빈 삼류 떨거지가 아니었다.

무공이 가진 힘도 내가 예상했던 수준을 뛰어넘었다.

다 그런 것은 아니겠지만 적어도 수채를 이끌어가는 간부라는 자들은 내가 지금까지 본 사람들 중에서도 괜찮은 머리를 가졌던 자들 정도의 수준은 됐다.

그들이 단순히 괜찮은 머리 정도만 가지고 있다면 지금까지처럼 문제가 될 수 없겠지만 그들은 힘을 가지고 있었다.

그들은 폭력을 쓰는 데 주저함도 없을 것이다.

나는 점심 식사를 한 후 계획했던 개별 면담을 진행했다.

아침의 사건 때문인지 대화 내내 열 명은 조심스러워했다.

만난 사람은 열 명이었지만 그들의 주장은 소속과 처지에 따라 조파진, 묘해조, 보공석 세 사람의 의견과 다른 점이 거의 없었다.

조파진을 비롯한 내당은 무호채의 재정이 바닥나는 것을 지적하며 더는 무호채의 재정을 내당에서 메우는 것이 불가능하다고 주장했다.

그리고 무호채가 성장하기 위해서는 상단의 규모를 키워야 하고 그러자면 내당의 규모를 키워 다른 성까지 장사를 떠나야 한다고 말했다.

이에 비해 묘해조는 다른 수채의 공격이 있을지도 모른다고 예상했는데, 큰아버지의 죽음이 알려지면 다른 수채들이 가만있지 않을 것이라는 이야기였다.

그리고 무호채가 성장하기 위해서는 성의 다른 수채를 통합해야 하고 그러자면 외당이 나서야 한다고 이야기했다.

반면 보공석은 큰아버지가 돌아가시고 무호채에 혼란이 생기는 것이 걱정되기 때문에 내부 정비에 나서야 한다고 주장하며 형당의 힘을 키울 필요가 있다고 이야기했다.

세 사람이 전혀 다른 생각을 하고 전혀 다른 말을 하고 있었다.

재미있는 것은 '만약 채주가 된다면 가장 중점을 두고 하고 싶은 일은 무엇인가?' 하는 다섯 번째 질문에 대한 대답이었다.

세 사람이 모두 자신들은 감히 그런 질문에는 대답할 수 없다고 같은 대답을 했다.

얼마 전 일을 생각하면 말과 행동이 전혀 다른 것이었다.

의도했던 것처럼 자유롭고 다양한 생각을 얻지는 못했다. 개별 면담은 조파진, 묘해조, 보공석이 무호채에 가진 영향력을 다시금 확인시켜 주었다.

그럼에도 그들의 의견은 충분히 생각해 볼 여지가 있었다.

第八章 개관사정(蓋棺事定)

시체를 관에 넣고 관 뚜껑을 덮은 후라야 비로소 그 사람 생전의
잘잘못을 알 수 있다

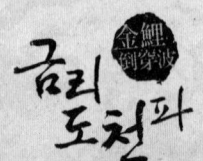

나는 개별 면담을 끝내고 찬곤을 보내 다음날 무호채 간부들의 전체 회의를 연다는 사실을 알렸다.

찬곤은 부상에서 겨우 회복해 걸어다니는 상태였다.

간부 회의에 찬곤이 두 번에 걸쳐 작성했던 명단의 모든 사람을 포함시켰다.

나는 몇 가지 준비를 마치고 무호채의 모든 회의가 열린다는 대청으로 향했다.

"채주님께서 들어오십니다."

보공석이 나를 보고 자리에서 일어나며 말했다.

그는 대청 안쪽 상석에 조파진, 묘해조와 함께 앉아 이야기를 나누던 중이었다.

내가 대청에 들어서자 사람들이 모두 자리에서 일어났다.

대청에는 열대여섯 명 정도 사람이 모여 있었다.

찬곤이 두 번에 나눠 연락했던 사람이 모두 모였으니 결과적으로는 신분으로나 하는 일로나 수채에서 가장 중요한 사람들은 모두 참석한 셈이었다.

나는 회의실 가장 안쪽에 있는 상석으로 가 자리에 앉았다.

"모두 앉게!"

나는 회의실을 둘러보았다.

일대일로 만날 때는 몰랐지만 앉아 있는 사람 중 반 이상은 길거리에서 보면 피할 만큼 험악한 인상이었다.

이들을 한꺼번에 보니 보공석과 나를 찾아왔던 자들을 인상파라고 생각했던 것은 착각이었다.

그들은 나름대로는 이 수채에서 평범한 얼굴이었다. 보공석이 나름대로는 배려한 셈이었다.

"이 자리에는 나를 처음 보는 자들도 있을 것이네. 나는 이번에 전임 채주이신 왕가상 채주님의 유언에 따라 무호채를 맡게 된 왕세정이라고 하네."

내 말이 끝나자 앉아 있던 사람 중 몇몇 사람의 얼굴이 굳어졌다.

바로 첫 번째 명단에 포함됐다가 나중에 취소 통보를 받은 자들이었다.

서평하가 오지 않았다면 그들 중 하나가 왔을 것이다.

"이 중에는 외부인인 내가 채주가 된 것에 불만을 느끼는 자들도 있을 것이네. 나도 원해서 수채의 채주가 된 것은 아니니… 피차일반(彼此一般)이네. 내가 누군지 아는 자들은 내 말이 무슨 의미인지 짐작할 수 있을 것이네."

회의 참석자 중 몇몇은 내 말을 이해하지 못하는 표정이었다.

왕세정이라는 이름을 말했음에도 내가 누군지 모르는 것이다.

하긴 나도 내가 수적의 두목이 될지 몰랐다. 이름만으로 내가 왕을 보좌할 인재인 왕좌지재(王佐之材)로 소문난 왕세정이라는 것을 알 수는 없을 것이다.

이 중에는 큰아버지의 이름을 처음 듣는 자들이 있을 것이다.

보공석의 말에 따르면 큰아버지의 본명을 아는 자도 열 명이 되지 않았다.

그럼에도 큰아버지의 이름을 밝혔는데도 놀라지 않은 것은 수적질을 하면서 자신의 본명을 그대로 쓰는 자가 그리 많지 않기 때문이다.

내가 그럼에도 굳이 큰아버지와 내 이름을 알린 것은 내 신분을 아는지에 따라서 대응할 여유가 없기 때문이다.

상대가 내 정체를 아는지를 걱정하기보다는 차라리 어느

정도까지는 내 정체를 밝히고 그에 따라 행동하는 것이 낫다는 게 내 결론이었다.

"그럼에도 내가 채주를 맡으려 한 것은 자네들이 나를 채주로 받아들인 것과 같은 이유이네. 바로 선대 채주셨던 내 아버님의 유언 때문이지. 내가 채주가 되는 것에 불만이 있는 자는 지금 이 자리에서 말하게."

말을 마치고 회의 참석자들을 둘러보았다.

생각했던 것처럼 어느 누구도 입을 열지 않았다. 조파진을 비롯한 세 사람이 나서지 않는데 다른 자들이 나설 수는 없을 것이다.

이때 한 사람이 자리에서 일어나며 말했다.

"그런 자가 있으면 이 묘형안이 단숨에 그자의 목을 베겠습니다."

직접 만난 적은 없지만 묘형안이라면 찬곤의 첫 번째 명단에 들어 있던 사람이다.

답변서는 별다를 것이 없었지만 찬곤이 써놓은 글에 따르면, 묘형안은 올해 스물한 살로 외당주 묘해조의 첫째 아들이었다.

외당 청룡각의 각주로, 무공은 일류 수준으로 추정되지만 외당 대부분의 사람들이 그렇듯 정확한 무공 수준은 알 수 없었다.

곡도를 쓰며 외부 활동이 없어 별호도 없었다. 성격이 급하고 쉽게 화를 내지만 신분을 내세우지 않고 뒤끝이 없어 주위에 사람이 많다는 것이 찬곤의 설명이었다.

"없습니다. 신임 채주님께 충성을 바치겠습니다!"

묘형안을 시작으로 회의 참석자들 모두가 일제히 고개를 숙이며 복창했다.

"좋네! 모두들 내가 채주가 되는 것에 불만이 없는 것으로 알겠네."

형식상으로는 단지 선대 채주였던 큰아버지의 유언만이 아니라 주요 간부들의 추대를 받아 채주가 되는 것이었다.

이건 내 나름대로는 미리 계획을 잡아놓은 것이었다. 묘형안이 나선준 덕분에 잡아놓았던 여러 가지 말을 할 필요가 없었다.

모르는 사람은 이미 채주로 인정받은 상태에서 형식이 무슨 상관이 있을까 생각할 수도 있을 것이다.

그렇지만 사람이란 생각뿐만이 아니라 자신이 내뱉은 말이나 행동의 영향을 받는다.

회의에 어떤 마음으로 참석했는지는 모르지만 내게 충성을 맹세한 이상 자신이 한 말과 행동에 구애받을 수밖에 없다.

이런 이유로 황제가 죽기 직전에 주요 신하를 불러들여 황태자에 대한 충성을 맹세받는 것이다.

이렇게 임금이 유언을 남기는 것을 고명(顧命)이라 하며 유언을 받은 신하를 고명대신이라고 한다.

고명대신이 황태자가 황제로 등극한 후 권력을 잡고 그 대가로 황제에게 충성을 바치는 경우가 많다.

이런 조치에도 고명대신 본인이 반란을 일으킨 경우가 없는 것은 아니다. 단지 그러면 후대에 악명을 뒤집어쓰는 것이다.

무호채의 경우에는 조파진을 비롯한 삼 인이 이른바 고명대신이라고 할 수 있었다.

추대를 받아 채주가 되는 일은 그들에 대한 안전장치라고 할 수 있었다. 안전을 장담할 수는 없지만 없는 것보다는 나았다.

"어제 여러 사람을 만나 많은 의견을 들었네. 그리고 많은 생각을 했네. 그리고 앞으로 선대 채주이신 아버님의 뒤를 이어 무호채의 채주가 되어 할 일이 무엇인지 결론을 내렸네."

결론을 내렸다는 말에 시선이 나에게로 집중되었다.

"우선 내당주 조파진!"

"예!"

내 오른쪽에 있던 조파진이 대답했다.

"갑작스럽게 돌아가신 선대 채주님은 개인적으로는 내게 아버님이 되시네. 그동안 복잡한 일로 장례를 치르지 못했네. 사정상 더는 장례를 미룰 수 없을 것 같네. 자네가 책임지고 장례식을 준비하게. 내 이름으로 고향에 있는 일가친척께 부고장을 보내게. 아버님의 장례식은 최대한 크게 열 것이니 준비를 철저히 하게."

장례식을 최대한 크게 연다는 말에 참석자들이 어리둥절한 표정을 지었다.

"채주님의 이름을 그대로 적어 보내라는 말씀입니까?"

큰아버지는 무호채의 채주였다.

정식으로 장례식을 열어 사람을 초대하라는 것이 참석자들로서는 이해가 가지 않는 듯했다.

"당연한 일 아닌가?"

보공석뿐만 아니라 묘해조도 이해할 수 없다는 표정을 지으며 말했다.

"하지만… 그랬다가는 채주님이 신분이……."

"그에 대해서는 이미 내당주에게 지시를 내려놓았네. 아버님은 이곳이 아닌 무호현에서 내당주의 사업체 중 하나를 이용해 장례식을 할 것이네."

"아, 알겠습니다."

무호채의 채주가 아니라 신분을 위장해 장례를 치른다는 말에 이해가 간 듯 보공석이 고개를 끄덕였다.

사실 내가 큰아버지의 장례식에 사람들을 초대하려 하는 것은 어쩔 수 없는 고육지책이었다.

당장 무호채에 온 시간과 도착해서 보낸 시간만 해도 열흘이 넘었다.

내가 전시에 합격하고도 관직에 나가지 않으려면 큰아버지의 장례식을 이용할 수밖에 없었다.

이때 묘해조가 자리에서 일어나며 말했다

"그렇다면 무호채에서는 장례식을 하지 않는다는 말씀입니까?"

"아버님이 돌아가셨다는 것을 장강의 수로에 발표하는 것은 한동안 연기하기로 했네. 자네 말대로 아버님이 돌아가신 것을 발표한다면 일부 무리가 섣부른 행동을 할 수도 있네."

"계속 발표를 미룰 수는 없지 않습니까?"

"당연히 준비가 되면 발표할 것이네. 외당은 오늘부터 실전 훈련에 들어가게. 외당이 준비를 마치면 나는 강탄(江誕)이라는 이름으로 무호채의 채주가 됐다는 것을 장강 전체에 알릴 생각이네. 그러면 다른 수채에서 불미스러운 행동을 할지도 모르니 그때 외당의 활약을 기대하겠네."

"알겠습니다."

"그리고 그들이 도발하지 않더라도 장강 하류에 있는 수채는 무호채 하나로 충분하다는 것이 내 생각이네. 다른 수채가 살아남으려면 무호채 밑으로 들어와야 할 것이네."

"예!"

내 말이 끝나자 묘해조는 물론 묘형안을 비롯한 외당의 각 주 모두가 힘차게 대답했다.

나는 마지막으로 보공석에게 고개를 돌렸다.

"자네는 지금까지 무호채에 보호비를 내는 상인들을 철저히 조사해 놓게."

"……."

보공석은 대답을 하지 않고 나를 바라보았다.

"왜 대답이 없나?"

"상인들과의 거래는 지금까지 내당주께서 맡고 있었습니다."

"내당주는 무호채의 식구이기 이전에 한 상단을 이끄는 상인이네. 비록 그들이 내당주를 무호채와 상인들 사이를 중계하는 것으로 생각하고 있다지만 그건 내당주의 상인으로서의 활동에 큰 손해가 될 수 있네. 이제는 직접 무호채에서 관리하도록 할 것이네."

조파진에게 미리 이야기를 했음에도 자신이 했던 일을 보공석에게 맡긴다는 말이 나오자 그의 인상이 어두워졌다.

그에 비해 보공석의 표정은 훨씬 밝아졌다.

"알겠습니다. 그런데 상인들을 조사하라면 구체적으로 어떤 것을 말하는 것인지요? 상인들을 철저하게 조사하라는 말이 무슨 의미인지 잘 이해가 가지 않습니다."

"내가 장부를 살펴보니 십 년 동안 장강을 통한 거래가 늘었는데 그들이 바치는 보호비는 변함이 없더군. 보호비를 다시 조정할 것이네. 그것을 위해 그들이 보고한 것과 그들의 실제 거래 내역이 일치하는지, 그리고 그들이 수로를 이용해 얻은 소득이 얼마인지도 조사해 놓으라는 것이네."

"아, 알았습니다."

"나는 내일부터 아버님의 장례식을 위해 내당주와 함께 몇 달 동안 무호채를 떠나 있을 것이네. 채주가 되자마자 무호채를 떠나 있어야 하는 것이 무리라는 것은 알지만 어쩔 수 없는 일이기도 하네. 내가 없는 동안 외당주와 형당주는 무호채의 식구들이 동요하지 않도록 온 힘을 기울여 주게. 다른 간부들도 두 당주를 도와주도록 하게."

"예!"

나는 자리에서 일어나며 한쪽에서 벌레를 씹은 표정을 하고 있는 내당주 조파진을 바라보았다.

"자네는 나를 따라오게. 할 말이 있네."

"……"

"앉으시지요."

조파진과 함께 숙소로 돌아온 나는 그에게 의자를 권했다.

"섭섭하신가요?"

조파진은 고개를 저었다.

"아닙니다. 선대 채주님은 제 생명의 은인이십니다."

"장사를 하시는 분들이 마음속 진심을 말하지 않는 것은 잘 알고 있습니다. 제가 오래 살지는 않았지만 지금까지 그런 분들을 많이 봤습니다."

나를 바라보던 조파진의 눈빛이 예리하게 빛났다.

"이 자리에서는 솔직하셔도 됩니다. 섭섭하신 것이 당연하지요. 십 년 동안 무호채를 위해 충성을 바쳤는데 버림받은 기분이실 테니까요."

"……"

내당주 조파진은 여전히 침묵을 지킨 채 나를 바라보았다.

"아마 지금쯤 외당주와 형당주는 제가 채주님과 무슨 이야기를 하는지 아주 궁금해할 것입니다. 더구나 내가 회의 전에 채주님과 만나 무슨 말을 했기에 내당이 하던 상인과의 교섭을 형당에게 넘기는 데 동의했는지 모르니 더욱 고민하고 있겠지요."

회의 전 내가 조파진을 만났을 때 이야기한 것은 장례식에 대한 것이 전부였다. 상인과의 교섭을 내당에서 형당으로 옮긴다는 이야기는 없었다.

그렇지만 회의에서 장례식에 대한 이야기를 꺼낸 후 바로 상인과의 교섭 이야기를 꺼냈다.

때문에 다른 사람들은 그 이야기도 나와 조파진과의 대화에서 나온 것으로 착각하고 있을 것이다.

당사자인 조파진으로서는 지금 날벼락을 맞은 느낌일 것이다.

"아마 회의에 참석했던 사람들은 나와 내당주께서 무슨 짬짜미가 있는 것은 아닐까 하고 온갖 상상을 하고 있을 것입니다."

"훗! 짬짜미라니요."

짬짜미라는 말에 긴장하고 있던 내당주가 웃음을 터뜨렸다.

남몰래 둘만 약속한다는 뜻의 짬짜미는 백성들 사이에서는 흔히 쓰이지만 어느 정도 체면을 차리는 사람들은 잘 쓰지 않는 말이었다.

"채주님과는 어울리지 않는 말 같습니다."

그는 내가 내약(內約)이니 하는 고상한 말보다 짬짜미라는 속어를 이야기한 것에 약간 놀란 듯했다.

"이제 수채에서 생활해야 하는데 이런 말도 익숙해져야지요."

"그렇기는 합니다. 채주님이 계셨던 곳과는 많이 다르지요."

"나는 이번 장례식을 계기로 내당주를 무호채에서 손 떼게 할 생각입니다. 내가 왜 그런 결정을 내렸다고 생각하십니까?"

"저 같은 사람이 어찌 채주님의 생각을 짐작할 수 있겠습니까?"

"아까 회의에서 말한 그대로입니다. 내당주께서는 이제 상인으로 돌아가시는 것이 좋을 것 같습니다. 어차피 내당주는 무호채에 대해서는 애정도 없지 않습니까?"

"그게 무슨 말씀이십니까?

"내당에서 작성했다는 장부를 봤습니다. 상인이신 내당주께서 작성했다고는 믿기지 않을 만큼 엉망진창이더군요. 낭비되는 돈도 많고요. 내당주께서 무호채에 애정이 있다면 그렇게 돈을 관리하시지는 않았겠지요."

"그 문제는 선대 채주님께서……."

"됐습니다. 따지려고 꺼낸 이야기는 아니니까요. 이번 기회에 무호채에서 손을 떼고 앞으로 저를 도와주십시오."

"무호채에서 손을 떼고 채주님을 도와달라니, 그게 무슨 말씀이십니까?"

"무호채의 채주 강탄이 아니라 저 왕세정을 도와달라는 말씀입니다."

"그 말씀은?"

"무호채의 채주로 제가 얼마나 있겠습니까? 길어야 삼 년입니다. 관직에 나간 후에도 나와 함께하자는 말씀입니다. 제가 채주로 있는 동안에 무호채는 내당주의 장사를 적극 돕겠습니다."

"정말이십니까?"

"제가 왜 내당주에게 빈말을 하겠습니까?"

"왜 하필 저입니까? 저보다 부유한 상인들 중에도 공자님께 접근한 사람이 있는 것으로 알고 있는데요."

조파진이 나를 부르는 호칭이 채주에서 공자로 바뀌어 있었다. 내 제안을 받아들인다는 표현이었다.

나의 천재성이 알려지고 언젠가 과거에 합격할 것이 확실해진 이후 많은 상인들이 나를 돕겠다며 찾아왔다. 하지만 나는 지금까지 그 누구와도 손을 잡지 않았다.

"나는 상인 따위를 믿지 않습니다. 그렇지만 내당주는 은혜를 아는 사람이더군요. 고마워할 줄 아는 것은 큰 미덕이지요."

조파진이 돌아간 후 이런저런 복잡한 생각이 들었다.

나는 방 안을 둘러보았다.

방 안 이곳저곳을 살피던 내 눈에 규방에서나 볼 수 있는 화장 도구(化粧道具)가 들어왔다.

처음에는 큰아버지[伯父]와 관련이 있는 여자의 물건이라고 생각했다.

하지만 화장 도구 옆에 놓인 책을 통해 그것이 말로만 듣던 역용술(易容術)에 사용되는 도구라는 것을 알게 되었다. 역용술 책을 읽던 나는 약간은 허탈한 기분이 들었다.

역용술이라는 거창한 이름과는 달리 책에 쓰인 것은 단순히 몇몇 속임수를 통해 사람들의 눈을 속이는 방법이었다.

사람의 인상(印相)을 결정하는 것은 몇 가지 특징이고, 그것을 통해 사람들에게 기억된다는 것이다.

하지만 생각해 보면 그리 틀린 말도 아니었다.

실제 큰아버지가 바로 그 증거였다.

책에 쓰인 것이 맞는다면 큰아버지는 머리를 풀어헤치고

얼굴에 상처를 몇 개 만든 것만으로 서로 멀리 떨어지지 않은 동릉과 무호에서 다른 신분으로 활동했다.

큰아버지가 머리를 풀어헤치고 얼굴에 상처를 만든 것만으로 전혀 다른 사람이 된 것이다.

화장 도구와 책은 신분을 속여야 하는 나로서는 어떤 것보다 값진 것이었다.

나는 곧바로 화장 도구를 가지고 거울 앞으로 다가갔다.

직접 실행한 효과는 스스로 믿기지 않을 정도였다.

몇 년 동안 문사건을 항상 하고 다닌 탓인지 머리를 풀어헤친 것만으로 거울 속 모습은 나도 몰라볼 정도로 모습이 달랐다.

거기에 심법을 이용해 눈빛이나 몇 가지를 바꾸자 완전히 다른 사람으로 보였다.

자세히 하나하나 따져 보면 본래 모습과 별다를 것이 없었지만 그런 작은 차이가 모이니 전체 인상이 완전히 달라 보였다.

잠시 후 거울 속에서 머리를 풀어헤친 날카로운 젊은이가 노려보는 모습이 들어왔다.

완벽하지는 않겠지만 없는 것보다는 나았고… 그럴듯한 변장(變裝)이었다.

말투만 약간 바꾸면 될 것 같았다.

내 정체를 아는 사람이 회의에 모였던 자들에서 더 늘어나는 것은 내가 원하는 것이 아니었다.

＊　　　＊　　　＊

무호현에서 조파진의 도움으로 적당한 장원을 은밀히 산 후 큰아버지의 신분을 위장하는 데는 하루면 충분했다.

신분 위장이 쉽다는 말은 산골의 작은 마을까지 철저하게 백성을 관리했던 대명제국이 절정기를 지나 쇠퇴기에 접어들고 있다는 의미였다.

최근 해마다 유민이 늘어나 천하를 떠도는 사람이 그만큼 많기 때문이었다.

무호현처럼 장강 수로의 요지에 있어 외부에서 들어온 사람이 많은 곳은 신분을 위장하기가 더욱 쉬웠다.

바로 다음날 나는 양아버지의 죽음을 알리는 편지를 웅천부로 보내 상을 당해 관직에 나가지 못하는 사정을 알렸다.

그리고 바로 내 이름으로 부고장을 만들어 평소 친분이 있던 관리와 친척들에게 연락했다.

그중에는 평소 안면이 있거나 서신 교환을 했던 사람도 포함되어 있었다.

그렇지만 대부분이 이름만 들어본 사람들이었다.

부고(訃告)를 돌린 사람들 중 어느 정도 이름이 알려진 인물만 이백여 명이었다.

그들이 전부 오지는 않겠지만, 앞으로 일을 벌이는 데 필요한 사람들과의 안면을 넓히기 위해서였다.

밖에서는 장례식 준비가 한창이었다.

간단히 장례식이라고는 하지만 장례식은 관혼상제(冠婚喪祭) 중 하나인 상례의 절차 중 하나일 뿐이다.

예기(禮記)에는 상례를 초종례(初終禮)로부터 대소상(大小祥)을 거쳐 길제(吉祭)에 이르기까지 열아홉 개의 절차로 나누고 있었다.

부고장을 돌리기 전의 절차만도 복잡했지만 그런 절차는 생략했다.

조파진은 이런 장례 준비에 별로 도움이 되지 않았다.

그는 가난한 집안 출신으로 그저 상인일 뿐, 복잡한 장례 절차에 대해서는 잘 몰랐다.

문상객으로 올 사람들 중 많은 수가 대명제국에서 이름만 대면 아는 학자거나 은퇴 관리들이었다.

작은 실수 하나로 두고두고 뒷말이 나올 수 있었다.

사소한 격식 하나하나에는 그렇게 정해진 명확한 이유가 있었다. 사소한 실수가 단순한 실수가 아닌 정통성까지 걸고 넘어가는 이유가 될 수 있는 곳이 학자와 관리들의 세계였다.

과거에 합격한 이상 나는 이미 그런 관리들의 세계에 발을 디뎌놓았다고 할 수 있었다.

결국 상주인 내가 나서서 예기에 따른 절차를 따라야 하는데 상주인 내가 장례를 하나하나 지시한다는 것은 우스운 일이 아닌가?

보는 사람도 없고 어차피 목적을 가지고 여는 장례식이지만, 그래도 상복을 입는 성복(成腹)을 하고 성복제를 하고 난 후에는 의식에 맞게 치러야 했다.

결국 나는 예서와 주문공이 지은 가례(家禮)를 참고하여 내당이 해야 할 것을 하나하나 적어야만 했다.

예기(禮記)에 의하면, 황제는 칠 개월, 제후는 오 개월, 대부는 삼 개월, 선비는 일 개월 만에 장례를 지낸다.

큰아버지가 수적이었다는 것을 생각하면 선비의 예에 따라 한 달 후에 장례를 지내는 것도·대단한 것이었다. 어떤 수적 두목이 관리들의 조문을 받아보겠는가?

나 같은 사람을 양자로 둔 것은 큰아버지에게 행운일 것이다.

밖에서 소란스러운 소리가 들렸다. 그리고 잠시 후 내 지시대로 장례식을 준비하던 조파진의 목소리가 들렸다.

"채… 공자님, 숙부님과 사촌 형님께서 오셨습니다."

숙부!

양아버지에게 형제라고는 단 한 명뿐이었다. 바로 내 친아버지였다.

바로 아버지와 형님이 찾아온 것이다.

나는 서둘러 밖으로 나갔다.

나를 팔아먹은 아버지야 사실 별로 보고 싶지 않았다. 하지만 형님은 내가 유일하게 존경하는 분이었다.

나는 아버지를 외면하고 형님에게 다가가 인사했다. 형님을 보는 것은 향시를 치르기도 전이니 몇 년 전이었다.

그동안 형님은 멀리 변방에서 장사를 하고 있었다.

"어서 오십시오!"

"그래, 오랜만이구나. 성시에 장원으로 합격했다는 소식은 그곳에서 전해 들었다. 이번에는 전시에 최연소로 합격했다며?"

"모두 형님 덕분입니다."

내가 어릴 때부터 신동으로 소문날 수 있었던 것에는 형님의 도움이 컸다.

내가 천재성이 드러난 것은 세 살 때 시장에 형과 함께 갔다가 방문(榜文)을 읽으면서부터였다.

당시 얼마 전 붕어하신 황제께서 정통제였던 시절 북쪽에서 침입한 오이라트부에 사로잡히셨다는 방문이었다.

그 사실을 안 순간 형님은 다니던 서원을 그만두고 그 길로 장삿길에 나섰다. 당시 형의 나이 열여섯 살 때였다.

그 후 십 년이 넘는 세월 동안 큰형님은 외지에서 장사를 하며 나의 공부를 도왔다.

그렇게 보내준 돈 중 대부분이 아버지의 주색잡기(酒色雜

技)에 사용됐지만 그래도 공부를 하는 데 큰 도움이 됐다.

특히 형님이 특별히 구해 보내준 책들은 다른 곳에서는 보지 못한 새로운 것이었다.

어느 정도 나이가 든 후 나를 후원하는 사람들이 늘면서 형님이 보내주는 돈은 줄어들었지만, 큰형님의 은혜는 영원히 잊지 못할 것이다.

내가 나이에 비해 세상일에 밝은 것은 반 이상이 형님이 보내준 책 덕분이었다. 나머지 반은 물론 내가 천재이기 때문이다.

내가 본인을 외면하고 형님과만 이야기하는 것에 기분이 상한 듯 아버지가 옆에서 노려보았다.

"이제 아버지는 알은척도 하지 않는 것이냐?"

나는 아버지에게 고개를 돌려 인사했다.

"숙부님도 함께 오셨군요. 어서 오십시오. 며칠 전에 뵈었으니 안부는 묻지 않겠습니다. 잘 계셨겠지요."

나는 특히 숙부라는 것을 강조했다.

정말 아버지만 아니라면 주먹으로 한 대 치고 싶은 심정이었다.

이제 내 주먹 한 방이면 아버지는 최소한 사망이었다.

따지고 보면 내가 이렇게 고생하는 것은 모두 아버지가 나를 일방적으로 큰아버지에게 양자로 줬기 때문이다.

얼마 전 장부를 보면서 살펴본 것에 따르면, 나를 양자로 넘긴 대가로 아버지가 받은 것은 백무(百畝), 즉 만 평(萬坪)이 넘는 땅이었다.

만 평이라지만 몇십 년 사이에 땅값이 몇 배나 뛰어 만만치 않은 금액이었다.

지금 생각하면 당시 아버지가 흥청망청 썼던 돈은 나를 팔아넘긴 돈이었다.

그것도 모르고 당시 내 과거를 축하하는 잔치를 벌이느라 돈을 많이 쓴 것을 걱정했던 것을 생각하면 억울해서 참을 수가 없었다.

생각 같아서는 아버지의 얼굴을 두 번 다시는 보고 싶지 않았다. 하지만 장례식에는 팔촌까지는 상복을 입고 참석해야 했다.

숙부라는 내 말에 아버지는 기분이 상한 듯 얼굴색이 검게 변해 있었다.

나는 불쑥 아버지에게 물었다.

"황매는 첩으로 맞아들이셨습니까?"

"그야 당연히 맞아……."

말을 하던 아버지는 큰형님까지 노려보자 실수했다는 것을 깨닫고는 바로 입을 닫았다.

나는 고개를 설레설레 젓고는 큰형님을 향해 말했다.

"안으로 드시지요. 며칠 안에 문중 어른들도 연락을 받고 오실 것입니다."

형님은 내 인사를 받고는 아버지에게 고개를 돌렸다.

"그러자꾸나. 아버님, 안으로 드시지요."

아버지는 나를 스쳐 지나가며 말했다.

"그래. 하여간 형님만 한 아우가 없다는 옛말은 하나도 틀린 것이 없구나."

내가 아버지의 말에 고개를 끄덕이며 말했다.

"그러게 말입니다."

내가 맞장구를 치자 아버지는 어리둥절한 표정을 지었다.

"양아버님께서 아까운 나이에 돌아가시기는 했지만 저 같은 아들이 있으니 후회는 없으실 겁니다. 더구나 아버님의 장례식을 준비하려고 백 명이 넘는 사람들이 움직이니 얼마나 보람찬 인생입니까? 시성 두보가 말한 개관사정이란 아버님 같은 인생이 아닌가 생각됩니다. 그렇지 않습니까! 숙부님도 너무 실망하지 마십시오."

개관사정(蓋棺事定)이란 시성 두보가 실의에 찬 날을 보내고 있던 소계(蘇係)를 위해 쓴 군불견 간소계(君不見 簡蘇係)에 나오는 구절로, 남자의 인생은 관 뚜껑이 덮이는 순간 결정된다는 말이다.

형님에 비교해 나를 비꼰 아버지의 말을 개관사정의 고사를 이용해 큰아버지와 아버지를 비교한 말로 바꾼 것이었다.

"혹시 누가 알겠습니까? 숙부님께도 희망이 남아 있을지요."

내 말이 끝나자 아버지의 얼굴이 울긋불긋하게 변했다. 그리고는 말없이 자리를 박차고 일어나 밖으로 향했다.

아버지가 사라지자 형님이 나를 바라보며 꾸짖었다.

"세정아, 말이 지나치구나!"

"지나치기는 뭐가 지나치다는 거예요? 제가 아버님 때문에 지금 얼마나 위험한 상황에 처해 있는지 아세요."

"나도 들었다. 어찌… 큰아버님께서 그런 위험한 일을 하고 계셨는지……."

"자칫하다가는 아버님은 물론 형님까지 위험해질 수 있는 상황이라고요."

"후……."

형님은 한동안 한숨을 내쉬고는 나를 향해 말했다.

"그래도 아버님께 그러는 것이 아니다. 아버님을 알지 않느냐. 깊이 생각하지 않고 한 행동이시다. 찾아가 사과드리거라."

"……."

사과하라는 형님의 말에 나는 대답하지 않았다. 내가 지나친 것은 사실이지만 아버님은 좀 더 조심할 필요가 있었다.

장례식 동안 실수를 했다가는 모든 일을 망칠 수도 있었다.

"그 일은 제가 알아서 할게요."

"알겠다. 똑똑한 너이니 잘 알아서 할 것이라 믿는다. 그나저나 앞으로 어떻게 할 생각이냐?"

"한동안은 큰아버님께서 하던 일을 해야 할 것 같습니다.

지금 손을 떼면 모두가 위험해질 수 있습니다."

"정말 그 방법밖에 없겠냐? 더워도 나쁜 나무 그늘에서는 쉬지 않으며, 목이 말라도 도(盜)란 나쁜 이름이 붙은 샘물은 마시지 않는다는 옛말이 그냥 나온 것이 아니다. 아무리 곤란해도 부끄러운 일은 하지 않아야 한다."

고루(固陋)한 큰형님의 말에 나는 고개를 돌려 하늘을 바라보았다.

"거참, 형님은 여전하시네요. 공부를 그만두시고 장사를 하신 지가 몇 년인데 아직도 서원에서 과거 공부하실 때랑 달라진 것이 없으니…… 정작 관리가 돼야 할 사람은 형님인데 저 때문에 포기한 것이 아깝네요."

"어디 관리가 공부한다고 다 된다더냐. 그리고 내가 설사 공부를 계속했다고 하더라도 전시에 합격하는 사람들의 평균 나이가 삼십대 중반이다. 아마 내가 공부를 계속했다면 아직도 서원에 다니면서 성시(省試)나 준비하고 있을 것이다. 너 같은 천재가 형제라는 것이 나는 정말 자랑스럽다."

말과는 달리 형님의 얼굴에는 아쉬움이 남아 있었다.

"요즘 일은 어때요? 북방에서 상단 일을 돕는다고 하던데요?"

나는 형님에 관한 것으로 화제를 돌렸다.

"뭐, 상단 일이 다 그렇지. 나 같은 사람이야 시키는 대로 일하는 것이지만 사정이 좋지는 않다."

"다 환관들에게 놀아나는 조정 때문이지요. 장례식이 끝나고 저와 함께 일을 하시는 것은 어때요?"

"네 밑에서 일을 하라는 것이냐?"

"저를 도와달라는 말이에요."

내 말에 형님은 고개를 저었다.

"됐다. 배워야 할 것이 많다. 황도 사정도 좋지 않고… 지금 있는 곳을 한동안 떠나기도 어려운 사정이 있다. 이번에도 네가 전시에 합격했다는 소식을 산동성에 왔다가 듣지 않았으면 이곳까지 올 생각도 하지 못했을 것이다."

형님이 거절하자 나는 더는 권하지 않았다.

아직 내가 자리를 잡지 않은 상황에서 형님과 일을 함께하는 것은 위험부담이 컸다.

장례식은 선산에 매장하고 우제(虞祭)를 지낸 후에야 어느 정도 끝이 났다. 하지만 장례식이 완전히 끝나는 것은 탈상이 끝나는 삼 년 후였다.

그동안은 꼼짝없이 무호에 남아 있어야 했다.

한두 달 안에 시도 때도 없이 곡을 하지 않아도 되는 졸곡(卒 哭)이 오는 것이 그나마 다행이었다.

사실 내가 얼굴도 보지 못한 큰아버지가 죽은 것이 뭐가 슬프겠는가?

그런데도 아침저녁으로 시도 때도 없이 곡을 해야 하는 것은 고역이었다.

처음에야 내가 왜 이런 신세가 됐나 하는 신세 한탄으로 곡을 하는 시늉이라도 할 수 있었지만 그것도 하루 이틀이었다.

시체를 매장하기까지의 절차인 지난 한 달 동안의 치장(治葬) 기간에 무호에는 세도가들이 모여들었다.

나 자신도 이렇게까지 모여들 것이라고는 생각하지 못했다. 남직례성 전체에서 조문 행렬이 꼬리에 꼬리를 물고 이어졌다.

어떤 이는 주자가 열여덟 살에 아버지를 잃었다며 나도 그런 대학자가 될 것이라는 말까지 건넸다.

물론 나는 주자처럼 될 생각이 없었다. 열여덟 살에 급제하고도 겨우 복건성의 하급 관리로 세월을 보낸 주자처럼 돼서 뭐 하겠는가?

어릴 때부터 조숙했던 나는 이미 여섯 살 때 관리가 되기로 마음먹었다. 주위 아이들의 장군이 되어 외적을 막거나 충신이 되려는 헛된 희망과는 달리 현실적이었던 것이다.

지금 생각해도 나는 역시 똑똑했다. 보통은 스무 살이 넘고 늦은 사람은 삼, 사십이 되어야 가지는 현실적인 목표를 나는 이미 어릴 때 정한 것이다.

내가 힘들여 공부한 것은 다 부귀영화를 위해서였다. 죽어서 유명해지는 것은 내가 바라는 인생이 아니었다.

내 목표는 다음의 여덟 자로 요약할 수 있었다.

생전부귀 사후문장(生前富貴 死後文章).

즉, 살아 있을 때는 부귀를 누리며 살고, 죽은 뒤에는 문장으로 후세에 이름을 남기는 것이다.

나는 죽은 후에 내가 문장으로 이름을 남기는 것은 걱정하지 않았다.

이미 그것을 위해 어느 정도 준비를 해두고 있는 상태였다.

주자처럼 하나의 학문을 세우는 것은 힘들지 모르지만 내가 틈틈이 준비한 시문만으로도 후세에 이름을 남기는 것은 충분했다.

정말 힘든 것은 살아생전에 부귀를 누리는 것이었다.

나는 절대 이대로 포기할 생각이 없었다.

확신없이 행하면 이름을 얻을 수 없고, 확신없이 일을 하면 공을 세울 수 없다고 하지 않던가?

중요한 것은 내가 지금 가진 뜻을 흔들리지 않고 끝까지 밀고 나가는 것이다.

第九章 치국약누전(治國若耨田)

나라를 다스리는 것은 밭을 매는 것과 같이
나쁜 관리를 제거하는 데 있다

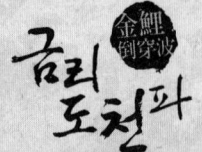

큰아버지의 장례식에는 내가 예상했던 것보다 훨씬 많은 문상객이 찾아왔다. 그중에는 내가 이름으로만 알고 있던 명사(名士)나 관리들도 많았다.

예상보다 훨씬 많은 사람이 찾아온 것은 응천부(應天部), 즉 남경에서 열린 전시에 참가하기 위해 전국에서 모인 유생들과 전시를 위해 응천부로 내려왔던 관리들까지 찾아온 결과였다.

최연소 합격자라는 내가 상을 당해 오지 못했다는 것은 사람들에게 흥미로운 이야깃거리였을 것이다.

마침 장례식이 열리는 곳이 응천부가 있는 남경에서 강으로 며칠이면 도착하는 곳이었으니 각자 자신이 온 곳으로 돌아가기 전 잠시 들렀다 간 것이다.

그야말로 문전성시(門前成市)를 이뤘던 문상객도 시간이 가면서 줄어들었다.

어느 정도 여유가 생기자 나는 배를 타고 내가 머물고 있는 무호현(蕪湖縣)이 소속된 태평부의 관아로 향했다.

관청 입구에서 신분을 밝히자 바로 태평부를 다스리는 지부(知府) 채창성(蔡創誠)을 만날 수 있었다.

최근 인근에서 내 명성은 모르는 사람이 없을 정도로 알려져 있는 상태였다.

지부 채창성은 육십대 초반이었다.

그의 넉넉한 모습에서는 연륜과 여유가 느껴졌다.

"어서 오게. 자네가 왔다는 말을 듣고 하던 일도 그만두고 달려왔네."

지부는 비록 지방 관직인 외직이기는 했지만 정4품의 고위직이었다.

지부인 채창성은 내가 아무리 전시의 합격자인 진사(進士)라고 해도 함부로 대할 수가 없는 사람이었다.

전시(殿試)에 합격한 자 중 성적이 우수한 자들이 받는 관직인 육부(六府)의 주사(主事)가 정6품이었다.

내직과 외직이라는 차이는 있지만, 무려 네 품계(品階)나 차이가 났다.

외직이기는 하지만 태평부는 남경과 맞닿아 있을 뿐 아니라 명목상으로는 황제가 직접 다스린다는 남직례성에 속해 있었다.

흔히 하북성이라고 불리는 순천부가 관할하는 북직례성의 지방 관직과 마찬가지로 다른 성의 지방 관직과는 달랐다.

이런저런 이유로 태평부를 다스리는 지부는 보통 눈앞의 채창성처럼 은퇴가 얼마 남지 않은 관리가 맡는 것이 관례였다.

은퇴하기 전 다스리기 편한 곳에서 노후를 위한 자금도 모으면서 지내라는 의미였다.

평생 국가를 위해 공헌한 것을 보상하기 위해 원로에게 주는 일종의 보상이었다.

"장례식에 참석하신 것에 감사 인사를 하기 위해 찾아왔습니다."

"자네 아버님과는 살아생전에 왕래가 거의 없었지만 훌륭한 분이라는 말은 많이 들었네."

나는 채창성의 인사치레에 속으로 혀를 찼다.

'훌륭한 분은 무슨… 수적 두목이었구먼.'

돌아가신 양아버지의 정체는 무호채의 채주이다.

태평부를 다스리는 고위 관리인 채창성이 장강의 수적 중에서도 손에 꼽히는 사람과 왕래가 잦았다면 그것이 이상한 일이었다.

특히 채주가 된 후 칩거에 가까운 생활을 보낸 큰아버지가
지부와 관련될 일은 전혀 없었다.

도대체 큰아버지에 대한 무슨 말을 많이 들었다는 말인가?

나는 이런 생각을 속으로 감추고 같은 인사치레에 답했다.

"아버님께서는 살아 계실 때 지부과 왕래를 하지 못한 것
을 아쉬워하셨습니다. 지부님께서 장례식에 찾아오신 것을
아시면 저승에서나마 기뻐하셨을 것입니다."

"허, 그런… 안타까운 일이군."

지부는 마치 큰아버지를 만나지 못한 것이 정말로 안타깝
다는 듯한 표정을 지었다.

관리에 대해 모르는 사람이 보면 지부와 큰아버지가 생전
에 깊은 인연이라도 있었다고 생각될 정도였다.

나도 관리 지망생이기는 하지만 관리들의 위선이란…….

내가 필요한 것은 저런 겉으로 보이는 호의가 아니라 지부
채창성의 실질적인 도움이었다.

"그렇지 않아도… 몇 년 전 아버님이 귀한 물건을 얻어 지
부 어른을 찾아뵙고 전하려고 했는데 마침 자리를 비우셔서
만나지 못하셨다고 하더군요. 그때 만나뵙지 못한 것을 돌아
가시면서까지 아쉬워하셨습니다."

귀한 물건이라는 말에 지부의 눈이 순간적으로 빛났다.

관리가 나이를 먹을수록 재물에 대한 욕심이 커지는 것은
보통이었다.

특히 조파진의 말에 따르면, 눈앞의 채창성은 아들이나 손
자가 부학이나 현학의 학생인 생원조차 되지 못했다.

채창성이 환갑이 넘은 나이까지 벼슬에서 물러나지 못하
는 것은 자손들이 향시에라도 붙기를 기다렸기 때문이다.

자신의 생전에 관직에 나가지 못하더라도 후손 중에 관리
를 배출하기 위해서는 그를 뒷받침할 재물이 필요했다.

"그런 일이 있었나?"

"장연동 통판(通判)께 전해드렸다고 하더군요."

통판 장연동은 채 지부의 심복 중 하나였다.

"미안하군. 내 나이쯤 되면 몇 년 전 일도 잊어버리는 경우
가 있네."

"아닙니다. 아버님께서는 뭔가 대가로 바라고 선물한 것이
아니라고 하셨습니다. 아버님께서는 나랏일에 바쁘신 분을
위해 선물한 것뿐이라고 하시더군요."

지부는 고개를 저으며 말했다.

"아니네. 사람 일이 그런 것이 아니지. 늦었지만 내 사과하
겠네."

"이러시면 제가 오히려 죄송합니다."

나는 고개를 숙여 아무 일도 아니라는 듯한 모습을 보였다.
그리고 뒤에 앉아 있던 찬곤에게 손짓을 보냈다.

찬곤이 보자기에 싸인 물건을 가져왔다.

"이건 지난번에 보낸 물건과 함께 놓아두시면 괜찮으리라

생각되어 가져온 물건입니다."

"뭘 이런 것을 다……."

지부는 내가 건네는 물건을 받아서 서탁에 내려놓았다.

그의 행동으로 봐서는 예의상 받은 것일 뿐, 별로 기대는 하지 않는 것 같았다.

그는 내가 전한 물건이 전에 보낸 물건과 쌍이 되는 물건이라는 말에 노골적으로 조금은 실망한 표정을 지었다.

그의 이런 행동은 당연했다.

비록 사과는 했지만 자신이 지난번에 큰아버지가 보냈다는 물건을 기억하지 못하는 것을 물건이 중요하지 않아서라고 생각하는 것이다.

채창성이 사과를 한 것은 내가 가진 명성 때문이었다.

내가 그의 행동에 원한을 가지면 자신은 모르지만 그의 자손들에게는 우환(憂患)이 될 수도 있었기 때문이다.

그가 죽은 후 내가 그의 아들이나 손자를 어떻게 하는 것은 손쉬운 일이었다.

나는 이런 채창성의 모습에 만족했다.

이번 일은 그가 내가 준 물건을 중요하지 않게 생각하면 할수록 효과가 크기 때문이다.

그만큼 사실을 알았을 때 받은 충격과 분노가 크기 때문이다.

낚싯밥을 던졌으니 이제 고기를 낚을 차례였다.

"별것은 아니지만 저와 친분이 있는 석전(石田) 선생님께서 장례식에 지인을 통해 그림 몇 점을 보내셨습니다."

석전 선생님이라는 내 말에 지부의 눈이 커졌다.

"석전? 그럼 이것이 심주(沈周) 선생님의 그림이라는 말인가?"

그는 선물은 그 자리에서 풀어보지 않는 것이라는 예의도 잊은 채 보자기를 풀어 그림을 꺼내보았다.

심주 선생은 당대 최고의 화가였다.

시(詩), 서(書), 화(畵)에 모두 능했다.

특히 문인화(文人畵)에 뛰어났다.

명성에 걸맞게 많은 그림을 그렸지만 그림을 구하는 것은 쉬운 일이 아니었다.

유복한 명문 출신이었기 때문에 그림을 파는 경우가 없었고 대부분 지인이나 제자들에게 선물한 그림 중 일부만이 외부에 유출되었다.

그럼에도 그의 제자들을 통해 몇십 년 동안 화가로서 최고의 자리를 지키고 있었다.

"그리 가치가 높은 그림은 아니지만, 석전 선생님께서 제시를 아껴 선물하신 그림 중 하나를 골라서 가져온 것입니다."

"아니네. 정말 고맙네. 자네 명성은 익히 들었네만 심주 선생님과 친분이 있을 정도인지는 몰랐네. 내 석전 선생의 명성은 익히 들어 한 번 정도는 그분의 그림을 보고 싶었네."

"그렇게 말씀해 주시니 감사합니다. 석전 선생님의 많은 그림 중 하나이지만 지난번에 제 아버님이 보낸 왕몽 선생님의 그림이 황산(黃山)의 겨울 풍경을 그린 것이라고 하더군요. 같은 화제(畵題)로 그린 그림이라 같이 보시면 괜찮을 것입니다."

왕몽이라는 말에 채창성의 눈이 휘둥그레졌다.

"왕몽의 그림이라니? 설마 지난번에 선물했다는 그림이 왕몽 선생님의 그림이라는 말인가?"

왕몽은 원을 대표하는 원사대가 중 한 명이었다.

특히 그의 외할아버지인 조맹부가 원의 서예를 대표한다면, 그는 원의 그림을 대표할 수 있는 인물이었다.

호유용의 옥사에 연루되어 말년을 감옥에서 보내 남아 있는 그의 그림은 적었다.

심주를 대표하는 문인화의 이상은 원사대가의 전통을 따르는 것이었다.

심주의 명성이 높고 그림이 귀하다지만 왕몽의 명성에는 비할 수 없었다.

특히 황산의 겨울 모습을 그린 왕몽의 그림은 부르는 것이 값일 정도였다.

"모르셨습니까? 그럴 리가요? 분명히 낙관이나 서명이 되어 있는 그림이었다는데요."

나는 과장된 몸짓으로 고개를 저었다.

채창성 지부는 내 이런 과장된 모습을 알아보지 못했다.

그만큼 그는 지금 당황하고 어이가 없다는 표정이었다.

"장 통판에게 그림을 전해준 것이 분명한 사실인가?"

지부는 다시 확인하듯 물었다.

왕몽의 그림 같은 귀한 물건을 받았다면 그가 기억하지 못할 이유가 없다는 표정이었다.

"제가 왜 돌아가신 아버님을 언급하며 거짓을 이야기하겠습니까? 저도 영문을 모르겠군요. 사실 지부께 전해드렸다는 그림은 제 가문에 내려오는 물건 중 하나입니다. 왕몽 선생께서 황산에 들렀을 때 저희 가문에 감사의 인사로 남겨준 것이지요. 확실하지 않다면 제가 왜 석전 선생님의 그림을 일부러 가져왔겠습니까?"

지부는 어이없다는 표정을 지으며 고개를 저었다.

"허허, 믿을 사람이 없다더니……."

"무슨 일이라도……? 제가 도울 일이 있으면 돕겠습니다."

채창성은 손을 저으며 말했다.

"아니네."

"언제든지 필요하면 불러주십시오. 탈상이 끝나는 삼 년 동안은 무호현에 머물면서 아버님이 하시던 장사를 계속할 생각입니다."

"내 자네 일이라면 두 팔을 걷어붙여 도와주겠네. 무호현

관아에도 그리 말해두겠네."

"감사합니다."

나는 안색이 굳어진 채창성을 뒤로하고 관아를 나섰다.

어느 정도 관아에서 멀어지자 나는 곁에 있는 찬곤에게 고개를 돌렸다.

"왕몽의 그림이 장연동의 집에 있는 것은 확실하겠지?"

"걱정하지 마십시오. 왕몽이 암시장을 통해 그림을 구한 것을 확인했습니다."

"그에게 그림을 판 자는?"

"합비에서 장물을 파는 자인데 절대 입을 열지 않을 것입니다."

"확실히 처리하게. 완전히 믿을 수 있는 자는 죽은 사람이네."

서생 출신인 내가 수적들을 통제하려면 가끔 강한 모습을 보여주는 것이 필요했다.

"그럼 죽이라는 말씀입니까?"

찬곤의 표정이 굳어졌다.

나는 그런 찬곤에게 눈썹을 치켜세우며 말했다.

"그런 것까지 내가 일일이 하나하나 말해줘야 하나?"

찬곤이 고개를 숙이며 말했다.

"아닙니다."

"꼭 죽이지 않더라도 장연동이 처리될 동안 찾지 못하게 하면 되는 것 아닌가? 어차피 이제부터 물건을 처리하려면 장물을 취급할 자가 필요하니 그자를 수채에 끌어들여도 되는 일이고."

"알았습니다. 그런데 굳이 장연동을 이런 복잡한 방법으로 처리할 필요가 있겠습니까? 아무리 장연동 그자가 무호현의 사파를 암중에서 장악하고 있다 하더라도 우리에 비하면 애송이입니다. 명령만 내리면 쉽게 할 수 있는 일을 굳이……."

내가 지부를 찾아가 장연동이 왕몽의 그림을 빼돌렸다고 믿게 한 것은 그가 태평부 사파의 뒤를 봐주는 관리이기 때문이었다.

특히 태평부에서도 가장 번화한 항구인 무호현 포구의 사파를 장악하려면 그들을 배후에서 비호하는 장연동을 먼저 제거하는 것이 필요했다.

몇 번의 시도 후 장연동을 회유하는 것이 불가능하다는 조파진의 말이 나오자 찬곤을 비롯해 모두가 장연동을 암살할 것을 제의했다.

그들은 아무 증거도 남기지 않고 암살할 수 있다고 자신했다.

하지만 나는 그런 요청을 거절하고 직접 지부가 자신의 심복인 관관을 제거하도록 계획을 세웠다.

왕몽의 그림에 대한 정보를 얻은 후 평소 안면이 있는 석전 선생께 부탁을 해 그림을 구했다.

찬곤은 다른 부하들과 마찬가지로 이렇게 복잡하게 일을 처리하는 것이 불만인 듯했다.

　찬곤조차 십 년간 외부 활동을 하지 않은 탓인지 힘을 앞세우려고 했다.

　"비록 그가 종7품에 불과하지만 그는 엄연한 관리이네. 명심하게. 관리를 직접 해치는 것은 꼭 필요한 일이 아니면 해서는 안 되네. 관리란 말이야, 아무리 하급 관리라도 자신들 중 하나가 암살당하는 일에 민감하네. 그냥 넘어가면 다음에는 자신들이 될지도 모른다는 생각을 하니까 말이야."

　"그렇기야 하지만……."

　"그 외에도 또 다른 이익이 있지 않나?"

　"이익이라니요?"

　"이번 일로 지부는 나에게 빚을 지게 되는 것이네. 어찌 보면 이것이 더 큰 이득이지. 몇 년 전에 돌아가신 분이 왕몽의 그림 같은 귀한 선물을 했는데 지부는 모르고 있었으니 얼마나 큰 실수인가?"

　물론 실제로는 나는 석전의 그림 하나만을 구해 선물한 것이 전부였다.

　장연동이 상관인 채창성에게 이야기하지 않고 왕몽의 그림을 구한 이유는 뻔했다.

　황제가 바뀐 혼란한 틈을 타서 환관들에게 뇌물을 보내 중앙 관직을 뇌물로 사려고 하는 것이다.

"지부가 장연동을 제거하고 사실을 밝히면 아무 문제가 아니지 않습니까? 그의 실수가 아니니까요."

찬곤은 여전히 뭔가 이해가 가지 않는 표정을 짓고 있었다.

그는 여전히 관리들의 생리를 이해하지 못하고 있었다.

"그는 부하인 장연동이 그림을 빼돌렸다는 것을 결코 공개적으로 밝히지 못하네."

"그렇습니까?"

"부하가 그런 일을 했다는 것을 모르고 있었다는 사실을 밝히면 다른 부하들에게 비슷한 행동을 부추기는 것이나 다름없네. 아마 채창성은 다른 이유로 장연동에게 죄를 물을 것이네. 결국 지부는 내게 빚을 지는 것으로, 앞으로 내가 하는 일이라면 도울 수밖에 없을 것이네. 그림 하나를 구해 선물하는 것으로 왕몽의 그림을 같이 선물한 효과를 가질 뿐 아니라 앞으로 일에 방해가 될 자까지 제거하게 되는 것이지. 잠시 배를 다고 수고한 대가로 이 정도면 충분하지 않은가?"

말을 마치고 나는 걸음을 서둘렀다.

"그리고 무엇보다 바로 천하를 다스리는 방법인 치국약누전(治國若耨田), 즉 장연동 같은 썩은 관리를 몰아낸다는 것만으로도 의미가 있는 일이지."

태평부의 지부 채창성을 만나고 돌아온 지 열흘도 되지 않아 통판 장연동이 비리 혐의로 옥에 갇혔다는 소식이 전해졌다.

그날 저녁 나는 부하들과 함께 무호현 포구에 자리 잡은 한 장원을 찾았다.

"이곳입니다."

보공석이 가리킨 곳에는 도길장(徒佶莊)이라는 편액이 걸린 대문이 가로막고 있었다. 늦은 시간이라서 그런지 대문 앞에는 지키는 사람이 없었다.

"도길. 바른 무리라는 뜻인가, 아니면 건장한 자들이 모여 있는 곳이라는 뜻인가?"

편액은 제법 글을 아는 사람이 쓴 듯 단아한 서체를 쓰여 있었다.

아무리 봐도 정식으로 학문을 익힌 자가 쓴 것이 분명했다.

순간 학문이 타락했다는 생각이 들었다.

내 눈앞에 보이는 장원은 무호 포구를 장악하고 있는 각부들이 모인 도길회라는 곳이었다.

본래 각부(脚夫)라는 것은 나라에서 항구의 물건을 나르는 부역(負役)의 일종이었다. 하지만 최근에는 무리를 짓고 구역을 나눠 물건 운반을 독점하고 있었다.

이런 자들이 모인 장원의 편액을 써주는 것은 순수하게 학문을 익힌 나 같은 사람을 무뢰배로 전락시키는 일이다.

나는 오늘 일을 처리한 후 이 편액을 쓴 자를 찾아 대가를 치르게 하겠다고 결심했다.

모르는 사람은 내가 수채의 채주가 된 것과 무뢰배들에게 편액 하나 써준 것 중 어느 것이 더 나쁘냐고 묻는 사람이 있을지도 모르겠다.

내가 수채의 채주가 되는 것과 무뢰배에게 편액을 써주는 것은 다른 것이다.

내가 수적들의 채주가 된 것은 내가 아니면 누가 지옥에 들어가겠는가 하고 한 미륵불의 살신성인적인 행동이다.

학문을 싸구려로 만드는 자들과는 다른 것이다.

나는 왼쪽에 있던 찬곤에게 손을 내밀었다.

"활[弓]!"

찬곤은 들고 있던 활을 나에게 건넸다.

손에 든 철궁에서 묵직한 느낌이 전해졌다. 검은빛이 나는 표면에는 용 다섯 마리가 그려져 있었다.

바로 궁 하나로 원나라 때 강호십대고수 중 하나로 꼽혔던 궁왕(弓王) 장예(張霓)의 애병인 오룡천궁(五龍天弓)이었다.

나는 탄자결(彈子訣)을 이용해 화살을 편액을 향해 날렸다.

탄자결은 내가 익힌 현천건곤조화심법의 구자결 중 하나였다.

탄자결은 순간적으로 선천지를 물건에 실어 보내는 기술이었다.

쾅!

화살이 박힌 편액은 물론 도길장의 대문 전체가 커다란 소리와 함께 무너지기 시작했다.

옆에 있던 찬곤이 엄지손가락을 위로 하며 말했다.

"대단하십니다. 무공을 익히신 지 얼마 되지 않았는데 이런 신위를 보이시다니……."

등 뒤로 수군거리는 소리와 함께 부하들의 시선이 느껴졌다.

익숙하지 않은 탄자결을 사용한 탓인지 온몸에서 통증이 전해져 왔다.

하지만 눈앞의 광경과 존경스러운 눈으로 바라보는 부하들의 시선은 이런 아픔을 기꺼이 받아들일 가치가 있게 만들었다.

수채를 장악하기 위해서는 무공을 익혀야 했다.

구자결을 처음 익힐 때만 해도 금방 이야기 속에 나오는 절정고수가 될 수 있을 것 같았다.

하지만 정작 기초 무공이라는 육합단도(六合斷刀), 금창이십사식(金槍二十四式), 그리고 삼재검(三才劍)을 익히는 것조차 쉽지가 않았다.

하나하나의 동작은 어찌 따라 할 수 있었다.

하지만 연결 동작이라는 초식(招式)의 연결이 내 머리로는 전혀 이해가 가지 않았다.

한 번 읽은 책은 두 번 읽을 필요가 없다는 자신감이 무너지는 순간이었다.

내가 유일하게 가지지 못한 재능이 바로 무공일 줄이

야……,

하지만 무공을 포기할 수는 없었다.

수채를 장악하는 것도 장악하는 것이지만 현천건곤조화심법 구자결에 한창 재미를 느끼고 있었기 때문이다.

다른 방법을 찾던 내가 수채의 창고 한구석에서 우연히 발견한 것이 바로 오룡천궁이었다.

궁왕의 유물이 어떻게 무호채에 있는지에 대해서는 아는 사람이 없었다.

궁왕의 후예인 복건성의 장가장이 세력을 잃은 것이 오십 년 전이라 생각하면 선대 무호채주 중 한 명이 수적질 중 얻은 것이 분명했다.

그거야 내가 알 바 아니었다.

궁은 내가 어릴 때부터 익힌 예(禮), 악(樂), 사(射), 어(御), 서(書), 수(數)의 육예(六禮) 중 하나인 사였다.

잘 모르는 사람은 육예 중 하나인 사를 서생들의 소일거리로밖에 생각하지 않는다.

하지만 제대로 된 육예 중 하나인 사를 제대로 익히려면 웬만한 무관(武官)에 못지않은 궁술을 갖추어야 한다.

사는 다섯 가지가 있다.

그 첫째는 백시(白矢)였다.

화살이 과녁을 꿰뚫어서 그 촉이 희게 나타난 것이다.

두 번째는 삼련(三連)이다.

한 개의 화살을 쏘고 뒤에 세 개의 화살을 연속하여 쏘는 것이다. 백시가 힘을 위주로 한 것이라면 삼련은 속사의 극치였다.

셋째는 염주(剡注)였다.

깃머리인 우두(羽頭)가 높고 촉이 낮은 살이 빛나면서 날아가는 것을 말한다. 활의 속도가 빨라야만 가능한 경지였다.

넷째는 양척(襄尺)이다.

신하가 임금과 활을 쏠 때에 임금보다 아래쪽으로 떨어져 쏘는 것을 말한다. 먼 거리에서 활을 쏘는 것을 말한다.

다섯째는 정의(井儀)였다.

네 개의 화살이 과녁을 꿰뚫어 우물 정 자 모양을 하는 것을 말한다. 활이 그만큼 정확해야 한다는 것을 말한다.

사의 다섯 가지 모두 궁술이 지향해야 할 다섯 가지 목표를 말하는 것이었다.

사실 이 다섯 가지를 실제로 익힌 사람은 거의 없다.

실력만이 아니라 각각의 궁술에 맞는 활이 필요하기 때문이다.

나는 오룡천궁을 본 순간 사의 극한(極限)을 위해 만들어졌다는 것을 알 수 있었다.

오룡천궁에 그려진 용 하나하나에 다섯 가지 궁술이 숨겨진 것을 발견한 것이다.

궁을 만든 사람은 나름대로 정교하게 숨겼다고 숨긴 것이겠지만 천재인 내가 보기에는 어설프기 그지없었다. 이렇게 단순하게 숨기다니…….

어쨌든 틈틈이 오룡천궁의 숨겨졌던, 이른바 오룡천시(五龍天矢)를 익혔다.

무공이라는 것이 생각보다 어려운지 아직 다 익히지는 못했다.

하지만 대강 익힌 오룡천시와 구자결을 연결하면 제법 쓸만한 위력이 나왔다.

더구나 궁이라는 특성상 지랄 맞을 토끼심법으로도 비교적 무리없이 사용할 수 있었다.

조금 전 도길장의 대문을 부순 것도 오룡천시 중 백시를 탄자결로 응용한 것이었다.

역시 나는 무공에도 천재였다.

다만 기초 무공이라는 육합단도, 삼재검, 금창이십사식이 나쁜 것이다.

내가 한창 자신의 재능에 놀라고 있을 때 누군가 나를 부르는 소리가 들렸다.

"공자님!"

무슨 일로든 나를 찾는 사람에게 짜증이 났지만 어쩌겠는가, 세상이 나를 원하는 것을…….

"응? 무슨 일이냐?"

"도길회의 각부들이 전부 나와 있습니다."

옆을 바라보니 백여 명이 넘는 사람이 모두 나만을 바라보고 있었다.

특히 장원에서 나온 자들은 뭐 저런 놈이 있나 하는 표정으로 나를 바라보고 있었다.

"내가 또 생각에 빠졌었나 보군."

찬곤이 나직한 목소리로 대답했다.

"예……"

이런……

내 몇 안 되는 단점 중 하나가 뭔가 생각에 빠지면 한참 동안 주위를 신경 쓰지 않는 것이었다.

찬곤은 처음에는 내 이런 습관이 무슨 무공에 대한 깨달음이라도 얻는 것인 줄 알고 무작정 기다렸다.

무림에서 깨달음을 얻는 데 방해하면 안 된다나 뭐라나……

그래서 나는 친절히 찬곤에게 말해주었다.

그런 갑작스러운 깨달음은 머리가 모자라는 자들이나 필요한 것이라고.

나 같은 천재는 그냥 한 번 보면 아는데 그런 깨달음이 뭐가 필요하겠는가?

장원에서 나온 자 중 가장 앞에 있던 자가 나를 보며 입을 열었다.

"네놈은 웬 놈이냐?"

나는 친절히 대답해 주었다.

"알아서 뭐 하게? 쓸어버려!"

나는 도길회를 향해 달려가는 수하들을 잠시 바라보았다.

도길회의 뒤를 봐주던 장연동이 사라진 이상 거리낄 것이
없었다.

내일 적당히 지부를 찾아가 장례식 동안 저들과 있었던 일
을 이야기하면 끝이었다.

나는 천천히 오룡천궁을 들어 올렸다.

"거리가 가까우니 양척은 안 되겠고, 삼련이나 염주를 연
습해야겠군."

나는 한창 무공에 재미를 붙여가는 중이었다.

이미 처음 살인을 했을 때의 감정은 사라져 있었다.

생각해 보면 그때도 살인에 대한 죄책감이나 후회보다는
감정에 따라 무작정 행동한 것에 대한 후회가 있을 뿐이었다.

第十章 격안관화(隔岸觀火)

언덕 너머에서 불을 구경한다

"**에**고! 에고!"

아침 운동으로 활을 쏘는 내 귓가에 내당의 대원 한 명이 곡을 하는 소리가 들려왔다.

아침저녁으로 하는 조석곡(朝夕哭)이었다.

원래는 내가 해야 하지만 지금은 목소리가 비슷한 자를 골라 시키고 있었다.

저 짓을 담제(譚祭)가 끝나는 십오 개월 동안 꼬박 해야 하니 귀찮은 일이었다.

매번 수하를 시켰으면 좋겠지만 가끔은 내가 직접 하는 것을 사람들에게 보여줘야 했다.

도길회를 박살 낸 지 일주일.

실전을 한 번 겪어서 그런지 궁술은 부쩍 늘어난 상태였다. 이제는 화살 대부분이 명중하고 있었다.

활쏘기를 끝내고 돌아오자 내당주 조파진이 부하들을 거느리고 나를 기다리고 있었다.

그는 고개를 약간 숙여 나에게 인사했다.

"공자님을 뵙습니다."

건방지다면 건방진 태도였다.

내당의 일반 대원들은 도길회에서의 내 활약 이후 태도가 많이 달라져 있었다.

서로 이야기를 나누다가 내가 나타나면 급히 고개를 숙이거나 바닥에 엎드리는 일이 많았다.

하긴 뭐… 내 장원에 있는 자들 중 대부분은 내가 무호채의 채주라는 사실을 모르고 있었다.

현재 내가 머물고 있는 장원에 있는 사람들은 본래는 내당 소속이었다.

조파진은 꼭 필요한 사람을 제외하고는 무호채 소속이라는 것이라는 것을 부하들에게 알리지 않았다.

그들로서는 인근에 꽤 알려진 내가 얼굴도 보이지 않던 고용주의 아들이라고 나타난 것 자체가 갑작스러운 일일 것이다.

그리고 장례를 끝내자마자 무호현에서 꽤 유명한 무뢰배

들을 박살 냈으니 충격일 것이다.

"무호 포구의 분위기는 어떤가?"

내가 부하들을 거느리고 도길회를 박살 냈다는 소식이 무호 포구 전체에 퍼져 있었다.

얼마 전 조파진에게 그가 개인적으로 운영하는 기루를 통해 반응을 알아보라고 지시해 놓은 상태였다.

"평가는 크게 두 가지입니다."

조파진은 담담한 목소리로 대답하기 시작했다.

"우선 첫째는 공자님의 행동을 비난하는 평가입니다. 이번 충돌 과정에서 도길회의 각부 중 몇몇이 죽은 것을 두고 상중에 피를 본 것은 옳지 않다거나, 진사 신분인 공자님께서 직접 무뢰(無賴)들과 다투는 것은 상스럽다는 것입니다."

나는 비난하는 말만으로도 어디서 나온 말인지 알 수 있었다.

"주로 명문거족(名門巨族)들이나 유생들 사이에서 나온 말이겠군."

"예."

도길회가 아무리 관아의 비호를 받아 무호 포구를 장악하고 있다고 해도 오랜 세월 무호에서 세력을 가진 명문호족들을 건드릴 수는 없었다.

그들의 가문에는 나 같은 천재는 아니더라도 생원이나 거인 한두 명 정도는 있었다.

유생들은 명문호족들과는 반대로 각부들과 충돌할 일 자체가 없었다.

각부들이 무엇인가? 포구를 장악하고 물건 운송을 독점하는 자들이다.

옮길 물건이 없는데 무슨 충돌이 있겠는가?

도길회가 나에 대해 어느 정도 알고 있었다면 감히 장례식의 물건을 옮기는 문제로 일으키지는 않았을 것이다.

하지만 나는 자세한 사항을 숨기라고 장례식을 준비하던 내당에 지시했다.

도길회를 칠 명분을 마련하기 위해서였다.

도길회는 전부터 있던 작은 장원에서 갑자기 큰 규모로 장례식 준비를 하자 먹잇감이라고 생각해 달려들었다가 크게 당한 것이다.

"다른 의견은?"

"대체로 이번 일에 대해 통쾌하게 생각하고 있습니다. 십여 년 사이 각부들이 꽤 행패를 부린 것 같습니다."

"뭐… 다 조정이 어지러워서 그런 것이지."

장례식에 방문했던 조문객에게 들은 현 황실의 현실은 암담했다.

얼마 전 등극한 황제는 성화(成化)라는 연호와는 동떨어지게 아무런 의욕도 없었다. 이제 열여덟 살의 나이라면 당연히 가질 열정도 가지지 못한 듯했다.

얼마 전 붕어한 천순제(天順帝) 때와 달라진 것이 거의 없었다. 여전히 천순제 복위에 공을 세운 환관들이 정권을 장악하고 있었다.

다른 점이 있던 젊은 황제가 어릴 때부터 총애했다는 만귀비가 조정을 조종하고 있다는 점이었다.

뭔 욕심이 그렇게 많은지 황실 사유지인 황장을 전국에 두는 것이 지금 가장 의욕적으로 추진하는 정책이었다.

환관인 왕직에게 정사를 맡겨 '왕 태감이 있음을 알 뿐, 천자가 있음은 알지 못한다'는 말이 벌써부터 돌 정도였다.

이런 조정의 현실을 그대로 보여주는 것이 얼마 전 생긴 서창이라는 조직이었다.

이 서창이라는 조직이 설치된 이유가 걸작인데… 어떤 자가 환관으로 가장하고 만귀비의 처소를 방문했다가 천자에게 들킨 후에 왕직에게 명령해 만들어진 것이었다.

한낱 천자의 개인적인 의심에서 시작된 조직이었다.

서창은 이제는 왕직의 권력을 유지하기 위한, 말 그대로 무소불위의 권력을 행사하는 조직으로 바뀌고 있었다.

웃긴 것은 서창이라는 조직이 하는 일은 이미 존재하고 있는 동창이라는 조직으로도 충분히 할 수 있었다.

왕직이라는 환관이 무식해 동창이라는 정보 조직이 전부터 있음에도 그 사실을 모르고 서창을 설치한 것이다.

왕직은 나와 같은 왕(汪) 씨이기는 하지만 직접적인 관련이 전혀 없는 자였다.

어쨌든 현재 황실은 희망이 없어 보였다. 아마 천자께서 개과천선하지 않는 한 변하지 않을 것이다.

주색잡기와 방중술에 빠진 천자가 개과천선하는 것을 기다리느니 천자의 소원대로 금단을 먹고 우화등선하는 것을 기다리는 것이 나을 것이다.

나이도 이제 열여덟 살이니 언제까지 이런 현실이 계속될지 모르는 상황인 것이다.

이런 현실을 생각하면 상을 당해 삼 년 동안 관직에 나가는 것을 미룬 것은 오히려 잘된 일일 수도 있다는 생각이 들었다.

"부두 분위기는?"

"겉으로는 조용하지만 내부적으로는 분주합니다. 명문호족들은 물론 상인 조합들도 각자 자신들과 연관된 세력이 부두를 장악하도록 하기 위해 사람들을 모으고 있습니다."

각부들이 세력을 만들고 가장 피해를 본 것은 바로 몇몇 명문호족을 제외한 무호현에 기반을 둔 가문과 상인들이었다.

유독 무호에 각부들의 세력이 강했던 것은 그만큼 움직이는 물건이 많았기 때문일 것이다.

무호 포구는 남직례성 서부 전체에서 생산된 쌀과 목재, 차, 그리고 기타 특산품이 모이는 포구였다.

그동안 관의 비호 때문에 건드리지 못했던 도길회를 내가 박살 냈으니 그들의 속이 다 시원할 것이다.

나는 도길회를 박살 낸 후 다른 각부들 조직은 건드리지 않았다.

도길회는 장연동의 비호를 받아 포구에서 가장 노른자위라고 할 수 있는 구역을 차지하고 있었다. 하지만 포구에는 그보다 큰 각부의 조직이 몇 개 더 있었다.

그들은 대부분 뒤에 명문호족 가문이나 무호에 모이는 쌀과 차를 독점하는 조합과 연관되어 있었다.

이들은 장연동의 비호를 받는 도길회를 중심으로 균형을 유지하고 있었다.

내가 굳이 도길회를 직접 나서서 박살을 낸 것은 무호 포구의 세력 균형을 부수기 위해서였다. 무호의 여론을 나에게 유리하게 만드는 것은 부수적인 효과일 뿐이었다.

"각 각부 조직과 연결된 세력들이 어떤 자들을 끌어들이는지 잘 감시하게. 걸린 이권(利權)이 이권이다 보니 만만치 않은 자들이 끼어들 것이네."

조파진이 약간 걱정스러운 목소리로 말했다.

"너무 위험하지 않겠습니까? 남직례성 전체의 사파 세력이 무호로 몰려들 것입니다."

남직례성 서부에서 큰 포구는 안경부가 위치한 이른바 서성(徐城)과 무호현이었다.

무호는 수심이 깊어 대형 선박도 들어올 수 있었다.

또한 지류와 수로를 통해 남경이 있는 비옥한 장강 삼각주는 물론 멀게는 황도까지 연결되어 있었다.

장강 물류의 중심지 중 하나였다.

조파진은 내가 도길회를 박살 낼 때만 해도 처음에는 단순히 그 자리를 차지하려는 줄 알고 있었다.

그런데 내가 무호 포구의 주도권을 통해 장강 하류 전체 세력 판도를 흔들어놓으려 하자 당황하고 있었다.

"나를 무조건 믿으라고는 하지 않겠네."

"그건……."

"나에 대한 조건없는 신뢰를 보내기에는 자네들과 보낸 시간이 너무 짧다는 것도 알고 있네."

내가 역사에 나오는 유비와 관우 사이와 같은 주종 간의 무조건적인 신뢰를 바라는 것은 무리였다.

진나라의 상앙처럼 나무를 옮기는 일에 황금을 줘 사람들의 신뢰를 받을 정도로 요즘 사람들은 단순하지 않았다.

상앙의 고사는 말 그대로 세상 사람들이 지금보다 순진하고 단순했던 전국시대에나 가능한 일이었다.

과거와는 달리 부하들의 신뢰를 받기 위해서는 실제적인 성과를 보여줘야만 한다.

"내가 지금 말할 수 있는 것은 지켜보고 판단하라는 것이네. 그리고 장강 하류의 패권을 장악하려면 포구를 누가 장악하느냐가 아니라 장강의 수로를 장악해야 하네. 장강 하류의 모든 사람의 시선이 무호 포구에 모이는 동안 우리는 장강의 수로를 장악해야 하네."

"예!"

내 말에 약간은 감동한 듯 조파진이 고개를 끄덕였다.

조파진은 상인이지만 오랫동안 수적들과 생활하다 보니 생각 자체는 다른 수적들과 다를 바가 없었다.

약간의 말만으로 금방 감동하다니…….

다음날부터 나는 본격적으로 조파진을 앞세워 장사를 시작했다.

생각 같아서는 많은 돈을 벌 수 있는 쌀이나 목재, 차 같은 일을 하고 싶었지만 그 분야는 이미 상인들의 조합이 단단히 결성되어 있었다.

그래서 내가 시작한 것은 태평부 일대의 특산품 중 하나인 종이를 남경으로 배달해 염색을 한 뒤 파는 일이었다.

굳이 색종이를 팔기 시작한 것은 대형 선박을 사들일 명분을 마련하기 위해서였다.

내가 예상한 대로 무호 포구에서는 매일 사건이 일어났다.

며칠에 한 번은 꼭 살인이 일어났다.

요즘은 점점 외지에서 온 사람들이 연관되는 일이 많아지고 있다는 정보였다.

문제가 시끄러워질 때 즈음 나는 장례식을 도와준 것에 대한 보답이라는 명목으로 무호 포구의 포두와 포졸들을 불러 대접했다.

혹시 나중에 문제가 생길 때를 대비한 것이었다.

내가 도길회를 박살 낸 것이 이번 일의 시작이었다. 포두들 사이에 나에 대한 불만이 터져 나오면 골치 아픈 일이 생길 수도 있었다.

다행히 내가 먼저 대접하고 나오자 포두들 사이에서 나에 대한 평판이 높아졌다.

추가로 돈이 들어가야겠지만 그런 문제는 조파진이 알아서 할 일이었다.

도길회가 사라진 지 한 달이 되지 않아 배후에서 각부들을 조종하던 세력들이 나서기 시작했다.

그와 더불어 나에 대한 관심도 높아지고 있었다.

"최근 여러 곳에서 채주님을 만나기를 요청하고 있습니다."

"이미 예상했던 일 아닌가. 상중이라서 사람을 만날 수 없다고 전하게."

"그렇게 말을 하고는 있습니다만 요청이 점점 수위가 높아지고 있습니다."

"곧 있으면 벼를 수확할 시기이니 그전에 포구를 장악하려고 하는 것이겠지. 신경 쓰지 말게."

포구를 장악하려는 세력들에게 단숨에 도길회를 박살 낸

나는 매력적인 존재였다.

그들은 처음에는 나를 끌어들이는 것에 소극적이었다.

도길회를 박살 낸 내가 포구 이권에 끼어들지 모른다고 생각한 것이다.

하지만 지난 한 달 동안 전혀 포구를 둘러싼 다툼에 끼어들지 않자 이제는 적극적으로 나를 끌어들이려 하고 있었다.

겉으로 드러난 명성만을 보고 포구 이권에 별로 관심이 없다고 생각한 것이다.

나는 상중이라는 이유로 이들과의 만남 자체를 거절하고 있었다.

나는 포구를 둘러싼 다툼이 좀 더 커지기를 바라고 있었다.

수확이 끝나면 황도에 조세로 수확한 쌀을 보낸다. 대륙 최고의 곡창 지대인 호광성과 강서성에서 수확한 쌀도 결국은 남직례성을 지나야만 한다.

한마디로 장강 하류의 포구, 그중에서도 수심이 깊어 대형 선박도 정박할 수 있는 무호현은 가장 이상적인 중간 기착지였다.

다툼이 심해지는 것도 한창 포구가 바빠지는 추수철이 오기 전에 주도권을 확실히 잡기 위한 것이었다.

"곧 있으면 장강이 배로 가득 차겠군."

나는 한창 바쁠 때의 장강은 본 적이 없었다.

어떤 사람은 인적이 드문 곳의 풍경을 좋아하지만 나는 사람들로 북적이는 광경을 좋아했다.

마음속으로 가을 장강의 풍경을 기대하고 있었다.

내가 자란 휘주부를 흐르는 신안강(新安江)도 큰 강이기는 했지만, 대륙을 반으로 가르는 장강과는 비교할 수 없었다.

"말 그대로 강이 배로 가득합니다. 무호에도 많은 배가 모여들 것입니다."

찬곤의 말에 입가에 저절로 미소가 지어졌다.

수채의 채주인 나에게 강을 지나는 배는 곧 돈이었다.

"상인들에게 새로운 방침은 알렸겠지?"

나는 얼마 전 수채에 남아 있는 보공석에게 새로운 방침을 알렸다.

큰아버지는 상인 집단과 한꺼번에 보호비 거래를 했다.

하지만 나는 일부 운송량이 많은 상인 몇몇에게는 개별적인 계약을 하겠다는 새로운 방침을 알렸다.

"예. 하지만 무호채 일부에서 이번 조치에 대해 반발이 심합니다."

상인들이야 예상했지만 무호채 내부에서도 반발이 있다는 것은 의외였다.

그렇지만 큰아버지가 무호채에서 차지하는 위치를 생각하면 내가 큰아버지가 정한 방침을 바꾸는 것에 반대가 있는 것은 당연할지도 몰랐다.

"이미 예상했던 일이네. 자네는 어떤가? 자네도 내가 잘못하는 일이라고 생각하나?"

"물론 저는 수적은 수적답게 살아가야 한다고 믿고 있습니다. 하지만 전대 채주님의 방침에 완전하지는 않지만 안전하고 효율적인 방법이라고 생각합니다."

찬곤은 내가 방침을 바꾼 이유를 알 수 없다는 표정을 지었다.

그가 보기에 유생인 내가 상인들이 반발할 것이 뻔한 방침 변경을 밀어붙이는 이유가 궁금한 것은 당연했다.

"나도 알고 있네. 큰아버지께서 정한 방침도 장점이 많지."

내 말에 찬곤이 고개를 끄덕였다.

"예. 어차피 장강을 지나는 모든 상선을 상대로 장사할 수는 없습니다. 아시겠지만 말이 좋아 밑천이 들지 않는 장사지 사실 상당한 비용이 듭니다. 우선 평소 배를 관리하는 비용이나 수적들을 입고 먹히는 비용만 해도 상당히 많지요. 더구나 조무래기 수채라면 우연히 걸리는 배를 약탈하겠지만 무호채 정도가 되는 수채면 돈이 되는 배를 털어야 하지요. 그러자면 포구나 상단에 정보원을 두거나 정보를 알려온 자에게 돈을 줘야 합니다. 그리고 그렇게 턴 물건은 반도 되지 않는 값에 팔아넘겨야 하는 경우가 많습니다. 아니, 사실 그런 경우가 대부분이지요. 진짜 도둑놈들은 바로 그 장물아비라고 할 수 있지요. 제가 애송이 수적일 때 몇천 냥짜리 야명주를 달랑 몇백 냥에 넘긴 것을 생각하면…….”

찬곤은 말을 하다가 과거에 장물아비들에게 당한 적이 있는 듯 주먹을 꼭 쥐었다.

직접 몸을 움직이는 수적들이 보기에 장물아비는 날로 돈을 버는 것처럼 보이는 것도 당연했다.

잠시 과거 당한 일에 분개한 후 찬곤이 다시 이야기를 이어 나갔다.

“가장 문제는 약탈을 하다 보면 관군의 토벌을 받을 수도 있다는 것입니다. 뭐… 물론 무호채 정도의 수채가 토벌당하는 일은 거의 없지요. 실제 장강십팔채 중 하나가 토벌당한 일은 오십 년 전 와사채(瓦沙寨)가 당한 것이 가장 최근의 일입니다. 보통 관군들은 적당히 작고 손쉬운 수채를 토벌합니다. 하지만 토벌이 이뤄지는 동안 장사를 할 수 없으니 그만큼 손해지요. 더구나 수군들에게 상당한 돈을 건네야 합니다. 더구나 처음 이 방침을 시행할 때인 십 년 전은 워낙 관군들의 토벌로 동료들이 많이 죽어나갈 때였습니다. 이런 손해를 보느니 적당한 선에서 보호비를 받는다는 것은 저 같은 놈도 반대할 명분을 찾지 못해 지금까지 따른 것입니다. 생각이 다르기는 했지만 전대 채주님은 정말 대단한 분이셨지요.”

찬곤의 말투에서 전대 채주, 즉 큰아버지에 대한 존경심을 느낄 수 있었다.

가끔 무호채의 사람들과 이야기를 하다 보면 큰아버지가

어떤 사람이었는지 정말로 궁금해졌다.

살아 있을 때 보지 못한 것이 아쉬웠다.

"상인들과 협상을 통해 위험을 줄이겠다는 생각 자체를 뭐라고 할 생각은 없네. 하지만 아버지의 방법에는 큰 문제가 있네."

"문제라니요?"

문제라는 말에 찬곤이 고개를 갸우뚱했다.

"상인들 개개인이 아닌 상인조합들과 거래를 했다는 것이지."

"그거야 언제 상인들 하나하나와 거래를 하겠습니까? 무슨 시장에서 보호비를 받는 똘마니도 아니고……."

"자네는 무호현에 와서 느낀 것이 없나?"

"느낀 것이라니요?"

"지금 여기 무호에는 차나 쌀, 목재를 비롯한 주요 물품은 상인조합을 통하지 않고서는 하나도 팔 수 없는 상황이네. 단지 무호뿐만이 아니라 남직례성의 포구 전체가 비슷한 상황이지."

내 말에 찬곤이 고개를 끄덕였다.

그도 내가 종이를 남경으로 싣고 가 염색을 해와서 파는 것이 이문이 큰 물건들은 끼어들기 어려웠기 때문이라는 것을 알고 있었다.

고개를 끄덕이던 찬곤이 잠시 고개를 갸우뚱하더니 다시

물었다.

"그것과 전대 채주님이 무슨 관련이……?"

"내가 알아보니 조합이 이 정도 힘이 커진 것이 최근 십여 년 사이이네. 바로 조합과 보호비 거래를 하는 무호채의 방침 때문이지. 조합의 힘이 커지다 보니 최근 육칠 년간 보호비가 전혀 오르지 못했네. 협상은 힘이 비슷할 때 가능한 것이네. 무호채의 힘은 지난 세월 동안 줄어든 반면에 상인조합의 힘은 몇 배로 커졌네."

찬곤이 고개를 끄덕였다.

얼마 전까지 일개 조장이었던 찬곤은 보호비에 대해서는 정확한 내용을 알지 못했다.

하지만 무호채의 힘이 전보다 약해졌다는 것은 바로 찬곤을 처음 만났을 때 그가 나에게 한 말이었다.

무호채 전체의 무공 수준은 전보다 높아졌다. 하지만 그것은 어디까지나 육지에서의 실력이었다.

배에서 실력을 발휘하는 것은 전혀 다른 문제였다.

물론 수적들이 주로 사용하는 수전이라는 것이 사실상 배를 서로 붙인 후 갑판 위에서 벌이는 전투다.

그렇지만 그것도 서로 배를 붙일 수 있는 최소한의 실력은 있어야 한다.

무공 실력과는 별개로 수적으로서의 실력은 전보다 낮아졌다는 것이 평생을 무호채에서 수적으로 살아온 찬곤의 말이었다.

"그럼 상인조합들이 무호 포구를 둘러싸고 싸우게 만든 것도 그 문제와 관련이 있는 것입니까?"

찬곤의 말에 나는 미소를 지으며 대답했다.

"어떤 방법으로든 상인조합의 힘을 줄일 필요가 있으니까. 명심하게. 두 마리 토끼를 쫓다가는 한 마리도 잡지 못한다는 것은 보통 사람이나 하는 이야기이네. 한 번에 두 마리, 세 마리 토끼를 노려야 한 마리라도 잡을 수 있다는 것이 나 같은 천재가 행동하는 방식이지. 그래서 말인데……."

"무슨 일이든 말씀하십시오."

"내당주에게 일러 골동품상을 열 적당한 자리를 알아보라고 전하게."

"골동품상이요?"

"그래. 수채에 있을 때 보니 창고에 괜찮은 물건이 많더군."

찬곤이 놀란 눈으로 나를 바라보았다.

창고에 있는 괜찮은 물건들이란 그냥 넘기기에는 가치가 높거나 팔기에는 위험한 물건들이었다.

"골동품상에서 직접 장물을 파시겠다는 말입니까?"

"골동품상은 겉으로 내세운 간판일 뿐, 실제로는 전당포도 함께할 생각이네."

"전당포까지요?"

전당포라는 말에 찬곤의 안색이 굳어졌다.

전당포는 물건을 맡기고 돈을 빌려주는 것이 목적이지만 실제로는 고리대금업(高利貸金業)이나 마찬가지였다.

무호채 같은 수적 중에는 고리대금으로 재산을 전부 잃고 흘러들어 온 사람이 많았다.

"내가 직접 할 수는 없지만… 집안에서 부리는 하인이 하는 것이야 뭐가 문제가 되겠나. 어떤가, 자네가 맡아서 해보는 것은?"

찬곤이 고개를 저으며 말했다.

"아무리 채주님의 말씀이라도 전당포는 조금… 저는 평생을 수적이라는 것에 자부심을 가지고 살아왔습니다. 이제 와서 고리대금을 하는 것은……."

"누가 자네더러 고리대금을 하라고 했나! 자네가 양심적으로 돈을 빌려주면 오히려 도움이 되지 않겠나. 굳이 고리대금업을 하지 않아도 수채의 물건을 처분하는 것만으로도 충분한 수익을 얻을 수 있을 것이네. 아예 자네가 아는 다른 수채 물건까지 처분하면 다른 수적들에게도 도움이 될 걸세."

나는 내가 말하고도 약간은 억지라는 생각이 들었다.

수적이라는 것을 자랑스럽게 생각하는 찬곤에게 양심적으로 돈을 빌려주거나 장물을 처리하라니…….

하지만 찬곤은 뜻밖에도 사명감에 불타는 결의에 찬 얼굴로 대답했다.

"아, 알겠습니다."

젊었을 때 야명주를 싸게 판 것이 마음에 앙금으로 남았던 것일까?

하긴 야명주 하나라면 한 사람의 인생을 바꿔놓을 수 있는 물건이다.

그런 물건을 얻고도 수채의 일개 조장으로 살아왔으니…
찬곤은 어려운 일이 있을 때마다 그때 일을 떠올렸을 것이다.

第十一章 삼령오신(三令五申)

세 번 명령하고 다섯 번 알린다

金鯉
到穿波

금리
도천파

무호채로 향하는 배 안에서 나는 지난 몇 달 동안 있었던 무호 포구에서의 일을 생각해 보았다.

골동품상은 생각했던 것보다 성공적이었다.

새로 생긴 점포엔 흔히 나타나는 무뢰배들도 얼씬하지 않는다.

장례식 때 있었던 사소한 다툼을 이유로 백여 명이 넘는 도길회를 박살 낸 내 악명 덕분이었다.

내당에서 무뢰배들이 나를 도교의 호법신인 왕영관(王靈官)이라고 부른다는 것을 알려왔다.

나는 왕(王) 씨가 아닌 왕(汪) 씨이지만 무식한 무뢰배들이 뭘 알겠는가 하는 생각에 그냥 넘어갔다.

찬곤을 앞에 내세운 채 물건 감정은 지난번 장연동을 제거할 때 잡아왔던 장물아비를 이용했다.

찬곤은 나를 도와 할 일이 많았기 때문에 장물아비를 앞에 내세울까도 생각했지만, 아직 지부 채창성이 찾고 있다는 말에 포기했다.

대신 골동품상의 물건에는 무호채에 있던 물건 외에 장물아비가 숨겨놓았던 것들도 포함했다.

그가 가진 물건은 대부분이 훔친 물건이라기보다는 무덤에서 도굴한 물건이었다.

어떤 사람은 도굴을 나쁜 일이라고 생각하겠지만 내 생각은 달랐다.

귀중품을 땅에 묻어두어서 뭐 하겠는가?

도굴은 일종의 부의 재활용이라는 것이 내 생각이었다.

그렇지만 모든 일이 순조로운 것만은 아니었다.

모든 일이 순조로웠다면 내가 예정보다 일찍 무호채로 돌아가는 일도 없었을 것이다.

가장 귀찮은 것은 나를 한 번 보고 학문에 대해 이야기하겠다고 찾아오는 유생들이었다.

고향이 있을 때는 내 명성을 듣고 찾아온 자들을 과거 공부를 한다는 핑계로 적당히 피했다.

무호현에 와서도 상중이라서 만나기 어렵다는 핑계를 대

라고 지시했다.

그런데 이놈의 무식한 내당의 무사들이 찾아온 유생을 두들겨 패서 쫓아 보낸 것이 문제였다.

더구나 그렇게 쫓겨난 자가 나름대로 남경 일대에서는 유명한 예암(乂庵)이라는 자였다.

알아보니 '호연(浩硯)을 찾아왔다' 면서 물러나지 않자 두들겨 팬 것이었다.

호연은 내 자(字)였다.

자라는 것이 이름을 직접 부르는 것이 불길하다고 하여 부르는 호칭인 것을 생각하면 예암이라는 자는 나를 존중해 준 것이다.

그런데 그런 그를 두들겨 패서 쫓아 보냈으니…….

하긴 무식한 수적들이 내 자를 알 것이라 생각한 내 실수였다.

결국 찾아가 사과한 후 시 몇 편을 지어주고서야 무마할 수 있었다.

그를 시작으로 하루가 멀다 하고 사람이 찾아오기 시작했다.

이건 예암이라는 자의 음모임이 틀림없었다.

예암의 의미처럼 어진 바위가 아니라 쪼잔한 짱돌임이 틀림없었다.

호연의 의미도 맑은 벼루라는 뜻이지만 같은 돌이라도 벼루와 그냥 짱돌은 큰 차이가 있다.

점점 찾아오는 사람이 늘어나 아무 일도 할 수 없을 지경까지 이르자 결국 나는 수채로 몸을 피할 수밖에 없었다.

"얼마나 남았나?"

"곧 있으면 도착합니다."

한 번 갔던 곳이지만 무호채로 가는 길은 쉽지 않았다.

바로 무호채로 가지 못하고 남직례성의 안경부를 들러 돌아가야만 했다. 전과는 달리 지금은 많은 사람의 주목을 받고 있었다.

며칠 전부터는 멀미까지 하고 있었다.

큰아버지를 대신해 이른바 장강십팔웅의 하나가 된 내가 멀미를 하다니… 남들이 알면 비웃음을 살 일이었다.

내가 배를 처음 타본 것은 아니었다.

내가 태어나고 자란 휘주부에는 장강과는 비교할 수 없지만 큰 강인 신안강이 흐른다.

어릴 때 나는 신안강에서 수영을 하면서 자랐다.

그런 내가 이전에는 하지 않던 멀미를 하는 것은 아무래도 무호를 떠나오기 전에 신경이 날카로워질 대로 날카로워져 있었기 때문일 것이다.

가장 마음에 들지 않는 것은 현재 내 모습이었다.

머리를 풀어헤치고 얼굴 곳곳에 붉은 칠을 한 것은 그렇다고 해도 이마 중앙에 있는 가짜 눈은 뭐란 말인가?

아무리 내 정체를 감춰야 한다지만 이건 좀 아니었다.

"꼭 이렇게까지 해야 하나?"

"사람의 인상은 특징적인 모습 한두 개로 기억된다는 채주님의 말씀을 참고한 모습입니다. 전대 채주님과는 달리 얼굴이 많이 알려져서 머리를 풀어헤친 것만으로는 위험합니다."

정체를 꼭 숨겨야 한다는데 내가 뭐라고 하겠는가?

"정 이 모습이 거북하시면… 그냥 무호현에 남아 계시는 것이……."

"알았네. 그냥 이렇게 있지."

아무래도 찬곤은 무호에서의 골동품점의 주인 행세가 마음에 든 듯했다.

내가 무호에 남아 있을 수 있으면 뭐 하러 수채까지 왔겠는가?

배 위에서 한참을 멍하니 강을 바라보고 있던 내 귀에 무언가 요란한 소리가 들리기 시작했다.

그리고 얼마 후 눈앞에 저 멀리 수백 척의 배가 뒤엉켜 싸우는 모습이 들어왔다.

배들은 모양과 달린 깃발도 달랐지만 나로서는 어디가 어딘지 구분할 수 없었다.

하지만 그중 하나는 바로 무호채의 깃발이었다.

그 모습을 보던 찬곤이 소리쳤다.

"큰일입니다."

"무슨 일인데?"

"남직례성 서부의 수채들이 연합해 무호채를 공격하고 있
는 것 같습니다."

"그런데 왜 저렇게 당하는 것인가?"

"훈련 중에 기습을 당한 것 같습니다."

기습을 당했다는 말에 지금까지 정신을 멍하게 했던 멀미
가 순식간에 사라졌다.

정신을 집중해야 할 일이 생기면 멀미가 사라진다고 하지
만 직접 당해보니 지금까지 고생한 것이 거짓말 같았다.

"이런 바보 같은⋯ 뭐 하나! 당장 내 활을 가져오고 배를 전
속력으로 전진시키게!"

혼전(混戰)이 벌어지는 곳을 바라보았다.

무호채의 배보다 다른 수적들의 배가 좀 더 크고 튼튼해 보
였다.

찬곤이 이전에 경고한 것처럼 무호채의 수적들은 배 위에
서 움직이는 데 적들보다 익숙하지 않아 보였다.

특히 젊은 수적들에게서는 이전에 수채에서 보았던 모습
을 전혀 찾아볼 수가 없었다. 그나마 나이가 든 수적들의 분
전(奮戰)으로 수적인 열세에도 버티고 있었다.

나는 오룡천궁을 들어 무호채를 공격하는 적의 배를 겨냥
했다.

위장하느라 오룡천궁의 겉에 붙인 붉은색 종이가 유난히
눈에 띄었다.

앞으로 머금을 피를 예상한 듯 오룡천궁이 부르르 떨리는 것이 느껴졌다.

도길회를 상대하면서 오룡천궁을 상대한 적은 있지만, 당시에는 사람들의 눈을 생각해 팔이나 다리에 화살을 쏘았을 뿐이다.

하지만 이번에는 그런 사정을 봐줄 여유가 없었다.

거리가 상당히 떨어진 것을 생각해 양척(襄尺)을 사용했다.

쾅!

"와와!"

부하들이 큰 함성을 질렀다.

양척에 맞은 수적이 삼 장이나 떨어진 다른 배까지 날아가는 모습에 사기가 오른 것이다.

어림잡아도 오십 장은 넘어 보이는 거리까지 날아간 화살에 맞은 적이 삼 장이나 날아간 것은 나도 의외였다.

내 공격이 너무나 효과적이었는지 무호채의 배를 공격하던 적의 배 중 일부가 우리를 향해 다가왔다.

나는 재빨리 다음 화살을 집어 들어 이번에는 적들이 탄 배를 겨냥했다.

양척의 위력으로 보았을 때 사람이 아닌 배를 공격하는 것도 가능해 보였기 때문이다.

펑!

펑!

요란한 굉음과 함께 배가 물 위로 날아가 뒤집히는 모습은 내가 한 일임에도 믿기지 않는 광경이었다.

배의 돛이 유난히 높아 중심이 맞지 않아 보이기는 하지만 한 방에 넘어가다니, 어지간히 대충 만들어진 배였다.

모르는 사람이 봤다면 순수한 내 활의 위력이라고 생각할 것이다.

"신궁입니다!"

옆에서 엄지손가락을 들어 보이는 찬곤의 모습도 나와는 상관없는 것처럼 보였다.

거리가 가까워지자 삼련을 주로 사용해 적을 공격했다.

정신없이 얼마나 화살을 날렸을까?

수채에 몇 달 동안 머물며 화살 연습을 하려고 가져온 화살이 다 떨어지는 것도 모를 정도였다.

"채주님, 정신 차리십시오!"

나는 찬곤이 몸을 흔들고서야 겨우 정신을 찾을 수 있었다.

그리고 내 눈앞에 들어온 것은 떠내려가는 시체와 강을 따라 흐르는 피였다.

내가 탄 배에도 적이 올라왔었는지 찬곤의 몸 곳곳에서 피가 흘러내리고 있었다.

그리고 잠시 후 허벅지에서 살이 에이는 듯한 고통이 전해졌다.

제길!

내 허벅지에 큼지막한 화살이 박혀 있었다.

내 몸에 상처가 난 것이 더 중요한 일인 것은 물론이다.

신체발부(身體髮膚)는 부모님께 받은 것이니 소중하게 생각하라는 말이 있지 않은가?

물론 나는 어떤 이처럼 화살이 박힌 눈을 먹을 생각은 전혀 없었다.

생각했던 것보다 남직례성 서부 수채의 습격으로 말미암은 무호채의 피해는 컸다.

무호채는 마치 폭풍이 휩쓸고 간 뒤의 강변 상태와 비슷했다.

모든 것이 뒤엉키고 뒤죽박죽된 그런 모습이었다.

하긴 작지만 전투였다는 것을 생각하면 지금의 상황은 당연하였다.

무호채의 상황을 두 눈으로 보며 내가 지난번에 방문했을 때는 얼마나 정신이 없었는지 알게 되었다.

습격을 받기 전 무호채의 상태는 한마디로 요약할 수 있었다.

무사안일(無事安逸)!

나같이 철저한 사람이 이런 상황을 몰랐다니…….

다른 것이야 그럴 수도 있었지만 내 상처를 치료할 의원이나 약이 모자란다는 것은 이해할 수 없었다.

무호채는 수적만 천 명이 넘은 곳이다. 그런 곳에 의원이 달랑 두 명뿐이라니…….

아무리 나라도 팔이 떨어져 나가거나 죽어가는 사람보다 내 허벅지의 상처를 먼저 치료하라고 할 수는 없었다.

그나마 나이 든 수적들 중에 간단한 상처를 치료할 수 있는 자들이 있었다.

그리고 수채에서 가장 오래된 찬곤도 당연히 그중 한 명이었다.

나는 지난번에 머물렀던 채주의 거처에서 찬곤과 마주하고 있었다.

"잠시 참으십시오. 좀 아프실 수도 있습니다."

찬곤이 날이 선 비수를 손에 들고 이야기했다.

"그 모습으로 그런 말을 하니 좀 그렇군."

찬곤의 상처가 내 눈에 들어왔다. 그곳에는 찬곤이 스스로 치료한 후 바른 금창약이 덕지덕지 칠해져 있었다.

그 어설픈 모습을 보니 좀 아플지도 모르겠다는 그의 말이 귓가에 메아리쳤다.

오랜 수적 생활의 경험으로 상처를 치료해 본 경험은 있겠지만 찬곤은 의원이 아닌 것이다.

차라리 내가 치료하는 것이 낫지 않을까 하는 생각이 들었다.

하지만…….

몇 번 해보려고 했지만 차마 허벅지를 자를 수가 없었다.

너무 소심한 것 아닌가?

이런 것이 나뿐이겠는가?

나는 얼마 전까지는 평범한 유생이었다.

평범(平凡)은 아닌가?

평범과 나는 거리가 먼 말이었다.

"걱정하지 마십시오. 이래 봬도 한때는 제 손으로 살린 사람만 수십 명이었습니다. 그럼 시작합니다."

말과 함께 불에 달군 비수가 허벅지를 향해 다가왔다.

지지직……

"헉!"

살이 타는 노린내와 함께 허벅지가 떨어져 나가는 듯한 고통이 밀려왔다.

톡!

잠시 후 허벅지에서 화살촉이 떨어져 내렸다.

찬곤은 상처에 금창약을 바르고는 화살촉을 집어 들었다.

"상처를 천 같은 것으로 감싸지도 않나?"

찬곤은 여전히 화살촉에 시선을 둔 채 대답했다.

"바람이 통하지 않으면 상처가 쉽게 낫지 않습니다. 아주 심한 상처라면 모르지만 그 정도는 그냥 놔두는 것이 낫습니다."

"흠……"

상처를 입은 것이 처음인 나로서는 뭐라 할 말이 없었다.

나는 눈을 찬곤이 들고 있는 화살촉으로 향했다.

지금으로부터 십 년하고도 백오 일 전 멍이 든 후 처음 당하는 고통이었다. 그때는 내 천재성을 질투하던 동네 아이들에게 맞아 생긴 멍이었다.

그중에 지금 인간처럼 사는 놈은 하나도 없다.

모두 인간 폐인이 되었다. 물론 그 일과는 나는 아무런 관련이 없다.

정말이다…….

아주 조금은 관련이 있을지도…….

한두 명은 내가 직접 나서 족집게 과외를 해주었다.

내 생각대로 그들은 일 년에 한 번 있는 평가 시험에 내가 알려준 문제가 나오자 내가 알려준 답을 그대로 외워 답안을 작성해 제출했다.

그 결과 관학에서 성적 불량이나 유생으로서 심성이 불안정하다는 이유로 퇴학당했다.

그들이 도중에 퇴학당한 것은 한 번 관학에 입학하면 죽기 전에는 유지하는 생원 신분을 잃고 평생 출세할 기회를 잃는다는 것을 의미했다.

그들은 나를 원망했지만 그게 왜 내 탓이라는 말인가?

그게 그들의 운명인 것을…….

화살촉을 살펴보던 찬곤이 조심스럽게 말했다.

"아무래도 이번 기습에 호구채(湖口寨)가 관련된 것 같습니다."

"호구채?"

"인접한 강서성(江西省) 동쪽에 있는 수채입니다. 무호채와 마찬가지로 장강십팔채 중 하나입니다. 이걸 보십시오."

찬곤은 화살촉에 쓰인 고(孤)라는 글자를 가리키며 말했다.

"이건 소고산(小孤山) 채주인 고독시(孤獨矢)의 독문 표기입니다. 고독시는 호구채주의 심복 중 하나입니다."

"장강십팔채 사이에는 서로의 영역을 침범하지 않는다는 협정을 맺었다고 하지 않았나?"

"그렇기는 합니다만… 그건 전대 채주님이 살아 계실 때 맺은 협정이라서……."

내가 주의를 줬음에도 전대 채주였던 큰아버지가 죽은 것이 밖으로 알려졌고, 그 사실이 알려지자 행동에 나섰다는 말이다.

수적으로 이름을 날릴 생각은 없지만 기분 나쁜 일이었다.

이런 내 기분을 이해한 듯 찬곤이 말을 이었다.

"오늘의 신위로 강호 전체에 채주님의 명성이 알려질 것입니다."

"난 아부하는 사람은 싫어하네."

"아부가 아니라……."

"오늘 일로 내 명성이 알려지는 것이야 당연하겠지만, 무뢰배들 사이에 알려져 봐야 뭐 하겠나? 돈이 생기는 것도 아닌데……. 당연한 말은 그만하고 하던 말이나 계속하게."

내 말에 왠지 찬곤이 질렸다는 표정을 지었다. 그는 잠시 고개를 젓더니 계속 말을 이어나갔다.

"호구채주는 전부터 남직례성을 노리고 있었습니다. 전에 말씀드린 것처럼 남직례성에 있는 장강십팔채는 무호채뿐입니다."

남직례성이라고는 하지만 실제로는 남직례성 서부의 장강 유역을 말하는 것이었다.

남경부터 장강이 강과 만나는 곳까지는 수군의 힘이 어느 곳보다 강하다. 아무리 장강십팔채라고 해도 남경부터는 존재하기 힘들었다.

한마디로 무호채를 무너뜨리면 남직례성 전체를 장악하는 것이나 다름없다는 말이다.

"전부터 남직례성을 노렸다면 오늘 습격했던 수채들을 이미 전부터 장악하고 있었을지도 모르겠군."

"예? 하지만… 전대 채주님이 돌아가신 것이 얼마 되지 않았는데……."

"내가 봤을 때는 호구채가 남직례성 서쪽에서 영업했다고 하더라도 몰랐을 것이네."

"그거야 그렇지만……."

찬곤도 뭐라고 반박하지 못했다.

"자네는 외당주에게 내가 찾는다고 전하게."

"예!"

오늘 일은 외당주 묘해조에게 가장 큰 책임이 있었다.

얼마 전 무호채가 싸우는 모습으로 봤을 때 가기 전 지시했던 수상 훈련을 제대로 하지 않은 것이 분명했다.

더구나 훈련을 하면서도 주변 경계를 하지 않았으니 그 책임은 더욱 컸다.

밖으로 나가려던 찬곤이 잠시 걸음을 멈추었다.

"너무 심하게는 하지 마십시오. 무호채에 남아 있는 몇 안 되는 뼛속까지 수적인 아이입니다."

지금은 찬곤이 최고 간부 중 하나여서 둘이 됐지만 이전까지 묘해조는 최고 간부 중 유일한 무호채 출신이었다.

조파진이나 보공석은 큰아버지가 외부에서 영입한 사람이었다.

나는 찬곤을 노려보며 말했다.

"같은 무호채 토박이라고 변명하는 것인가?"

"아닙니다."

얼마 후 찬곤은 묘해조와 함께 들어왔다.

묘해조는 상처를 치료하지 않아 옷에 피가 뒤엉겨 있었다.

찬곤이 고개를 숙이며 말했다.

"외당주께서는 지금까지 부상자들을 돌보고 기습으로 생긴 피해 복구를 하고 있으셨습니다."

"알았네. 자네는 나가보게."

찬곤을 내보내고 나는 묘해조를 바라보았다.

그는 내가 무호채를 떠나기 전 보았던 자신감 넘치던 모습이 아니었다.

내 생각 같아서는 오늘 당한 무호채의 피해와 내가 입은 상처에 대한 책임을 물어 목이라도 베고 싶었다.

아니, 목은 베지 않더라도 사람들이 모인 자리에서 혹독한 문책을 통해 나의 권위를 확실히 세워 수채를 장악하고 싶은 유혹이 생기기도 했다.

하지만 내가 수적 일을 영원히 할 것도 아닌 다음에야 그런 방법을 쓸 수는 없었다.

"자네 잘못을 알겠는가?"

"죄송합니다. 죽지 않아도 될 부하들이……"

묘해조가 고개를 숙였다. 그는 오늘 죽은 부하들을 생각하는 듯했다.

"오늘 일은 전부 제 실수입니다. 평소 순찰각이 방만하게 일을 하는 것을 꾸짖지 못했습니다. 그래서 기습을 당할 때까지 전혀 알지 못했습니다."

"그밖에는? 내가 알기에는 보공석 전 형당주가 자네에게 성 서쪽의 수채들이 수상하다는 정보를 전한 것으로 알고 있는데?"

"서쪽의 수채 각각이 무호채에 비해 약하다는 생각으로 그들이 하나로 합쳐 공격할 것이라는 예상하지 못했습니다. 저를 죽여주십시오. 부하들은 아무 잘못이 없습니다."

묘해조는 약간 과장된 큰 몸짓으로 고개를 숙이며 말했다.

아마 그는 설마 내가 자신을 죽이지는 않으리라 생각하는 것이 틀림없었다.

실제 그의 아들들이 외당의 주요 자리에 있어 그를 제거하기는 쉽지 않은 일이었다.

"자네가 그렇게 말하면 내가 감동해 살려줄 것으로 생각하는 것 아닌가?"

내 말에 묘해조의 몸이 잠시 멈칫했다.

"자네 말대로 모든 책임이 관리를 잘못한 자네에게 있다면 자네에게 그 책임을 맡긴 내게도 책임이 있다는 말이 아닌가? 자네가 하고 싶은 말이 그것인가?"

고개를 들었던 묘해조가 다시 고개를 숙이며 말했다.

"그건… 아닙니다."

"됐네. 선전자(善戰者)는 구지어세(求之於勢)하고 불책어인(不責於人)이라고 했네."

"예?"

묘해조가 고개를 들어 무슨 말인지 모르겠다는 뜻을 분명히 전했다.

어느 정도 학문을 익힌 다른 간부들과는 달리 묘해조는 말 그대로 전형적인 수적, 그 자체였다.

보공석 같은 자가 유생에 버금가는 학문을 가진 것에 비해 묘해조는 자기 이름도 겨우 읽는 까막눈이었다.

"'전쟁을 잘하는 사람은 승리를 형세에서 찾고 사람 개개인에게 책임을 묻지 않는다' 라는 말이네."

"아······."

"오늘의 일은 자네 개인의 책임이라기보다는 지금까지 오랫동안 무호채에 생긴 방심이 원인이네. 하지만 오늘 이후 같은 일이 또 한 번 생긴다면 그때는 책임을 면하지 못할 것이네. 그때는 자네는 물론 자네 아들들까지 모두 목을 벨 것이네."

용서한다는 내 말에 묘해조가 고개를 숙였다.

"감사합니다."

"뭐··· 따지고 보면 자네보다는 전대 채주셨던 아버님과 내 책임이 더 크겠지."

"무슨 말씀이신지요?"

"장강십팔채 중 하나인 무호채를 무술을 익히는 무학사처럼 만들어놓으신 것은 전대 채주님의 실수이네. 무엇을 하든지 강남에서 살아가는 남자라면 장강을 떠나서는 살 수가 없네. 그런데 오늘 자네들 모습은 마치 강북에서 내려온 촌놈들이나 마찬가지였네."

"······."

묘해조는 큰아버지를 비판하는 말에도 뭐라 말하지 못했다. 내 말에 찬성할 수도, 반대할 수도 없다.

"하지만 정말 큰 잘못을 저지른 것은 바로 나네."

내가 가장 큰 잘못을 저질렀다고 말하자 묘해조는 어리둥절한 표정을 지르며 물었다.

"채주님이 무슨 잘못을?"

"꼭 알고 싶은가?"

묘해조가 고개를 저으며 말했다.

아랫사람으로서 윗사람의 잘못을 직접 듣는 것은 목숨을 내놓아야 하는 행동이라는 사실을 묘해조는 본능적으로 깨달은 것이다.

"아닙니다."

"그럼 나가보게."

묘해조가 나간 후 나는 한동안 의자에 턱을 괴고 앉아 있었다.

내가 가장 큰 잘못을 했다고 묘해조에게 한 말은 진심이었다.

지금 생각하니 나는 지금까지 보공석이나 조파진, 묘해조를 너무 과대평가하고 있었다.

황도로 가려다가 갑자기 끌려와 수채의 채주가 된 후 한동안 모든 것이 두려웠다.

내가 아무리 천재라도 저들의 주먹 한 번에 목숨을 잃을 수도 있다는 생각을 하고 있었던 것이다.

그렇다 보니 본능적으로 움츠러들어 주변 사람들을 과대평가하고 있었던 것이다.

하지만 시간이 지나고 보니 이들도 자신이 지금까지 봤던 자들과 별다를 바가 없었다.

천재인 자신과는 비교할 수 없는 보통 사람이었다.

나는 묘해조에게 수상 훈련을 명령할 때부터 이번과 같은 기습이 있을 것을 예상했다.

십여 년이 넘는 시간 동안 활동을 거의 하지 않던 무호채가 훈련을 하면 사람들이 불안해지는 것은 당연했다.

아무리 장강십팔채라고 해도 십 년은 긴 시간이었다.

나 같은 천재도 어릴 때 신동이라는 소리를 들은 후 명성을 유지하려고 많은 일을 하고 있었다.

무호에 있을 때 나를 찾아왔던 한낱 유생들 사이의 명성은 나 같은 사람에게 별로 중요하지 않았다.

황도의 관직에 있는 사람들 사이의 명성이 중요했다.

그 명성을 유지하려고 황도에 관직을 가진 학자들과 정기적으로 서신을 주고받고 있었다.

특히 내가 명성이 높다고 해도 지금처럼 지방에서 이렇게 시간을 보내면 곧 잊혀진 존재가 된다.

나 정도는 아니지만 몇 년에 한 번씩 어느 성에 천재가 나타났다는 이야기는 흔한 것이었다.

내가 그런 반짝 명성을 얻은 천재와 다른 것은 그동안 꾸준히 시를 발표하거나 정책을 담은 상소문을 올렸기 때문이다.

특히 나는 최근 젊은 유생들 사이에 인기를 얻고 있는 문학복고운동의 주요 제창자 중 한 명이었다.

문학복고운동이란 이른바 문장은 진, 한을 본받고 시는 당을 본받아야 한다는 것이다.

나는 학연이나 인연이 있는 젊은 관리들과 유생들에게 정기적으로 편지를 보내 이런 활동을 하고 있었다.

하나하나에게 편지를 받고 그들의 시를 평가해 답장하는 일은 귀찮은 일이었다. 그렇지만 명성을 유지하고 다른 천재라고 알려진 사람보다 낫다는 것을 보여주려고 택한 방법이었다.

나 같은 천재도 이런 노력을 기울이는데…….

장강에서 활동을 전혀 하지 않던 무호채의 명성 같은 것은 아무것도 아니었다.

내가 보기에 그 명성의 대부분은 장강십팔웅의 하나로 중요한 활동을 한 큰아버지 덕이었다.

무호채가 전혀 외부 활동을 하지 않는 대신 큰아버지는 장강을 이끄는 평의회를 사실상 이끌고 있었다.

어느 사이엔가 무호채의 명성이 큰아버지의 명성과 같이 인식되는 것도 이상한 일은 아닐 것이다.

상인들에게 걷는 보호비를 제외하고 무호채가 차지했던 이권의 대부분은 다른 자들이 장악하고 있을 것이다.

이름이 전혀 알려지지 않은 내가 채주가 된 것이 외부로 알려지고 수상 훈련을 한다면 불안해하고 공격을 받는 것은 당연했다.

혹시 공격을 주저할지도 모른다는 생각에 거상들에게 개별 협상이라는 협박까지 동원했다.

모두 남직례성 수로의 패권을 차지하기 위해서였다.

상식적으로 지금까지 땅에서만 훈련한 무호채를 언제 정

상화시켜 수채를 하나하나 통일하겠는가?

적군을 기다리면서 싸우는 자는 편하다는 말처럼 적들이 무호채까지 오게 하기 위한 계책이었다.

나는 이런 내 생각을 묘해조나 다른 사람들이 알고 있을 것으로 생각했다.

과거를 준비하면서 곁에 있었던 보통 사람들도 그 정도 머리는 있는 자들이었기에 나름대로 똑똑한 수적이라면 굳이 말하지 않아도 알고 있으리라 생각한 것이다.

내 착각이었다.

생각해 보면 지금까지 자신의 곁에 있었던 보통 사람들은 따지고 보면 나름대로는 남직례성 전체에서 모인 수재들이었다.

수적은 수적이었다.

그들이 성 전체에서, 그것도 다른 성보다 우수하다는 남직례성의 수재들보다 머리가 좋을 리가 있겠는가?

수채라는 생소한 환경과 그들에 대한 두려움에서 나온 착각이었다.

나는 바보들을 상대할 때 썼던 삼령오신(三令五申), 즉 세 번 명령하고 다섯 번 설명하는 방식을 사용해야 한다는 것을 깨달았다.

내가 상처를 입은 날 나는 천재는 세상을 살아가는 데 힘들다는 것을 다시 깨달았다.

第十二章 선도미후지미 (先掉尾後知味)

개가 음식을 먹기 위해서는 먼저 꼬리를 흔들어야 하듯이
무엇이든 먼저 계획한 다음에야 그것을 얻을 수 있다

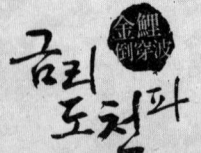

무호채에 돌아온 날부터 나는 며칠 동안 낮에는 부상자 치료를 도왔다.

그렇지만 무작정 단순한 일이나 하는 것은 내 성격이나 능력에 맞지 않았다.

나 같은 천재가 붕대나 갈아주는 것은 시간 낭비가 아닌가? 나는 상처를 치료하던 의원에게서 의서 몇 권을 가져와 읽었다.

다음날 오전에는 어설프게나마 침도 놓을 수 있었다.

침을 맞은 부상자 중 몇 명이 갑자기 눈을 뒤집으며 정신을 잃기는 했지만……

그거야 그들의 명운이 그것밖에 안 되는 것뿐이었다.

그렇지 않다면 이 천재가 놓은 침을 맞고 죽는다는 것이 말이 되는가?

살 운명이라면 깨어날 것이고, 죽을 운명이면 깨어나지 못할 것이다.

의학 발전을 위해 기꺼이 목숨을 바친 수적들에게 잠시 묵념.

사실 나도 침까지 놓을 생각은 전혀 없었다.

하지만 상처를 입고 쓰러진 수적들을 본 순간 전국시대의 명장 오기의 고사가 떠올랐다.

오기는 어느 날 입으로 병사의 고름을 빨아서 치료해 주었다. 그러자 그 소식을 들은 병사의 어머니는 통곡하였다.

이웃 사람이 이상한 생각이 들어 이유를 물어보았다.

"일개 병사인 당신 아들을 장군이 입으로 종기를 빨아주었으니 영광된 일이 아닙니까? 그런데 그런 소식에 우는 이유가 무엇이요?"

병사의 어머니는 울면서 대답하였다.

"작년에 장군께서 그 아이 아버지의 종기에 난 상처를 빨아 치료해 주신 적이 있습니다. 감격한 아이의 아버지는 싸움터에 나가 물러서지 않고 용감히 싸우다가 죽고 말았습니다. 그런데 이제 장군께서 아들의 상처를 치료해 주셨으니 아버지처럼 죽을지도 모른다는 생각에서 우는 것입니다."

오기에 대한 이런 이야기가 사실이라고 나는 생각하지 않는다.

오기가 전투를 벌일 때 병사들과 같이 먹고 자고 한 것은 여러 기록에 쓰여 있는 것을 보아 사실이었다.

나는 오기처럼 병사들과 같이 먹고 입고 자며 고생할 생각은 없었다.

하지만 상처를 입었을 때 피투성이가 되어가며 직접 치료하는 것은 부하들의 인심을 얻기에 좋은 수단이었다.

실제 내가 상처를 치료할 때마다 무호채의 수적들은 황송하다는 표정을 지었다.

"채주님께서 직접 치료해 주시다니… 감사합니다."

나는 최대한 부드러운 표정으로 말했다.

"아니네. 어서 건강해지게."

내가 치료한 환자 주변에 있는 부하들이 존경스러운 눈으로 나를 바라보고 있었다.

오기의 성격을 생각했을 때 그가 부하들의 상처를 치료한 것이 사실이라도 나처럼 부하들의 충성심을 얻기 위한 의도적인 행동일 것이다.

오기가 누구인가?

아버지 장례식에 참석하지 않았다가 스승에게 버림받고, 적국 출신의 아내를 버려 지휘관이 되고, 나라를 바꿔가며 출세에 매달렸던 인물이다.

나중에는 죽으면서까지 자신을 공격한 귀족들에게 복수한 인물이다.

오기는 그가 마지막 머물렀던 초에서 강력한 개혁 정책을 시행해 초를 부흥시키는 데는 성공했다. 하지만 그를 국상에 임명했던 초의 도왕이 급사하자 그에게 원한을 품은 귀족들이 폭동을 일으켰다.

오기는 죽기 전 왕의 시신이 있는 곳 곁에서 귀족들의 집중 사격을 받고 죽었다. 화살이 왕의 시신에 꽂힌 것을 이유로 새로 즉위한 태자는 폭동에 가담했던 귀족 가문 칠십여 곳을 멸족시켰다.

한마디로 명예를 탐하고 목적을 위해서는 수단과 방법을 가리지 않았을 뿐 아니라 원한을 잊지 않았던 인물이다.

그런 사람이 병사를 진심으로 생각해 직접 상처를 치료했다고 생각하기는 어려웠다.

이렇게 말하고 보니 오기는 나랑 많이 비슷한 인물이 아닌가. 아니, 내가 오기를 닮은 것인가?

어쨌든 그나 나 같은 인물은 자신 외에는 어떻게 되어도 신경 쓰지 않는 사람들이다.

다만 어떤 행동을 해야 부하들의 인심을 얻을 수 있는지를 알 정도의 지혜를 가지고 있을 뿐이다.

치료를 하고 돌아온 나를 기다리는 것은 무호채 조직을 새로 나누는 작업이었다.

정식으로 무호채를 나눌 것인가에 대해서는 다른 생각이 있었지만 지금은 그 계획을 실행할 단계가 아니었다.

지금 조직을 새로이 나누는 것은 이번에 인명 피해가 컸기 때문이다.

이번 기습에 죽은 사람만 오십여 명, 다친 사람을 합치면 이백여 명이 넘었다.

내당과 형당을 제외한 외당 인원이 육백 명 정도라는 것을 생각하면 삼분의 일이 넘는 큰 피해였다.

"휴! 이제야 다했군."

이틀이나 조직 재편에 매달리고서야 겨우 끝낼 수 있었다.

옆에서 지켜보던 찬곤이 말했다.

"수고하셨습니다."

"자네가 수고했지. 자네가 아니었다면 이렇게 빨리 끝마치지 못했을 것이네."

그는 내 작업 내내 곁에서 무호채의 사람 하나하나에 대해 알려주었다. 찬곤의 얼굴에도 피로한 기색이 가득했다.

생각해 보면 무호채에 대해 자세히 알고 있는 찬곤을 만난 것은 행운이었다. 아무리 내가 날고 기는 천재라고 해도 아무런 정보가 없는 상태에서는 눈뜬장님이나 마찬가지였다.

"이번에 죽은 사람들에게는 안된 일이지만 이번 일이 좋은 점도 있군. 그렇지 않았다면 조직을 재편하는 일은 나중에야 할 수 있었을 텐데 말이야."

찬곤이 고개를 끄덕였다.

조직을 재편하는 일은 기존의 조직을 장악하고 있는 사람들에게서 많은 반대를 불러오는 일이었다.

이번 일로 무호채의 많은 사람이 변화의 필요성을 느끼고 있었기 때문에 실행할 수 있는 일이었다.

"그렇기는 하지요. 하지만 요즘 외당주가 풀이 죽어 있습니다. 나중에 불러 이야기를 나누십시오."

외당주는 얼마 전까지 까마득한 하급자였던 찬곤을 전혀 자신과 같은 간부로 인정하지 않고 있었다.

하지만 찬곤은 외당주를 마치 동생처럼 아끼고 신경 쓰고 있었다. 약간 이상한 생각이 들었지만 내가 신경 쓸 일은 그것 말고도 많았다.

"알았네. 하지만 앞으로도 갈 길이 머네."

변화의 필요성을 느끼는 것이나 내일 발표할 조직 개편 작업은 시작일 뿐이었다.

무호채를 내 마음대로 바꾸는 것이 성공하려면 무호채의 사람들에게 꿈을 심어주고 확고한 계획을 세워야 한다.

그다음에도 외당주나 그 외 외당의 주요 간부들과의 대화를 통해 세부 계획을 세우는 작업이 남아 있었다.

그리고 그런 계획을 실천에 옮길 확고한 기반을 마련하는 것이 끝나고서야 무호채 개혁 작업을 하는 것이 가능한 것이다.

"문제는 외당이 순순히 전대 채주님이 만드신 것들을 바꾸지 않을 것이라는 점입니다."

"음……."

그랬다.

내가 생각했던 것처럼 실제로 무호채를 바꾸려면 지난 십 년이 넘는 동안 현재의 무호채가 했던 방식을 거의 다 바꿔야 한다는 점이었다.

여기서 가장 큰 문제는 현재의 무호채를 만든 것이 바로 전대 채주인 큰아버지라는 점이었다.

묘해조를 비롯한 외당의 사람들은 내당에 힘이 실리는 과거의 무호채에 불만을 느끼고는 있었다.

하지만 그보다는 큰아버지에 대한 존경심과 큰아버지의 정책이 가진 장점에 익숙해진 상태였다.

무엇보다 지금까지 무호채의 정책이 좋은 것은 목숨을 잃을 염려가 거의 없다는 것이었다.

더욱이 큰아버지는 무호채 수적들이 고향에 남겨둔 가족들까지 돌보고 있었다.

나를 양자로 받아들이고 내 이름으로 남직례성 곳곳에 막대한 농지를 사서 수적들의 가족을 정착시킨 것이다.

거인인 내가 주인인 농지에서는 부역이 면제된다는 것을 이용한 것이다. 농민들이 지는 부담 중 가장 큰 것이 부역이라는 것을 생각하면 엄청난 혜택이었다.

자신의 가족들까지 생각했던 큰아버지를 수적들이 존경하는 것은 당연했다.

아무리 내가 양자라도 큰아버지의 방식을 바꾸는 것에는 반대가 많을 것이다.

"그래도 어쩔 수가 없네. 무호채는 큰아버지의 방식으로는 자연스럽게 시간이 가면서 재정이 바닥나고 유지될 수가 없네."

"채주님의 말씀대로라면 그렇겠지요."

찬곤이 고개를 끄덕였다.

큰아버지는 상인들과의 협상으로 보호비를 받고 한편으로 대규모 농지에 가족들을 정착시키면서 힘을 키우고 있었다.

큰아버지의 계획은 이상적이지만 실현되기는 불가능한 것이었다.

위험이 없는 상황에서 상인들이 언제까지 보호비를 낼 거라 기대하기는 어려웠다. 실제 몇 년 동안 무호채가 쓰는 돈은 늘어난 것에 비해 보호비는 거의 늘어나지 않았다.

더구나 무호채에 남아 있던 돈을 거의 쓰고 마련한 토지에서 나오는 돈은 거의 없다고 해도 틀린 말이 아니었다.

다른 지주들처럼 수적들의 가족에게 소작료를 걷기도 불가능했다.

더구나 장강에서의 활동이 줄어들면서 강에서 무호채의 힘이 줄어든 결과가 며칠 전 서부 수채의 공격이었다.

내 생각에는 큰아버지가 살아 있었다고 해도 몇 년 버티기 어려운 상태였다.

무호채가 아무런 문제가 없었다면 내가 뭐 하러 수채의 채주를 하고 있겠는가?

며칠 전 일은 무호채가 내가 생각했던 것보다 더 약하다는 사실을 알려주었다.

무호에서 돈을 버는 일보다 무호채를 강하게 하는 것이 발등에 떨어진 불이었다.

조직 개편안을 발표한 후 나는 무호채에 남아 있는 주요 간부들을 일대일로 만나 설득하기 시작했다.

이런 와중에 강호에 삼목사교(三目射鮫)라는 명성이 퍼지고 있다는 것을 알게 되었다.

이왕 별호라면 장강궁왕(長江弓王)이나 장강궁신(長江弓神), 혹은 삼목궁왕(三目弓王)이라는 멋있는 것들도 있건만…….

왕이나 신이 아니라 한낱 미물인 상어[鮫]라니……. 상어가 뭔 활[射]을 쏜다는 말인가?

그럼 신이 화살을 쏘느냐고 물으면 나는 할 말이 있다.

하늘에 있는 해 여덟 개를 떨어뜨렸다는 예라는 신이 있지 않은가?

그런 것은 모른다고?

어쨌든 이래저래 마음에 들지 않는 강호인으로서의 시작

은 내가 알지 못하는 곳에서 이루어지고 있을지도 모른다는
생각을 한다면 내 착각일까?

　요즘 내 일과는 말 그대로 쳇바퀴 안에 있는 다람쥐와 다를
바가 없이 일정했다.

　"휴!"

　내려치기 오백 번을 마치자 도를 쥔 손에서 경련이 일어났
다. 하지만 옆에서 지켜보던 찬곤은 내가 쉴 여유를 주지 않
았다.

　"태산압정(泰山壓頂) 오백 번을 마치셨으면 이제 횡소천군(橫
掃千軍) 오백 번을 하실 차례입니다. 시작하십시오."

　순간 울컥하는 기분이 들었다.

　하지만 나는 어느 사이 도를 들어 비스듬히 내려치고 있었
다.

　오랜 세월 유학을 공부하면서 몸에 밴, 스승을 하늘과 같이
생각하라는 고정관념(固定觀念)에 따라 몸이 저절로 움직인
것이다.

　새벽부터 나는 무호채 가장 안쪽에 마련된 채주 전용 연무
장에서 무공 훈련을 하고 있었다.

　그리고 찬곤은 이 시간만은 내 무공 스승이었다.

　내가 찬곤을 진심으로 무공 스승으로 생각하는 것은 아니
었다. 그리고 그것은 과거에 나에게 스승이라 불렸던 서원이
나 관학의 교사들도 마찬가지였다.

관직에서 나가지 못했거나 관직에 나갔더라도 적응하지 못하고 지방까지 내려와 가르치는 사람들이 내 스승이 될 자격이 있을 리 없었다.

내가 그들을 스승이라고 부른 것은 지금 하고 있는 무공의 거창한 초식명이나 마찬가지이다.

태산압정은 태산과 같은 기세로 정수리를 내려친다는 거창한 이름과는 달리 그냥 상대의 머리를 박살 낸다는 기분으로 도를 내려치는 것뿐이었다.

횡소천군이라는 것도 마찬가지였다.

천 명이 넘는 군사를 한 번에 옆으로 쓸어버린다는 이름과는 달리 그냥 도를 옆으로 쓸어 치는 것뿐이었다.

그렇지만 이런 내 생각을 그대로 드러냈다가는 유생 사이에서 매장당하는 것은 순식간이었다. 그건 보통 사람들이 나름대로 자신들의 기득권을 유지하는 방법이었다.

생각을 숨기는 것이 오래되다 보니 몸이 저절로 반응하고 있었다.

내가 다른 생각을 하고 있는 것을 눈치 챈 찬곤이 옆에서 소리쳤다. 찬곤은 내가 다른 생각을 하면 어떻게 알아냈는지 주의를 주었다.

"무공을 익히실 때는 무공에만 전념하십시오. 다른 잡생각을 하시면 효과가 없습니다."

내가 부하들도 잠든 새벽 시간에 남들 몰래 무공 연습을 하는 것은 별다른 이유가 아니었다.

채주인 이상 어떻게든 무공을 흉내라도 내야 하기 때문이다.

며칠 전 활을 쏘는 것을 본 무호채의 사람들이 나를 일류나 절정고수쯤으로 착각하고 있었기 때문이다.

무공의 기초라는 삼재검도 익히지 못한 나로서는 어이없는 일이었다. 하지만 나쁜 일은 아니었다.

무공 훈련에 많은 시간을 보내서 그런지 무호채의 수적들도 자신들이 수적이라기보다는 강호인이라 생각하고 있었다.

부하들이 나를 바라보는 눈이 존경심에 가득 차 있었다. 그 앞에서 나는 어릴 때부터 익힌 궁술을 빼면 다른 무공은 잘 모른다고 이야기할 필요는 없었다.

부하들에게 흉내라도 내야 하는 상황이었다.

처음 나에게 무공을 가르친 것은 무호채에 남아 있는 사람 중 가장 고수인 외당주 묘해조였다.

하지만 그의 방식은 내가 전에 익히다 포기한 방법과 다를 바가 없었다.

그가 가르친 도법도 육합단도보다는 나았지만 초식 사이의 연결이 이해가 가지 않는 것은 마찬가지였다.

그 외에도 무호채에 있는 자 중 고수라는 사람 몇이 왔다 갔지만 마음에 드는 사람은 없었다.

그리고 마지막이 바로 찬곤이었다.

찬곤은 앞선 사람들과는 무공에 대해 다른 생각을 하고 있었다.

초식 전체를 한번에 익히는 것보다는 초식 하나하나에 숙달하는 것이 실전에서 더 낫다는 것이었다.

실전에서 나은지 어떤지는 모르겠지만 몇몇 초식을 골라 그것만 연습하라는 찬곤의 방식은 마음에 들었다.

다만 그 반복이라는 것이 오백 번이 넘어갈 줄은 몰랐지만 말이다.

찬곤과의 무공 훈련, 실제로는 나 혼자서 하는 도법 훈련이 끝나고 녹초가 된 나를 기다리고 있는 것은 궁술 훈련이었다.

도법은 사실 별다른 실력 향상이 없었다. 하지만 궁술은 단기간에 뛰어난 실력을 갖추게 되었을 뿐 아니라 실전에서도 그 효과가 증명되었다.

다른 사람들과 마찬가지로 천재인 나도 내가 잘하는 것은 재미있지만 못하는 것은 재미가 없는 것은 마찬가지였다.

다만 내 경우는 다른 사람보다 못하는 것이 거의 없어 이런 느낌이 익숙하지 않다는 것이 차이일까?

"명중이요!"

"와!"

내가 이백 보도 넘게 떨어져 있는 과녁을 명중할 때마다 함성 소리가 들린다.

자식들, 보는 눈은 있어서…….

소리를 치는 것은 무호채의 수적들, 아니, 내 부하들이었다.

궁술 연습은 무호채의 오랜 일과 중 하나인 아침 무공 훈련 시간과 같았다.

한마디로 옆에서 부하들이 도법을 연습하는 동안 나는 옆에서 활을 쏘는 것이었다.

기습으로 떨어진 부하들의 사기도 높이고 내 존재를 확실히 하는 두 가지 효과를 위한 조치였다.

익숙한 소리지만 나를 칭송하는 소리는 언제 들어도 기분이 좋았다.

불만인 것은 수채 내에서도 위장한 상태로 있어야 한다는 것 정도였다.

물론 이런 연극은 앞으로 열흘 정도만 하고 그만둘 생각이었다.

부하들 훈련에 방해가 될 뿐 아니라 그 이상 하면 약발이 떨어지기 때문이다.

궁술 연습이 끝나면 기다리는 것은 아침 식사 후 무호채 간부들과의 일대일 면담이었다.

특히 얼마 전 발표한 조직 개편으로 이전에 다섯 개의 각으로 나뉘었던 외당이 서른 개가 넘는 작은 조로 나뉘었다.

각 조의 인원은 다섯 명에서 서른 명까지 다양했다.

하지만 원칙적으로 몇몇 예외를 제외하고는 각 조의 위치는 같았다. 결국 만나야 할 간부의 수가 많이 늘어났다.

각기 다른 일을 하는 조직이 삼십 개나 되다 보니 내가 처리해야 할 일도 많이 늘어났다.

원래는 외당주인 묘해조가 관리해야 하지만 그의 머리로 갑자기 이런 일을 처리하는 것은 불가능했다.

예를 들면, 과거 조선각의 대목이었던 탁이(卓爾)가 맡은 조가 하는 일은 새로운 전선의 개발이다.

"얼마나 있어야 저들보다 나은 배를 개발할 수 있는 것인가?"

며칠 전 있었던 습격에서 서부수채연합이 사용했던 전선은 무호채의 전선보다 더 빠른 속도를 가지고 있었다.

무호채가 육지에 머물러 있는 사이 다른 수채의 전선은 빠르게 발전하고 있었던 것이다.

"현재 부하들이 적의 배를 분석하는 중입니다. 며칠 안에 적들과 비슷한 속도를 낼 수 있는 배를 보여 드리겠습니다."

"비슷한 것은 부족하네. 최소한 일 할은 저들보다 빠른 배를 만드는 데 열흘 주겠네."

화물을 실어 나르는 상선이라면 모르지만 수적들의 배에서 가장 중요한 것은 빠른 속도였다.

"너무 촉박합니다. 지금으로서는 저들과 같은 속도를 내는 것도……"

"됐네! 평소 자네는 지원만 충분하다면 최고의 배를 만들 수 있다고 장담했다고 들었네. 같은 성능의 배라면 적의 배를 훔쳐 오지 뭐 하러 자네에게 새로운 배를 만들라고 지시하겠나!"

내 호통에 탁이는 곤혹스러운 표정을 지었다.

최근의 상황에 만족하고 있을 그로서는 내 명령을 따르지 못한다고 말하는 것은 힘든 것이었다.

각주 직이 사라지고 조장이 된 탁이였다. 하지만 전에는 이름만 각주일 뿐 실권이 없었지만, 지금은 전보다 훨씬 많은 예산과 조에 대한 전권을 가지고 있었다.

"열흘 안에 새로운 배를 개발하는 것은 불가능합니다. 배를 만드는 기술자가 모자랍니다. 더구나 저들이 배를 만든 것과 같은 나무를 구할 시간도 필요합니다."

"삼 일 안에 기술자와 배에 쓸 목재를 구해주겠네. 그럼 가능하겠나?"

"최선을 다하겠습니다."

여전히 마음에 들지 않는 대답이었다.

쾅!

나는 손을 뻗어 탁이의 왼손을 책상 위에 강제로 올려놓았다.

그리고 오른손으로 옆에 있던 검을 들어 책상 위에 박았다. 그리고 탁이의 왼손을 검날 바로 옆으로 가져다 대었다.

탁이는 왼손이 책상에 박힌 검날에 베일 정도로 가까워지 자 바동거리며 급히 소리쳤다.

"반드시 완성하겠습니다!"

"해보겠다거나 온 힘을 다했다거나 하는 말은 필요없네. 열심히 했다고 해도 실패한다면 용서를 하는 것은 이 세상에 서 자네 부모님뿐이네. 자네는 분명히 내게 지원이 충분하다 면 완성할 수 있다고 장담했네. 과거 조선각의 기술자 중에 자네에게 불만이 많은 자가 많다는 것을 명심하게. 필요한 것 은 결과이네."

과거 조선각의 기술자 중에는 조선각이 유명무실해진 것 이 탁이의 잘못이라고 생각하는 자들이 많았다.

"일주일 주지. 그때도 완성할 수 없다면 자네 왼손을 받겠 네."

겁에 질려 얼굴이 하얗게 변한 탁이가 물러난 후 나는 이번 에는 다른 조에 기술자와 목재를 구하라는 지시를 내렸다.

나는 일방적인 명령을 내리는 대신 조장들을 하나하나 불 러 지시를 내렸다. 그들 자신이 할 일이 무엇인지를 확실히 알도록 하기 위해서였다.

묘해조는 오전 내내 옆에서 나와 조장들의 대화를 지켜보 았다.

외당주인 그가 전체적인 흐름을 알게 하기 위해서였다. 세 부적인 사항은 알 필요가 없었다.

어차피 각 조가 개별적인 결정을 할 수 있게 만드는 것이 내 계획이었다.

그게 아니라면 내가 뭐 하러 굳이 대화를 통해 이해시키려고 하겠는가?

각각의 조가 최우선적으로 할 일을 알려줌으로써 자생력을 가진 조직으로 만드는 것이 최종 목표였다.

조장들을 불러 대화하는 다른 이유는 조장들에게 힘을 실어주기 위해서였다. 하지만 이것도 자율적인 조직을 만들려는 것이었다.

이렇게 오전 시간을 보내고 난 후에도 바쁜 시간이 나를 기다리고 있었다.

부하들을 직접 방문해 성과를 점검하는 것과 사기를 높이는 일, 그 외에도 시를 짓거나 편지를 써서 무호에 있는 내당에 보내야 했다. 내가 무호에 머물고 있는 것으로 사람들이 생각하도록 하기 위해서였다.

여기에 가끔은 상소를 통해 정부 정책에 대해 건의도 해야 했다.

이렇게 오후 시간을 보내고 오후 무공 훈련 시간이었다. 저녁 식사 후 앞으로의 계획을 세우다 보면 어느 사이에 잠자리에 들 시간이었다.

요즘은 전에 무시하던 서원의 바보라도 하나 있었으면 하는 생각이 들었다.

'하나 납치할까?'

휘주부로 가서 과거 동문 중 적당한 자를 골라 납치하겠다는 계획을 세웠지만 정작 이것도 실행에 옮기지 못했다.

최근 몇 년 동안 무호채가 가장 바쁜 시기인 가을 추수철이 돌아왔기 때문이다.

무호채가 가장 바쁜 시기가 가을인 것은 추수를 끝낸 곡식을 약탈하기 때문은 아니었다.

이미 말한 것처럼 십 년이 넘는 동안 무호채는 지나가는 배를 습격해 쌀 한 톨 약탈한 적이 없다.

설사 습격한다고 해도 가을은 수적들이 영업을 하기에 적당한 계절이 아니었다.

바로 장강을 따라 황도로 올라가는 조세선이 이동하는 계절이기 때문이다.

아무리 뇌물을 받은 관리라고 해도 조세선을 터는 수적을 눈감아줄 수는 없었다.

장강 전체에서 쌀을 실은 배가 강을 가득 메우는 것과는 반대로 수채가 가장 한가한 시기였다.

그런데 무호채만 유독 가을이 가장 바쁜 시기인 것은 바로 내 이름으로 된 농지에서 쌀을 수확해야 하기 때문이다.

무호채의 수적들은 내 부하이면서 명목상으로는 내 땅에서 소작하는 소작농이기도 했다. 물론 실제로 내 땅을 소작하는 것은 그들의 가족들이었다.

이른바 고양이 손이라도 아쉬운 가을에는 이들의 도움이 절실했다.

올해는 특히 서부수채연합의 기습으로 인원이 대폭 줄어들었기 때문에 더 바빴다.

수확을 하기 위해 나간 사람은 전체 인원 중 일부인 백여 명이지만 일을 해본 사람이라면 알 것이다.

열 명이 하던 일을 일고여덟 명이 하려면 실제 일은 거의 두 배가 된다.

한창 의욕적으로 일을 추진하던 나에게 이런 상황은 거의 최악이었다.

아직 자율적인 것과는 거리가 먼 상황에서는 줄어든 인원에 맞춰 계획을 조율하는 일까지 전부 내가 해야만 했다.

그리고 다시 여유 시간이 생기자마자 나는 한 가지 일을 처리하기 위해 수채를 떠나 소호로 가야만 했다.

상인들 중 한 명이 공개적으로 보호비를 내기를 거부하고 사람을 모으고 있다는 소식이 들려온 것이다.

굳이 내가 직접 갈 필요는 없었지만 서평하의 일로 쌓인 화를 풀기 위해서였다.

"부드득! 그렇지 않아도 한 놈 걸리기를 바랐는데 잘 걸렸군."

주위의 수적들이 내 눈치를 보는 것처럼 보인 것은 기분 때문에 잘못 본 착각이라는 생각이 들었다.

마음에 옳다고 생각하는 대로 망설임없이 행동하는 신심직행(信心直行)의 경지에 오른 나 같은 사람을 두려워할 것이 뭐가 있겠는가?

나의 이런 상태는 뜻대로 행하여도 도리에 어긋나지 않는다는 종심(從心)의 경지였다.

공자께서도 일흔 살에나 오르셨다는 경지를 스무 살 약관(弱冠)도 되지 않은 나이에 오르다니…….

아무리 내가 천재라지만 너무 빠른 것이 아닌가?

천재는 하늘이 사랑해 먼저 데려간다는 말이 틀린 말이기를…….

第十三章 축록자불견산(逐鹿者不見山)

사슴을 쫓는 자는 산을 보지 않듯
큰일을 이루려는 사람은 악명에 신경 쓰지 않는다

최근 개발한 쾌속선을 타고 장강의 지류를 거슬러 내가 도착한 곳은 남직례성 서북부의 중심인 합비(合肥) 아래에 있는 소호현(巢湖縣)이었다.

이름에서 알 수 있듯 장강 북쪽 소호에 인접한 현이었다.

무호채가 본래는 소호의 수적들이 이동한 것이니 소호는 무호채의 고향이라고 할 수 있는 곳이었다.

말이 호수이지 소호는 대명제국에서도 열 손가락 안에 꼽히는 호수 중 하나였다. 소호의 넓이는 눈으로 그 끝이 보이지 않을 만큼 커서 바다나 다름없었다.

하긴 그보다 좁다는 장강조차 한쪽에서 보면 바다나 다름

없으니 이것은 하나마나한 말일 것이다.

장강 하류의 넓이만 해도 좁은 곳은 이십 리에서 넓은 곳은 오십 리가 넘는다.

소호현 외곽에는 커다란 장원 하나가 소호를 내려다보며 지어져 있었다.

"저곳이 모가장(茅家莊)입니다."

현 입구에서 우리를 맞은 것은 먼저 출발시킨 천추조(天樞組)의 조장인 묘관기였다.

올해 이십대 중반인 묘관기는 칠성조 중 첫째인 천추조의 조장으로 외당주 묘해조의 둘째 아들이었다.

칠성조는 각각 북두칠성을 따 천추(天樞), 천선(天璇), 천기(天璣), 천권(天權), 옥형(玉衡), 개양(開陽), 요광(搖光)이라고 불린다.

나는 조직을 개편하면서 실질적인 외당의 전력이라는 점을 고려해 외당의 다른 조들과는 달리 외당주인 묘해조 직속으로 배치해 주었다.

"경비는?"

내 질문에 묘관기가 대답했다.

"이십여 명이 모가장을 지키고 있습니다."

"창고는?"

"창고를 지키는 자는 삼십여 명이었습니다."

"그럼 다 합쳐도 겨우 오십여 명이라는 것인가?"

"그렇습니다."

내가 한창 바쁜 시기에 소호현까지 온 것은 새로운 규칙에 따른 보호비 내기를 거부한 모가장을 처벌하기 위해서였다.

모가장(茅家莊)의 장주인 모병구(茅昺垢)는 남직례성 전체에서 가장 많은 목화밭을 가지고 있는 자 중 하나였다.

얼마 전 합비를 중심으로 남직례성 중부를 담당하는 순찰 조직인 병자조가 모가장이 보호비를 내기를 거부했다는 소식을 전해왔다.

장주인 모병구는 무호채가 서부수채연합의 기습에 큰 피해를 받았다는 소식을 전해 듣자 무사를 고용하고 있다는 정보도 함께였다.

그런데 정작 도착해 보니 모가장이 고용한 무사가 겨우 오십여 명이라는 것이었다.

나는 고개를 돌려 이번에 함께 온 외당주 묘해조를 바라보았다.

"우리에게 보호비 내기를 거절했으면서도 모은 경비 병력이 겨우 오십 명이라네. 이것이 지금 남직례성 상계에서 생각하는 무호채의 현실이네."

묘해조는 분노에 이를 악물고 있었다.

오랫동안 외부 활동을 내당이나 형당에 맡기고 무공 훈련에만 전념했던 묘해조이다.

그리고 어떤 누구보다 무호채에 소속된 것을 자랑스럽게

생각하는 사람 중 하나였다.

그런 그에게 남직례성에서 장강을 통해 장사하면서도 무호채의 지시를 거부한 것만도 큰 충격이었다.

그런데 정작 처벌하려고 와보니 무호채를 막으려고 고용한 무사가 겨우 오십이라는 것은 참을 수 없는 모욕이었다.

무호채는 내당과 형당이 빠져나가기 전에는 천 명이 넘는 병력을 가지고 있었다.

그런데 그런 무호채를 막으려고 달랑 오십 명을 고용한 것이다.

모병구라는 자가 바보가 아니고는 이럴 수 없는 일이었다.

하지만 모병구라는 자는 묘해조는 물론 나도 알고 있을 정도로 남직례성에서는 유명한 인물이었다. 그는 남직례성의 목화 유통을 장악하고 있는 상인 중 하나였다.

모가장은 그의 대에 와서 이름대로 빛나는[暠] 시기[垢]를 맞고 있었다.

그런 상인도 착각할 만큼 무호채가 활동을 하지 않은 십 년은 긴 시간이었다.

"감히… 명령만 내려주십시오. 모가장을 잿더미로 만들겠습니다."

묘해조의 말에 나는 고개를 저었다.

"우선 모두 살려서 제압하게. 혹시 다치는 자가 있으면……"

묘해조는 손으로 허리에 찬 도를 두들기며 대답했다.

"일개 이런 장원을 공격하다가 다치는 자가 있다면 제 손으로 처벌하겠습니다."

거참…….

다치면 처벌하겠다면서 도를 두들기는 것은 무슨 의미인가? 다친다고 죽이기라도 하겠다는 것인지…….

하여간 아무리 좋게 생각해도 착한 놈은 아니었다.

큰아버지는 이런 자들에게 무슨 생각으로 매일 무공을 익히게 한 것인지…….

하여간 잔인한 놈들이라니까…….

내가 이런 생각을 하는 사이 묘해조와 그를 따르는 부하들이 모가장의 담을 넘었다.

큰 무리 없이 순식간에 높은 담장을 넘는 그들의 경신술은 내가 보기에도 나무랄 곳이 없었다.

수전(水戰)은 좀 문제가 있기는 하지만 지난 십 년간의 기간은 이들 하나하나를 보통의 수적과는 다른 실력을 갖추게 하기에 충분했다.

묘해조가 장원으로 들어간 후 나는 옆으로 고개를 돌렸다.

"창고는 지시대로 처리했겠지?"

묘관기가 고개를 숙이며 대답했다.

"지시대로 처리했습니다."

"부하들과 함께 창고에서 떨어져 있게."

"예!"

묘관기가 물러나자 나는 모가장으로 향했다.

문 앞에 다가서자 기다리고 있던 부하들이 문을 열었다.

크이익!

묵직한 소리와 함께 모가장의 대문이 열렸다.

모가장은 남직례성의 다른 장원들처럼 화려하게 장식되어 있었다. 하지만 평소라면 방문자를 막아섰을 하인이나 호위 무사는 보이지 않았다.

몇 개의 문을 지나자 정원 가득 백여 명이 넘는 사람들이 무릎을 꿇은 채 모여 있었다.

나는 정원 중앙에 있는 연못가에 마련된 정자로 향했다.

그곳에는 묘해조가 기다리고 있었다.

나는 정자 중앙에 마련된 의자에 앉으며 말했다.

"이자들이 전부인가?"

"예! 모든 곳을 수색해 전부 끌고 나왔습니다."

나는 시선을 정자 아래로 향했다.

그곳에는 큰아버지의 장례식에 참석해 본 적이 있는 모가 장의 장주 모병구가 무릎을 꿇은 채 앉아 있었다.

이전에 당당하던 모습과는 달리 자다가 끌려 나온 듯 겉옷 만 입은 상태였다. 그 옆에는 첩인 듯 보이는 이십대 초반의 미인이 앉아 있었다.

쭉 둘러보던 내 눈에 한쪽에 모여 있는 열다섯 명의 장정이 들어왔다.

공포에 떨며 시선을 아래로 향한 다른 자들과는 달리 그들은 표독스러운 눈으로 정자를 노려보고 있었다.

"반항이 심해 다섯 명 정도는 사망했습니다."

나는 그들이 있는 곳으로 천천히 걸음을 옮겼다.

모여 있던 자들 중 가장 앞에 있던 중년 사내가 나를 바라보며 소리쳤다.

"네가 이번에 무호채의 채주가 된 삼목사교라는 자인가 보구나! 감히 나를 건드리다니……. 내가 누군지 알고 건드린 것이냐!"

당연히 내가 그자가 누구인지 알 리가 없었다.

내가 고개를 돌리자 곁에 있던 묘해조가 대답했다.

"천운삼검(穿雲三劍) 중 막내인 비운검(飛雲劍) 택기균(擇氣菌)입니다. 저자는 별로 신경 쓸 것이 없지만 천운삼검 중 나머지 둘은 남직례성 일대에서는 일류로 평가받는 검객입니다."

"그래?"

옆에서 대화를 듣고 있던 택기균이 의형들에 대한 이야기가 나오자 고개를 쳐들고 소리치기 시작했다.

"이제 알았느냐! 나를 풀어주고 물러나면 이번 일은 없던 것으로 해주겠다!"

나는 왼손 새끼손가락으로 귀를 후비고는 묘해조에게 고

개를 돌렸다.

"죽여라!"

"잠시만… 컥!"

내 명령에 묘해조가 다가가자 탁기균이 손을 들어 무언가 말을 하려는 듯 무릎으로 내게 다가왔다. 하지만 그의 앞으로 다가간 묘해조의 도가 그의 목을 베었다.

턱!

택기균의 목이 바닥에 떨어졌다. 그는 자신의 죽음이 믿어지지 않는 듯 놀란 눈을 하고 있었다.

도에 묻은 피를 닦아낸 묘해조가 나를 바라보며 물었다.

"다른 자들은 어떻게 할까요?"

"목을 베어 태워 버리고 몸은 소호에 버리게!"

"예!"

나는 어느 사이에 사람을 목숨을 빼앗는 것에 익숙해지고 있었다.

굳이 목숨을 빼앗을 필요는 없지만 저들은 모가장이 무호채의 지시를 어긴 것을 알고도 고용된 자들이다.

앞으로 비슷한 일이 생기는 것을 막으려면 다른 자들에게도 경고를 보낼 필요가 있었다.

"악!"

"네놈은 죽어서도 지옥에 갈 것이다!"

나는 등 뒤에서 들리는 원망과 비명을 들으며 모병구에게 다가갔다.

땅에 엎드린 그는 물론 곁에 있는 가족들까지 두려움에 몸을 떨고 있었다.

나는 그의 앞으로 다가가 최대한 부드러운 표정을 지으며 말했다.

"모 장주, 이제는 자네 차례군."

모병구는 생각보다 부드러운 목소리에 잠시 고개를 쳐들었다가는 다시 고개를 숙였다. 아마 내 표정이 목소리와는 전혀 딴판이었기 때문일 것이다.

나야 최대한 부드러운 표정을 지은 것이지만 내가 거울을 봐도 분장이 분장이다 보니 부드러운 것과는 거리가 멀었다.

"제발 목숨만 살려주십시오. 말씀하셨던 것은 모두 드리겠습니다."

"하하하! 단번에 거절하더니 이렇게 되고서야 드리겠다? 참 편한 사고방식이군. 어떤 일은 돌이킬 수 없는 경우도 있는 것이네. 지금은 자네가 쥐어주는 몇 푼을 받고 물러날 상황이 아니라는 것이지."

"제 전 재산이라도 드리겠습니다. 제발… 가족들의 목숨만이라도……"

"이런, 전 재산이라니……. 자네는 무슨 내가 강도라도 된다고 생각하나 보군."

나는 말하고도 좀 쑥스러운 생각이 들었다.

무호채가 강도가 아니면 뭐라는 말인가?

"……."

모 장주도 황당한 듯 내 얼굴을 바라보았다.

"생각해 보니 자네 처지에서는 나를 도적이라고 생각할 수도 있겠군. 그냥 강도가 되어볼까?"

내 말이 끝나자 모병구의 얼굴이 더욱 굳어졌다.

이때 엎드리고 있던 사람 중 하나가 몸을 일으키며 말했다.

"이번에 무호채의 채주가 되신 삼목사왕이십니까?"

내가 고개를 돌리니 이제 겨우 열네 살이나 됐을 사내아이였다.

"감히!"

부하 중 하나가 아이에게 다가가 목에 도를 가져갔다. 조금 전 호위무사를 베고 닦지 않았는지 도에서는 여전히 피가 흘러내리고 있었다.

돌아본 모병구는 놀란 눈으로 소리쳤다.

"숭아!"

그냥 베어버릴 수도 있었다.

어린아이를 죽인다는 죄책감을 느낄 필요도 없었다. 열네 살은 일반 농가에서는 이미 하나의 장정으로 평가받는 나이였다.

그렇지만 삼목사교가 아닌 삼목사왕이라는 말에 나는 아이에게 흥미가 생겼다.

"모 장주가 아낀다는 다섯째 아들 모승입니다."

나는 손을 들어 당장에라도 아이의 목을 베려는 부하를 저지시켰다.

모승은 나도 익히 들어본 이름이었다.

상인의 아들치고는 꽤 똑똑해 전시는 몰라도 성시에는 분명히 붙을 것이라고 기대된다는 말을 들은 기억이 있었다.

나 같은 천재가 진사가 된 것은 물이 아래로 흘러가는 것과 같이 정해진 순서였다.

하지만 보통 사람은 성시에 붙어 거인이 된다고 해서 전시에도 붙는다는 보장이 없었다.

전국에서 고르고 고른 인재들이 모이다 보니 시험에 참가하는 사람은 실력이 거의 비슷했다. 한마디로 전시는 실력보다는 운이 많이 작용하는 시험이었다.

어린 나이에 성시에 합격할 가능성이 있다는 평가를 받는다는 것만으로도 모승이라는 아이가 대단한 인재라는 말이었다.

나는 모병구에게서 모승에게로 걸음을 옮겼다.

모병구가 무릎으로 다가와 내 발목을 붙잡았다.

"다른 가족들은 어떻게 해도 좋으니… 제발 저 아이만은……."

"감히 어디 더러운 손으로……."

내 옆에 서 있던 묘해조가 다리를 들어 모병구를 걷어찼다.

퍽!

"컥!"

큰 힘을 주어 차지는 않았는지 다리를 맞고 쓰러진 모병구는 큰 상처를 입은 것으로 보이지는 않았다.

모승에게 다가가자 엎드려 있던 모병구의 가족들이 공포에 질린 채 옆으로 물러섰다.

"나에게 할 말이 있나?"

모승은 당당한 표정으로 말했다.

"사족(蛇足)이라는 말을 아십니까?"

"오호! 자네가 진진(陳珍)이라도 되겠다는 말인가?"

내 말이 끝나자 애써 태연함을 가장하던 모승의 얼굴에 놀란 표정이 나타났다.

나는 말하고도 실수했다는 생각이 들었다.

진진은 초나라의 장수 소양을 만나 처음 사족이라는 말을 한 인물이다.

내기에서 뱀 그림을 그리고 시간이 남아 다리까지 그렸다가 오히려 졌다는 사족에 관한 이야기는 아는 사람이 많았다.

하지만 그 말을 처음 꺼낸 사람이 진진이라는 것은 전국책(戰國策)을 읽지 않으면 알 수 없는 일이었다.

전국책은 과거 공부를 하는 사람들도 그리 많이 읽는 책이 아니었다. 권모술수를 조장하는 책의 내용이 성리학의 도리와 맞지 않다는 이유에서였다.

최근에 그나마 읽히는 것은 내가 유행시키는 데 일조한, 이른바 문장은 진한을 본받고 시는 당을 본받자는 문학복고운동의 영향이다.

사기와 함께 고문(古文)의 모범이 된다는 이유로 최근 전보다 많이 읽히고는 있지만 수적인 내 입에서 나올 말은 아니었다.

"제가 감히 어찌 진진과 같은 사람이 될 수 있겠습니까? 하지만 채주님의 지금 상황은 소양과 다를 바가 없다고 생각합니다."

소양은 전국시대에 위나라의 군대를 격파하고 제나라를 공격하려던 장수였다.

진진이 소양에게 사족의 이야기를 꺼낸 것은 바로 소양이 제나라를 공격하려던 때다.

진진은 소양에게 사족의 고사를 꺼낸 후 다음과 같은 말로 설득했다.

"제나라에서는 장군을 두려워하고 있습니다. 공명(功名)은 이만하면 충분하실 겁니다. 승전(勝戰)하여 지나치게 호기를 부리시다가는 도리어 파멸을 구렁텅이에 빠져들 염려도 없지 않습니다. 애써 받은 작위도 남에게 뺏길는지 모릅니다. 그것은 마치 사족(蛇足)을 그리는 것과 같습니다."

나는 겁에 질려 목소리까지 떨면서도 자신의 말을 마치는 모승의 모습에 흥미가 생겼다.

"내가 자네 가족까지 해치는 것이 사족이라는 말인가?"

"그렇습니다."

"하지만 내 명령을 거부한 것은 호위무사가 아니라 자네 아버지이네. 내가 자네 아버지를 살려둔다면 죽은 비운검이 억울해하지 않겠나?"

"그는 자신이 채주님을 상대해야 한다는 것을 알았습니다. 아버님의 제의를 받아 호위무사로 온 순간 이미 자신의 목숨을 걸 각오를 했다고 생각합니다."

"자네 말대로라면 자네 아버지도 자신이 상대하는 것이 나라는 것을 알고 있었네."

내 말에 모승의 얼굴이 굳어졌다. 잠시 침묵이 흘렀다.

한참의 시간이 지나고 모승이 몸을 엎드리며 말했다.

"공자(孔子)께서는 네 가지 악덕에 대해 말씀하셨습니다. 백성을 교화시키지 않고 죄를 범한 사람을 죽이는 것, 이것을 잔학(殘虐)이라고 한다. 아무 예고도 없이 결과를 따지는 일, 이는 포학(暴虐)이라는 것이다. 명령을 아무 때나 함부로 내리고는 실행 기간만을 엄하게 하는 일, 이는 백성을 괴롭히는 처사이다. 의당 내주어야 하는데도 거드름을 피우면서 내주기를 꺼리는 것, 이를 창고지기 근성이라 하는 것이다."

모승은 논어 요왈편을 단숨에 말하고는 잠시 멈추었다가 다시 입을 열었다.

"채주님께서 여기서 살생(殺生)을 더하신다면 악덕을 행하시는 것이라 생각합니다."

모승이 내가 악덕을 행한다고 말하자 그를 바라보던 사람들의 얼굴이 굳어졌다.

여전히 모승의 목에 도를 겨누고 있던 부하가 도를 치켜들었다.

"멈춰라!"

나는 손을 들어 모승을 베려던 부하를 막았다.

"계속 말해보아라!"

"우선 제 아버님께서 잘못을 뉘우칠 기회를 주지 않고 죽이시려는 것은 잔학입니다. 지난 십 년 동안 무호채가 아무런 행동을 하지 않다가 지금에 와서 명령을 어겼다는 결과만을 따지는 것은 포학한 행동입니다. 아직 올해 수확한 목화를 팔지 못한 상황에서 무조건 돈을 내라고 하는 것은 백성을 괴롭히는 행동입니다. 저희 아버님께서도 마땅히 내야 할 것을 내주지 않은 행동을 하기는 했지만, 그것은 창고지기의 어리석음일 뿐입니다. 용서해 주시면 다시는 이런 일이 없을 것입니다."

나는 다시 모 장주에게 다가갔다. 그는 여전히 공포에 질려 있었다. 그의 바짓가랑이 사이는 축축이 젖어 있었다.

"자네 아들에게 잘해주게. 자네 아들이 가족을 살렸네."

내 말이 끝나자 모 장주가 엎드리며 말했다.

"감사합니다."

"두 번 용서는 없네. 명심하게."

"물론입니다."

나는 발걸음을 장원 밖으로 향하며 부하들을 향해 말했다.

"가자!"

나는 밖으로 걸어가다 멈추고 돌아보았다.

"깜빡 잊고 그냥 갈 뻔했군. 용서는 용서고 잘못에 대한 처벌은 처벌이라는 것을 잊었군."

내가 활을 들자 살아난 것에 안도하던 사람들의 안색이 다시 검게 변했다.

슝!

내 활을 떠난 화살은 사람들을 지나 정원에 자리한 정자를 향했다.

쾅!

큰 굉음과 함께 정자가 무너졌다.

그리고 잠시 후 무너진 정자에서 불길이 치솟아 올랐다.

그리고 정자의 불길을 신호로 장원 담 너머 호수 쪽에서 불길이 치솟아 올랐다.

미리 지시했던 것처럼 묘관기가 목화를 쌓아놓은 모가장의 창고 중 절반에 불을 지른 것이다.

자신의 창고가 있는 곳에서 불길이 치솟자 모병구의 안색은 자신의 목숨이 위협받을 때보다 더 창백해졌다.

"너무 걱정하지 말게. 모가장의 창고 중 절반만 불태우라

고 지시했으니까. 자네가 아는 다른 자들에게도 분명히 말해
주게. 신임 무호채의 채주는 전대 채주와는 다르다고."

무호채로 돌아오는 배 안.

지금 내가 타고 있는 청풍(淸風)은 무호채에 있는 쾌속선
중 가장 큰 두 척 중 하나였다. 청풍과 함께 가장 빠른 배는
명월(明月)이라고 이름 지었다.

합해서 청풍명월(淸風明月)!

이백의 시 중 추풍청(秋風淸), 추월명(秋月明)이라는 구절에
서 따온 것이었다.

청풍과 명월은 얼마 전 조선각주였던 탁이가 개발해 바친
배였다. 본래 무호채에 있는 쾌속선은 서너 사람이 타는 배가
전부였다.

청풍은 쾌속선으로는 많은 수인 이십 명이 탈 수 있었다.
다만 청풍의 속도를 모두 내려면 숙련된 선원이 열 명 이상
필요했다.

청풍 한구석에는 묘해조가 뚱한 표정으로 강을 바라보고
있었다.

표현하지는 않았지만 그는 무호채를 무시한 모가장을 그
냥 놔두고 돌아가는 것이 불만인 듯했다.

장강에 들어서자 선원들과 함께 청풍의 운행을 돕던 묘관
기가 다가왔다.

그는 뭔가 할 말이 있는 듯 보였다.

"무슨 할 말이라도 있나?"

"아……."

몇몇을 제외하고는 아직 나를 어려워하고 있었다.

"말해보게."

내 목소리는 호의적이었다. 나는 이번 소호에서의 묘관기의 일 처리가 마음에 들었다.

그의 형인 묘형안이나 묘관기를 보면 묘해조가 아들들은 잘 키운 것 같았다.

"목화를 다 태울 필요가 있었습니까?"

"수채에 딸린 농토에서 나오는 목화만으로도 식구들이 옷을 해 입기에는 충분하다고 들었는데, 아닌가?"

남직례성은 겨울이라고 해도 얼음이 얼지 않는다. 하지만 그래도 무호채는 강에 인접해 있기 때문에 겉옷만 입기에는 추운 편이었다.

수채에서 쓰려고 내 이름으로 된 농지에서도 목화를 재배하고 있었다.

"그렇기는 합니다만… 수채의 재정이 어렵다고 들었습니다. 오늘 태운 목화라면 도움이 되지 않았겠습니까?"

수채의 재정이 어렵다는 것은 일부 간부들만이 아는 비밀이었다. 부하들이 알면 동요할 것을 염려해 비밀로 하고 있었다.

조장들에게도 이런 사실은 비밀이었지만 묘관기는 묘해조

에게 들은 듯했다.

묘관기는 아직도 자신이 태운 목화가 아까운 표정이었다.

그도 그럴 것이, 모가장의 창고에 있는 목화는 돈으로 따지면 은으로 몇만 냥이나 되는 분량이었다.

"내가 만일 돈을 위해 소호에 갔던 것이라면 목화를 훔치느니 자네 아버지 말대로 모가장의 사람들을 몰살시켰을 것이네. 모르기는 해도 모가장의 장원을 약탈했다면 그깟 창고에 쌓아놓은 목화를 가져오는 것보다 훨씬 많은 재물을 얻었을 것이네. 내가 왜 그렇게 하지 않은 줄 아는가?"

"그건… 모가장을 통해 망설이는 다른 상인들에게 경고를 내리기 위해서 아닙니까?"

"맞네. 만약 모가장을 도륙했다면 그건 경고가 아니라 상인들을 궁지로 모는 것이네. 궁지에 몰린 쥐는 고양이를 물지. 그건 내가 원하는 바가 아니네."

"하지만 어차피 태울 것이라면 가져와도 되는 것 아닙니까?"

"만약 내가 목화를 가져왔다면 이번 일은 모가장의 징계가 아니라 단순한 약탈이 되네. 그럼 무호채는 지난 십 년 동안 쌓아온 명성과 명분을 모두 잃게 되네. 내가 원하는 것은 상인들에게 단호한 모습을 보이는 것이네. 결코 내 아버지가 채주를 맡기 전처럼 무작정 약탈하던 때로 돌아가자는 것이 아니네. 알겠나!"

묘관기가 대답했다.

"예……."

하지만 묘관기는 여전히 완전히 승복하지 않은 표정이었
다.

"혹시 전부 태우는 척만 하고 물건을 빼돌리면 되지 않느
냐고 생각하는 것인가?"

"아니, 그건……."

묘관기는 마치 잘못을 하고 들킨 아이처럼 당황했다.

"불에 타는 목화라는 것을 생각하면 물건을 빼돌렸다고 해
도 됐을지도 모르지."

"그렇습니다. 모가장만 속이면 되는 것 아닙니까?"

"훔치고 난 후에는 어떻게 운반하고? 청풍에 가득 실어봐
야 오늘 태운 창고 하나에 쌓인 목화 중 십분의 일도 실을 수
없을 것이네. 모가장에는 그런 창고가 오늘 태운 창고 다섯을
포함해 열이 넘네."

"그거야……."

"그리고 설사 어떻게 소호에서 물건을 빼돌릴 수 있다고
치세. 어떻게 물건을 감추고 처분할 생각인가?"

"그건… 무호에 있는 왕가장이나 내당주였던 조파진님을
이용하면……."

묘관기는 스스로 말하고도 잘못이라는 것을 깨달은 듯 말
을 흐렸다.

"겨우 목화를 처분하자고 나와 무호채의 관계가 드러날 수도 있는 모험을 하겠다는 것인가? 무호에 있는 왕가장에 갑자기 막대한 목화가 생기면 의심을 받지 않겠나?"

"죄송합니다."

"평소라면 어찌 배를 빌려 목화를 옮길 수 있겠지만, 지금은 장강 전체의 배가 황도로 쌀을 운반하려고 동원된 상황이네. 설마 무작정 창고에 쌓아놓자는 말인가?"

묘관기는 이제야 지금 같은 가을에 목화같이 부피가 나가는 물건을 옮기는 것이 힘들다는 것을 깨달은 듯했다.

곧 있으면 장강의 거의 모든 배가 호광과 강서의 조세를 운반하기 위해 동원되는 때였다.

"어떻게 처분할지 생각하지도 않고 물건을 훔치는 것은 도적 중에서도 가장 멍청한 자들이나 하는 짓이네. 그리고 때로는 물건을 훔치는 것보다 그 물건이 사라지면서 생길 이득이 더 클 때도 있네."

묘관기가 물었다.

"사라져서 생기는 이득이라니요?"

"모가장의 목화가 반이나 사라졌네. 이미 사라진 부족한 목화를 구하려면 일 년을 기다려야 하네. 다른 때라면 이웃한 호광성이나 강소성, 강서성에서 사 오면 되겠지만 말한 것처럼 한창 물건을 실어 나를 배가 부족한 때이네. 결국 어떻게 되겠나? 목화로 만드는 무명실이 부족해지지. 결국은 무명실로 만들어지는 백목이 부족해지네. 남직례성이야… 백목이 없다고 얼어 죽지는 않겠지만 북쪽은 다르지. 목화가 갑자기 생기면 의심을 받겠지. 하지만 종이를 염색하는 것에서 면포를 염색하는 것으로 사업을 확장하기 위해 목화를 미리 구해놓았다고 핑계를 대면 그만이네. 왕가장을 이번 일과 연관시킬 자는 없을 것이네."

"그럼 목화를 구해놓으셨다는 말입니까?"

"그렇네. 이미 내당주에게 연락을 보냈네. 아마 지금쯤 무호 인근의 목화는 씨가 말랐을 것이네. 목화가 시장에 풀릴 시기에 누가 오래된 목화를 가지고 있겠나. 아마 이 소식이 전해지면 왕가장에 목화를 판 상인들은 땅을 치고 후회할 것이네."

무호채의 새로운 방침에 반발하는 상인 중 굳이 모가장을 고른 것은 그가 가진 목화를 불태우기 위해서였다.

왕가장은 내가 무호를 떠나오기 얼마 전 종이를 남경으로 운반해 염색하고 돌아와 파는 일을 시작했다.

사업을 시작하고 보니 이익 대부분은 남경의 염색업자에게 돌아갔다. 그래서 시작한 것은 비교적 값이 싼 목면을 함께 염색해 파는 것이었다.

왕가장은 남직례성 상계에서 기반이 약했다.

조파진이 도와줄 수는 있었지만, 어느 이상 나서는 것은 두 사람의 관계를 의심받을 수 있었다.

왕가장은 어디까지나 북쪽에서 장사하고 있다가 고향으로 돌아온 큰아버지가 머물려고 지어진 장원으로 알려져야 했다.

나는 왕가장이 빠르게 자리를 잡으려면 두 가지 중 하나가 있어야 한다고 생각했다.

남들이 가지지 못한 물건을 팔거나 같은 물건을 남들보다 싼값에 팔 수 있거나 하는 두 가지였다.

역설적으로 이 두 가지 모두 기반이 약한 왕가장이 가지기 어려운 것이었다.

하지만 나에게는 다른 상인이 없는 힘이 있었다.

바로 무호채의 채주라는 신분이다.

이런 신분을 이용하면 내가 어떤 물건을 독점적으로 가지는 방법은 간단했다. 남들이 가진 물건을 없애거나 가지지 못하게 하는 것이다.

이번과 같은 방법을 두 번 이상 쓰기는 어려웠다. 비슷한 일이 반복되면 사람들의 의심을 사게 된다.

그렇지만 한 번 쓰기에는, 그리고 지금처럼 재정이 모자랄 때는 유용한 방법이었다.

더구나 이번 일은 상인들에 대해 경고를 하는 것과 동시에 수채의 재정을 풍족하게 하는 일과 나에 대한 부하들의 신뢰를 두텁게 하는 일석삼조의 효과를 가지고 있었다.

이제 본격적으로 내가 원하는 일을 시작할 준비를 갖춘 것이다.

수채로 돌아가는 길에는 신이 나서 콧바람이 저절로 나왔
다.

전에는 무슨 일을 시키든지 주저하던 부하들이 이제는 말
만 하면 알아서 척척 움직이고 있었다.

이런 기분에 중노동에 시달리는 것을 알면서도 고위 관직
에 오르려고 하는 것일까?

하여간 겨우 몇 달 만에 이런 일을 이루다니……

잠시 검법을 익히는 것이 뜻대로 되지 않아 의심했던 것은
착각일 뿐이었다.

역시 나는 천재였나 보다.

거기, 내 활약을 지켜보는 자가 있다면 보고 배우도록……
내 행동 하나하나가 그야말로 피가 되고 살이 되는 것들이
니…….

『금리도천파』 제2권에 계속…

보공석이 왕세정을 무호채로 안내해 온 바로 그날!

왕세정을 남겨놓고 방을 빠져나온 보공석은 건물 앞을 지키고 대기하고 있던 부하들에게 다가갔다.

그들은 보공석과 함께 왕세정을 무호채로 데려온 자들이었다.

"개미 새끼 한 마리도 이 근처에 얼씬하지 못하게 하게."

"알겠습니다."

부하들에게 단단히 주의를 준 보공석은 그 길로 무호채 서쪽에 있는 외당으로 향했다.

외당에 들어선 보공석은 곧바로 외당주 묘해조의 집무실

방문을 열어젖혔다.

"어서 오게!"

묘해조는 보공석을 보자마자 자리에서 일어나 그를 맞았다. 보공석은 그보다 나이는 적지만 서열상 그의 형당주라는 지위는 외당주와 같았다.

"다녀왔습니다."

"부하들에게 도착했다는 소식은 들었네만 사람들의 눈을 생각해서 나가지 않았네."

"잘하셨습니다. 아직은 조심해야지요."

"혹시나 길이 엇갈릴까 봐 걱정했네. 부하들을 휘주부에서 응천부로 가는 길에 배치하기는 했지만 내 직계 부하들만으로 모든 길을 막을 수는 없지 않나."

보공석이 묘해조의 말에 고개를 끄덕였다.

아직 왕세정이 무호채의 다음 채주가 된다는 확신이 없는 상태였다. 이런 상태에서 왕세정과 무호채의 관계가 드러나는 것은 위험했다.

아니, 그것을 다 떠나서 무호채에서 왕세정에 대해 아는 사람 자체가 많지 않았다.

"그렇지 않아도 제가 휘주부에 도착했을 때 막 잔치가 끝나고 휘주부를 떠나려던 참이었습니다. 덕분에 자연스럽게 데려오기는 했습니다만 자칫 늦을 수도 있는 아찔한 순간이었습니다."

"하늘이 자네와 나를 돕는 것 같네. 그래, 자네 생각에는 어떤가? 무호채를 순순히 맡을 것 같던가? 소문에는 천하에 자신보다 잘난 사람이 없다고 생각한다던데……."

보공석이 고개를 저으며 말했다.

"소문보다 더 오만하더군요. 말 그대로 천상천하유아독존(天上天下唯我獨尊)인 성격이었습니다."

보공석의 말이 끝나자 묘해조의 얼굴이 굳어졌다.

"그럼 순순히 무호채를 떠맡으려고 하지 않겠군. 그런 성격이라면 채주님의 유언을 이야기해 봐야 콧방귀도 뀌지 않을 것 아닌가?"

"떠맡도록 해야지요. 그의 손에 외당주 어르신과 제 목숨이 걸려 있습니다. 그리고 저는 오히려 그 거만하고 자기만 아는 성격 때문에 무호채를 맡으리라 생각했습니다. 세상의 기준보다는 지금 상황에서 자신에게 어떤 것이 이익이 되는지를 가장 중요하게 생각할 테니까요."

보공석의 목소리는 결의(決意)에 차 있었다.

묘해조는 보공석에 말에 조금은 마음이 편안해졌다.

처음 유언을 들었을 때만 해도 하늘이 무너지는 기분이었다. 채주가 자신들의 무공을 도와준 것에 그런 함정이 숨어 있었다니…….

보공석은 그 혼자의 목숨만 걸려 있었지만 묘해조는 자신은 물론 두 아들의 목숨까지 걸려 있었다.

그럼 위험이 있는지도 모르고 채주에게 두 아들을 부탁한 것이 지금은 크게 후회하고 있었다.

　두 아들 중 하나만이라도 괜찮았다면 자신의 아들 대에서 장강의 패주가 나올 수도 있었다.

　"왕세정 공자가 가전 심법을 익힌 것은 확실한가?"

　"그건 잘 모르겠습니다. 알다시피 채주님 가문의 가전 심법은 강호의 심법과는 궤를 달리하지 않습니까. 선천지기를 이용한 것이라서 겉으로는 알 수가 없습니다. 더구나 선천지기가 일정 수준 이상이 아닌 경우에는 당사자도 그 효용을 느끼지 못한다니……."

　"휴! 어렵군. 혹시 왕세정 공자가 익히지 않았다면 채주님의 아우나 다른 형제를 알아봐야 하는 것이 아닌가?"

　"채주님이 돌아가시면서 확인해 준 사실입니다. 채주님이 유언으로 거짓말을 하셨을 리가 없습니다. 더욱이 채주님 가전 심법은 일정 수준 이상의 재능이 필요하고 적어도 십 년을 익혀야 합니다. 가족 중 다른 사람들이 익히기는 어려울 것입니다."

　"알겠네. 그럼 왕세정 공자가 익혔다고 생각하고… 그 물건을 건네야 하겠지?"

　"그렇겠지요. 저희에게 남은 시간은 많아야 이 년입니다. 그사이에 왕세정 공자가 벽을 스스로 넘기를 조바심을 내며 기다리느니 그 물건을 건네는 것이 확실하지 않겠습니까?"

　"그렇기는 하네만… 왠지 채주님의 은혜를 원수로 갚는 것 같아서 찜찜하네. 채주님께서는 돌아가시면서까지 우리를 위해서 그런 유언을 남기셨는데…….”

“저도 마음이 편하지는 않습니다. 그렇지만 우선 우리가 살고 봐야 하지 않겠습니까? 그리고 그 물건이 어떤 물건입니까! 돈으로도 살 수 없는 보물 중의 보물입니다.”

“그렇기는 하네만…….”

“더구나 부작용이 있다고는 하지만 그 부작용이 나타나는 것은 반 갑자, 삼십 년 후입니다. 왕세정 공자의 나이가 어리다고는 하지만 삼십 년 후인 사십대 후반까지는 누구보다 건강하고 강호에서도 손가락 안에 드는 강한 내공을 가지게 됩니다. 그리고 삼십 년 후에 꼭 목숨을 잃는 것도 아니지 않습니까? 채주님께서도 무리하게 내공을 사용하지 않으셨다면 아무 일도 없으셨을 것입니다.”

보공석의 말에 묘해조는 꺼림칙한 마음이 조금은 사라지는 것을 느꼈다.

‘그래, 사십대 후반까지라면 적은 나이가 아니지. 그전에 죽을 고비를 그 물건 때문에 넘길 수도 있지 않은가?

“알겠네. 이제는 후회해도 너무 늦은 것이겠지. 정말 요즘은 무공에 관심이 없던 조파진 내당주가 부럽네.”

“그분이야 채주님에 대한 은혜를 갚으려고 무호채에 있는 분 아닙니까? 그런 분이 무공에 무슨 관심이 있으셨겠습니까.”

“어쨌든 이번 일은 자네와 나만이 아는 비밀이네. 조파진

당주나 다른 사람들에게는 왕세정 공자가 다음 채주가 되는
것이 채주님의 유언 때문이라고 알리게."

"이미 그렇게 하고 있습니다."

묘해조는 품에서 작은 함을 꺼내 보공석에게 건넸다.

함을 든 묘해조의 손이 미세하게 떨리고 있었다.

왜 아니겠는가?

묘해조의 손에 든 함에는 영약 중에서도 손에 꼽는 영약인
만년화리(萬年火鯉)의 내단이 들어 있었다.

"그럼 저는 다시 왕세정 공자에게 가서 그를 설득하겠습니
다."

"수고하게."

묘해조는 보공석이 방을 나간 후에도 한참을 문 쪽을 바라
보았다.

장강십팔채 중 하나인 무호채의 채주 자리와 무림인이라
면 꿈에서도 얻기를 원하는 만년화리의 내단 두 가지가 손만
뻗으면 자신의 것이 될 수도 있는 상황이었다.

그런데 그 모두를 눈앞에 두고도 다른 사람에게 억지로 넘
겨야 하는 상황이다. 그것도 자신이 평생을 지켜온 의리를 배
신하면서 하는 일이다.

가족과 아들이라는 이름 앞에서 그의 소신이나 세상의 도
리는 가볍기 그지없는 것이었다.

이경영 소설

SCHÄDEL KREUZ
섀델 크로이츠

[2부] *Philosopher*
필라소퍼

정도를 추구하고 세상을 바로잡는
하얀 왕의 힘이 필요한 역전체 군단.
신의 존재에 가까운 '절대자'와
또 다른 천요의 등장.
그들의 목적은 헨지를 통한
공간왜곡의 문!

주어진 운명에 대항하는 자들과 이를 막으려는 자들.
그리고 밝혀지는 전설의 진실 앞에 또 다른
전설의 존재가 탄생하는데……

섀델 크로이츠, 그들의 임무가 시작되었다.

유행이 아닌 자유추구 -
WWW.chungeoram.com
Book Publishing CHUNGEORAM

CHARM MASTER
참마스터
눈매 퓨전 판타지 소설

부적(Charm)이란

**만드는 자의 정성, 만드는 자의 능력, 받는 자의 믿음,
이 세 가지가 충족되어야 최고의 힘을 발휘한다.**

이계에서 넘어온 영환도사의 후손 진월랑!
아르젠 제국의 일등 개국 공신 가문이었던 이계인 가문, 진가가 하루아침에 몰락했다.
그것도 가장 믿었던 사람으로 인해.

홀로 살아남은 어린 월랑은 하루하루 생존 게임이 벌어지는
살인자들의 섬으로 보내지는데……

**독과 부적의 힘을 손에 넣은 진월랑!
그가 피바람을 몰고 육지로 돌아온다.**

유행이 아닌 자유추구 -
WWW.chungeoram.com

Book Publishing CHUNGEORAM

청운하 新무협 판타지 소설

백팔번뇌

百八
煩惱

세상은 날 버렸다.
나 또한 세상을 버렸다.

神이 선택한 그들이 흘린 쓰레기를…
난 그저 주워 먹었을 뿐이다.
그러므로 난 여전히 배가 고프다.

일류(一流)가 되기 위해서라면…
난 기꺼이 신마저 집어삼킬 것이다.

백팔 살인공을 한 몸에 지닌 그를
훗날 천하는 그렇게 불렀다.

大武神
대무신

임영기 新무협 판타지 소설

무간백구호(無間百九號). 태무악(太武岳).
신풍혈수(神風血手). 대살성(大殺星).

고독한 소년이 세 살 때의 기억을 좇아
천하를 상대로 싸우면서 열아홉 살 때까지 얻은 이름들.
그리고 백팔살인공(百八殺人功).

大武神

백팔살인공을 한 몸에 지닌 그를 훗날 천하는 그렇게 불렀다.

유행이 아닌 자유추구 -
WWW.chungeoram.com

Book Publishing CHUNGEORAM